尺巷

向东流 著

中国海洋大学出版社
·青岛·

图书在版编目（ＣＩＰ）数据

尺巷/向东流著. — 青岛：中国海洋大学出版社，
2022.6
ISBN 978-7-5670-3179-1

Ⅰ.①尺… Ⅱ.①向… Ⅲ.①长篇小说—中国—当代
Ⅳ.①I247.5

中国版本图书馆CIP数据核字(2022)第103133号

书　　　名	尺巷	
	CHIXIANG	
出版发行	中国海洋大学出版社	
社　　　址	青岛市香港东路23号　　邮政编码　266071	
出 版 人	杨立敏	
网　　　址	http://pub.ouc.edu.cn	
订购电话	0532-82032573（传真）	
责任编辑	王　晓　　　　　　　　电　话　0532-85901092	
电子邮箱	oucpublishwx@163.com	
装帧设计	祝玉华	
印　　　制	青岛中苑金融安全印刷有限公司	
版　　　次	2022 年 8 月第 1 版	
印　　　次	2022 年 8 月第 1 次印刷	
成品尺寸	170 mm × 240 mm	
印　　　张	13.25	
字　　　数	211千	
印　　　数	1~2000	
定　　　价	48.00元	

发现印装质量问题，请致电0532-85662115，由印刷厂负责调换。

　　多年前，有人曾问我，有没有这么一本书，孩子们看了之后能迅速提高写作水平。我想都没想，干脆利落地回答"没有"。后来，问起这个问题的人多了，我就想何不写这么一本书——一本学生爱看，能"迅速"提高写作水平的书；一本语文老师想看，能给学生进行"有效"写作指导的书；一本家长"争"着购买、"抢"着去看，不需要再盲目报辅导班的书。

　　这样的一本书能不能写出来呢？

　　从事作文教学时间久了，渐渐有了点儿心得。写作犹如烹饪，阅读如同品尝。在这个世界上，一边培养徒工技艺，一边让徒工像食客那般安坐享受美食的烹饪学校还没有。师傅顶多让徒工品尝一小口、一道菜。品尝一小口、一道菜是一种滋味，品尝一桌子的珍馐美馔、美酒佳酿又是一种滋味，品尝卿卿我我、高朋满座更是一种别样的滋味！这样的培训机构非但没有，听都没有听说过。

　　但作文教学就能做到。世上那么多的经典著作为作文教学提供了饕餮盛宴。只要语文老师爱读、乐读，就会取之不尽，用之不竭。2021年元旦，我跟我当时的学生相约，新的一年开启读书计划。当时定的目标是50本。这也是咬着牙说的。2020年，我的孩子考上了青岛二中。我在青岛大学人才公寓租房住，上下班坐地铁。每天从家到学校要做至少50分钟的"土行孙"，从学校回家还要做50分钟的"土行孙"。这两个50分钟，我都用来看书了。

这期间闹过许多笑话。

青岛的地铁，先开通的是3号线，再是2号线，后是11号线。每天上下班，从家到学校，从学校到家，正好要把这三条线坐两遍。稍不留神就会坐过站、倒错车。有一次刚换乘一趟车，结果坐了两站后才发现车又把自己拉回来了。还有一次，看书入神，等从书中抽出眼睛，才发现已经坐过好几站了。

车厢里乘客都在看手机，只有我一个人捧着一本书。我可能太"绝类离群"，有一次被一个同行的老者认为知己，他感慨之后，我们互相留下了联系方式，原来他竟是某石油公司的退休党委书记。事后，他送我两本他出的书，我送他一本我出的书。这算是奇遇！乘坐地铁时埋头看书被发朋友圈的有没有，我不知道。可能有，因为这样的人算"异类"。

结果，那一年，我读了98本书！全是长篇小说。我差不多把茅盾文学奖历届获奖作品读完了。世上没有哪个作家不读书就写出恢宏的作品来。路遥老师在写《平凡的世界》之前，曾决心读完100本名著；莫言老师虽然过早辍学，但他把左邻右舍、前村后乡能借阅的书都读完了，有的还读了好多遍；茅盾先生把《红楼梦》都能读到随口成诵的地步……这样的例子真是举不胜举！大量的阅读让我变得有底气，让我可以在阅读教学和作文教学中，信手拈来，游刃有余，信心十足。

我常挂在嘴边的一句话是，"你给我一个'吃货'，我就能把他培养成一个高明的厨子"。语文的吃货就是书虫。其实，方法在哪一行都很简单。裁缝的方法就是量、剪、裁、缝，但每个人的体型不一样，裁缝给人做出来的衣服就不一样。这就需要一份匠心，需要一份对艺术的追求。艺术就像圆周率，无限不循环。

语文是一种感觉，写作更是感觉中的感觉，这是玄而又玄的"语感"。语感是能培养起来的，需要大量阅读。就像打篮球练手感一样，经过千万次的拍、打、抛、接，手感是能练出来的。当你有一天突然捅破了这层窗户纸，发现写作很好玩儿、很美、很享受的时候，你的语感就被不知不觉地培养起来了。因此，语文不是一门急功近利的学科，不能着急求快，要慢慢来，日积月累。

看了大量的书之后，我发现书中涉及写作体会的真是不多。

古典名著《红楼梦》第四十八回，香菱学诗中有一段精彩的授课。曹雪芹借助小说中最有文采的林黛玉之口，道出了写作真谛："词句究竟还是末事，第一立意要紧。若意趣真了，连词句不用修饰，自是好的，这叫做'不以词害意'。""你只听我说，你若真心要学，我这里有《王摩诘全集》，你且把他的五言律读一百首，细心揣摩透熟了，然后再读一二百首老杜的七言律，次再李青莲的七言绝句读一二百首。肚子里先有了这三个人作了底子，然后再把陶渊明、应场、谢、阮、庾、鲍等人的一看。你又是一个极聪敏伶俐的人，不用一年的工夫，不愁不是诗翁了！"这两段话告诉我们，写作立意第一，但写作之前的大量阅读是非常重要的。

梁实秋在《我的一位国文老师》一文中提及一点："徐先生教我许多作文的技巧。他告诉我：'作文忌用过多的虚字。'该转的地方，硬转；该接的地方，硬接。文章便显着朴拙而有力。他告诉我，文章的起笔最难，要突兀矫健，要开门见山，要一针见血，才能引人入胜，不必兜圈子，不必说套语。他又告诉我，说理说至难解难分处，来一个譬喻，则一切纠缠不清的论难都迎刃而解了，何等经济，何等手腕！诸如此类的心得，他传授我不少，我至今受用。"曹文轩在《我的语文老师》一文中也提到了一点："她用了两节课的时间，给我们阐释什么叫'语文'。期间，天开始下雨，她把脑袋转向窗外，对我们说：'同学们，你们知道吗，一年四季的雨是不一样的。春天是春天的雨，夏天是夏天的雨，秋天是秋天的雨，冬天是冬天的雨。'然后她又说：'同学们，你们知道吗，一天里的雨也是不一样的，上午的雨与早晨的雨不一样，下午的雨与上午的雨也不一样，晚上的雨与下午的雨也不一样。'然后她又说：'同学们，你们知道吗，雨落在草丛中和落在水塘里，那个样子和发出来的声音都不是一样的。'我至今还记得，我们所有的同学把脑袋转向了窗口，那个时候，外面有一大片荷花塘，千条万条银色的雨丝纷纷飘落在那口很大很大的荷花塘里。这就是我的语文老师。"

我把这些文章中有关写作的心得当成至宝抄了下来，反复阅读品味。像曹雪芹，像梁实秋和曹文轩这样进行作文教学的语文老师数不胜数，但在他或他的弟子的作品中提及了的少之又少。专业的理论书籍不缺，但都很枯燥，我想除了专业人士没人愿意去读吧。

这几年，我潜心作文教学的研究，所教的学生在中考中曾取得作文满分的成绩。没有反馈的，从学生的语文总成绩上看，也能看出肯定作文得了高分。聚少成多，积小致巨。优秀的作文渐能汇集成册，却并没有出版成册。因为，《满分作文》《高分作文》比比皆是。买也买了，看也看了，可是又有几个人能坚持读完呢？更不用说潜心研究了。

于是，我就产生了写一本小说的冲动。写一本如何从日常生活中去提炼素材、挖掘主题、组织材料、修辞造句的小说。把手头的这些优秀作文揉进小说，有点儿像哄孩子吃药。把药丸掺进饭里或给药裹上糖衣，道理相同，目的相同。有的时候，馒头吃够了，炸成馒头干，也能吃得有滋有味。

于是，就有了这本作文体小说。

作为作文体小说，作文的成分相对大些，小说的成分相对小些。但它又不同于满分作文，不同于小说。作为小说，它有完整的故事，有典型的环境，有矛盾冲突，为作文提供了广阔的写作素材；作为作文，它告诉学生如何从生活中选材立意、确立主题、组织语言。现在书店最不缺乏的就是《满分作文》《高分作文》了，当然也不缺乏小说。但作为作文体小说，我想这可能是目前的第一本，且唯一。我跟我的学生的文笔还过于稚嫩，但它毕竟是作为第一和唯一出现的。

透过小说中孩子们所创作的文章，能看出目前中学生真实的写作情况。可能，读到最后读者会忘记这本小说，也不会记住其中的作文，只会记得书中对写作的些许感悟，就像前面提到的那三篇。我想，倘若该书对研究中学生写作教学和教育的专家、同仁能提供一丁点儿参考价值，我也备感欣慰、高兴万分了！

叨扰！致谢！敬请批评指正！

目录

第一章

尺巷的说明书

在青岛错埠岭有一处教师公寓，是 1995 年青岛市实施"教师住宅广厦工程"时，在错埠岭三小区建的三个楼座 18 层的楼房。

三个楼座呈"品"字形排列，每个楼座内部也呈"晶"字结构，两梯六户，不过"晶"上面的"日"字被横放了，就是两户人家。这也是六户之中面积最大的、采光最好的两套房。

咱们的故事就发生在第一栋第一层。

柳大看的外公、外婆、爸爸、妈妈都是教师。1998 年分房子的时候，柳大看外公马铁山还是中学校长，外婆张文清是中学高级化学教师。资历高，选房排队就靠前，他们就要了横放的"日"的东间 103，门前带一个四方四正的小院，因老两口儿都喜欢花花草草，院里摆满了各种绿植。马校长偏瘦，一米七五的身高，长脸，眉毛很长；张老师皮肤白，个头高，与马校长走在一起，常给人"她比马校长高"的错觉，仔细一看，她比马校长矮着一指，慈眉善目的。"日"的西间 104 是骆士宾、姚心玮两位老教师的家，他们家的院子被楼前的绍兴路汇入伊春路时切去一半，里面只放着一辆破旧的三轮车。骆士宾教音乐，身高一米八五，瘦，背有点弯；姚心玮是物理教师，个头比张文清高一指，不胖不瘦，皮肤稍粗。骆老师长得稍黑，又不苟言笑，人就愈发显得老相，孩子们都管他叫爷爷，捎带着管姚老师叫奶奶。

101 是小奇家。小奇的学名是杨林奇，但是大家都叫他小奇。小奇长得白瘦而高。他妈妈尤丹分房子时是教导处副主任，大龄晚婚，一米七三的个头，苗条婀娜，走起路来如风摆柳。她一个人的教龄比柳大看的爸爸柳明君和妈妈马筱菪两个人加起来都长。小奇的爸爸杨秋山是面粉厂的会计、军转干部，一米八几，魁梧英俊。他们都是即墨人，两家是邻村。尤丹后来当了某中学的校长，杨秋山却下岗了，再后来他们离婚了。房子、小奇都判给了杨秋山，尤丹净身出户。听说尤丹又调到局里，

尺巷

做督查。杨秋山听后只是鼻子喷了一口气。督查，他虽不懂，但他知道尤丹不是干校长的料，甚至不是做教师的料。她没有爱！

102是徐嘉慧家，爸爸徐启昌，美术教师，老家东北吉林；妈妈乔双燕，英语教师，老家江西。徐启昌帅，乔双燕甜，徐嘉慧尽随了好处，小时候长得就像洋娃娃，现在因为"宅"，稍胖。

105是李学健家，爸爸李志鹏，市棋协的，胶南人；妈妈栾香蕾，数学教师，兰陵人。他们跟徐嘉慧住对门，两家人的外观形象也是"对门"，如同正负对立的两个极。李志鹏夫妇的年龄都比徐启昌两口子大。李志鹏个儿不高，玻璃眼，看人有点儿斜视；栾香蕾更矮，一副营养不良的感觉，顶着个大头，脑门很亮，就像山药豆串成的糖葫芦，上面加上颗山楂；李学健继承了他俩的不足之处，个子矮，大脑袋，不过很聪明。有一次，柳明君带柳大看和李学健在小区里玩。柳明君给他们出了一道鸡兔同笼的题。那时俩孩子还小，上小学三四年级的样子。李学健一下子被这道题吸引住了，苦思冥想很久也得不出答案。柳大看在一旁不停地问："爸爸爸爸，快告诉我答案！"李学健却说："叔叔叔叔，千万别说！"柳明君事后遇到李志鹏两口子很感慨，说李学健这个小孩了不得，长了个理科生的脑袋。

106是柳大看家，他的爸爸、妈妈是大学的同班同学。爸爸柳明君，语文教师，老家莱阳；妈妈马筱茗，校办的办公室主任。柳明君是从乡村走出来的，土地赋予他的肤色让他走到哪里都能让人一眼认出他的货真价实；马筱茗是个城市女孩，婚前十指不沾阳春水；柳大看身高近一米九，酷爱打篮球。他们家跟徐嘉慧家无论是年龄上还是形象上都挺般配。按说，他们两家论资排辈都分不上房子。幸运的是，有些人见剩下的房子不是楼层不好就是朝向不如意，还想再等下一批，就这样让他们赶上了幸福的末班车。

教师大厦代表着政府施政形象，外观高大宏伟，内部宽敞明亮。公摊面积很大，整个天井就显得亮堂。

关于天井，徐嘉慧为之写过一篇说明文。

尺巷的说明书

我家住在教师大厦。一进单元门，是一个很大的天井。我们都管它叫"尺巷"。

尺巷的形状，众说不一。有一次，说起这件事，马爷爷说，像布币，就是古钱；骆爷爷说，像铲子。后来，我爸爸说，布币是中国春秋战国时期流通的铲状铜币，因为铲子在此之前曾是民间交易的媒介，故最早出现的铸币铸成铲状。我知道马爷爷跟骆爷爷说的是一回事了。我妈妈说，尺巷像十字架。李学健的妈妈也说像十字架。我知道她们这种说法是把单元门外的那块面积也算上了。柳大看说，像把刷子。其他的小朋友也都跟屁虫似的说像。其实，在我眼里尺巷呈"凸"字形，不过"凸"的上半部分拉长了。说"凸"字的时候，我还上幼儿园。"凸"让大人们感到欣喜，让小朋友们感到惊讶。他们刚开始数数，我已经能磕磕绊绊读报纸了。

"凸"的大小，我们用步子丈量过。小奇家跟我们家对门，有三步远；从柳大看家到小奇家有十步，从我家到李学健家九步半。我觉得还是马爷爷说得准确，布币就是下宽上窄。马爷爷家跟骆爷爷家对门，有三步。从门口走到顶部有十五步。后来我们上学了，学了线段，学了长度。老师曾布置作业让我们回家量一量几种物品的长度，记下量得的尺寸。我们就量了天井。从小奇到我们家是 1.5 米，从柳大看家到小奇家有 5 米，从我家到李学健家有 4.8 米，从马爷爷家到骆爷爷家有 3 米。从门口走到顶部是 7.5 米。

"凸"的两肩，右边扛着两部电梯，左边扛着安全出口的人走楼梯。

学生写作文有字数限制，既不能太短又不能过长。太短，非但展示不了文采，而且肯定还要扣分，连及格分都拿不到；过长，也不行，因为没有那么多的版面，写到版面外也是要扣分的。其实徐嘉慧写《尺巷的说明书》时写得很长，写了将近4000 字。有一次老师要求写一篇说明文，徐嘉慧就把它的开头交上去了，还受到了表扬。由此也可以看出，写作关键还是要靠平时的积累。下面是她写的一篇记叙性的散文。

说起我们一楼的邻里关系，那真叫一个和谐！我们一楼有 6 户人家，两户是老人，有 5 个孩子一般大，都上同一个幼儿园、同一个班。骆来来小时候住爷爷奶奶家。平时，爸爸妈妈们工作忙，接送我们的任务就由 4 位老人承担起来。那时，4位老人都退休在家。马爷爷在前头"开路"，中间有张奶奶、姚奶奶一旁一个"护

尺巷

驾"，骆爷爷在尾部"保驾"。如果谁家的老人来探亲，那肯定会自动加入护送队中来。比如，我姥姥在我妈妈出国培训那段时间就到青岛来护送过一段时间。有自己的姥姥护送，那感觉要多甜蜜有多甜蜜！5个孩子除我和骆来来外他们仨都不安生，左冲右突，大呼小嚷，浩浩荡荡，每次出行都是一道靓丽风景线。特别是柳大看，一刻都没有安分气儿。小奇、李学健跟在柳大看的后面追。累得爷爷奶奶们都回来"告状"，说管理10个骆来来、徐嘉慧，也不管一个柳大看！

磕破膝盖，擦伤手掌，对柳大看来说都不算个事。最壮观的一次，柳大看趁爷爷奶奶们不注意，悄悄溜进路边的一家超市，等被发现的时候，他已经将大米、小米、绿豆、红豆等五六种粮食都给人家搅在了一起，搅成了"五谷杂粮"。超市的老板哭笑不得。4位老人也哭笑不得，回来跟爸爸妈妈们商量，最后的结果是各家都去买"杂粮"。柳大看家买得最多，听说吃了半年还没吃上，还捎回他们老家一袋子让柳大看的爷爷、奶奶帮着吃。我们家也吃了很长时间。吃杂粮没什么不好，但有的豆煮时间短了会不熟，吃起来有点硌牙。还有一次，柳大看在路边对着一棵桃花开得正盛的桃树撒尿，被绿化工人逮个正着。张奶奶问他，他振振有词地说，这样花能早点结出桃子！这家伙！

回来后，我们就在天井玩。

在天井，我们玩得最开心的是捉迷藏。电梯口、楼梯口、墙角、门边，都是我们的"藏"身之地。身子当然藏不住，但我们都装着熟视无睹，从"藏"者身边大摇大摆地经过，装模作样地去寻找。寻者煞有介事的焦急模样会逗引得"藏"者忍不住大笑。我们每天都玩这样的游戏，玩得不亦乐乎，玩得忘记了时间，直到爸爸、妈妈、爷爷、奶奶、外公、外婆来喊回家吃饭才恋恋不舍地约饭后或下一次再玩。寻者的角色一般由我一个人来扮演，因为我的"故弄玄虚"演得最像，其他的人去"藏"。每当这个时候，他们都成了"空气"，我成了搞笑的小品演员。小奇和柳大看"藏"得最好，捂住了两只眼，大有"掩眼盗铃"之趣。小奇的耐性最差，被我三撩两拨就"噗嗤"，自己显形了；柳大看的笑点很高，我不黔驴技穷他不笑，不过他的笑声透彻、响亮。姚奶奶曾经说过，一听柳大看的笑声，什么烦恼也都会忘记。的确，柳大看从小就很直爽，心里不存事，有一说一。不像骆来来，他要是不高兴了，半天都哄不好。难怪姚奶奶喜欢柳大看。

捉迷藏、扔沙包、玩纸牌、老鹰捉小鸡、石头剪刀布、蹬滑板车都没有性别之分，可其他的游戏我们就玩不到一起了。比如，抽陀螺、弹玻璃球、玩三国杀，是男孩子的游戏；跳皮筋却是我们女孩的专属。男孩没有一个跟我玩跳皮筋的。我只好将皮筋一头系在暖气管道上，另一头系在楼梯栏杆上，一个人玩。"小皮球，香蕉梨，马兰开花二十一，二五六，二五七，二八二九三十一，三五六，三五七，三八三九四十一，四五六，四五七，四八四九五十一，五五六，五五七，五八五九六十一，六五六，六五七，六八六九七十一，七五六，七五七，七八七九八十一，八五六，八五七，八八八九九十一，九五六，九五七，九八九九一百一！"男孩子不跟我玩，但跟着我一起唱，一边抽着陀螺、弹着玻璃球或玩着三国杀，一边唱。有时候他们爱玩踢"球"游戏，且乐此不疲。一个喝空的饮料瓶、一个报纸团，甚至一个瓶子盖都可以是他们的"足球"。他们一踢就是几个钟头，大呼小嚷的，直到踢得满头大汗、面红耳赤。他们有时候毫无章法地疯踢一通，有时候也踢"老鼠戏猫"的文明游戏。不过他们都没有在天井踢过真正的足球。真正的足球只能在绿茵场上踢，蹬上皮足，带上护板。真正的牛排也只能在西餐厅吃，左手持叉，右手持刀。

骆来来好静，喜欢一个人蹲在角落里，捏一根狗尾巴草，见一只路过的小蚂蚁就能逗半天，一会儿弄得它背朝下，一会儿拨得它晕头晕脑，一会儿戳得它缩步不前，一会儿追得它仓皇逃窜……可怜的小蚂蚁只要见着骆来来就会吓得躲远远的。要是有时候连着三四天他都看不见一只蚂蚁，在天井看不到，他也不急。他会到外面捉，捉回来再玩。反正天底下并不缺蚂蚁。骆来来有时候也玩蝉，玩屎壳郎，玩毛毛虫，玩一切昆虫。我们都管他叫"法布尔"。法布尔是法国的一位昆虫学家，一生喜欢虫子，写过《昆虫记》一书。我们都爱看。自然，法布尔的《昆虫记》更让骆来来爱不释手。

骆来来喜欢下围棋，和李学健的爸爸是棋友。他有时候也跟我们玩捉迷藏。但玩几次他就失去了兴趣。他真跟我们不是一类人！他常常一个人木木地坐着，一副苦大仇深的模样，也不知他整天在思考些什么。

我们在天井做过最惊动左邻右舍心魄的一件事是在墙上作画，拿着水彩笔，想画什么就画什么。什么水草、紫菜、乌龟、小虾、大鱼、鹦鹉螺……什么海岸、轮船、白帆、海鸥、沙滩、礁石、码头……什么陆地、汽车、楼房、马路、红绿灯、

尺巷

学校……什么田野、农田、牛羊、高山、小河、青蛙、鸡鸭……直到我们各自把一整盒水彩颜料全部涂到墙上才算完。围观的人们越聚越多，我们浑然不觉，一个个都沉浸在忘我的创作之中。说实在的，从小到大那是我最酣畅淋漓的一次作画！最后不知是谁把楼长喊来了，把物业经理也喊来了。楼长退休前是一所学校的工会主席，红光满面的一个爷爷。他还没吱声，我爸爸就故作震惊地感叹："大作！真是大师的手笔！儿童才是真正的艺术大师！"柳大看的爸爸也随声附和，说："作为大人，不该以牺牲孩子的灵气和想象力为代价，换回来一面苍白的墙。"两个爸爸夹在人群里一唱一和，其他人都生出扼杀天才的刽子手的惶恐，一个个连声说"好好"，此事就这样不了了之了。一年后，我爸爸和柳大看爸爸给天井贴上一圈壁纸，这个故事就像一粒璀璨的珍珠镶嵌在我们美好的童年里了。

夏天的时候，我们会聚到张奶奶家吹着空调看书。他们家是最早一户安上空调的。马爷爷那时退休了，但有段时间在外面返聘。张奶奶退休了，她就管理我们，把我们管得乖乖的。她不知从什么地方搬回来很多书，有绘本，有《幽默大全》，有《故事会》，还有一些大部头的书。小奇看绘本，李学健看《幽默大全》，骆来来看《故事会》，我和柳大看读大部头的书。我们看累了就吃冰镇西瓜，进出都悄然无声。张奶奶说，她最喜欢看我们静静读书的样子。说实话，我喜欢读书与张奶奶的引导有很大的关系。读书之余，张奶奶还教我们识字、画画、唱儿歌、猜谜语，有时还给我们讲故事。爸爸妈妈们都放心也支持我们被张奶奶管理，各自买好饮乐多、糖、水果、点心，把我们送到张奶奶家。吹着空调，看着书，吃着美食，于是，张奶奶家就成了我们最喜欢待的地方。

冬天的时候，我们会聚到骆爷爷家围着炉子烤花生。骆爷爷和姚奶奶都退休了。骆爷爷身体不好，俩人都赋闲在家。骆来来家在人民路，他从小住在爷爷、奶奶这边，跟我们玩。他爸爸、妈妈一个周过来几次。骆来来的姑姑骆晓莺那时在济南财经大学读书。骆爷爷他们家虽然住进了楼房，但因为是一楼，门前又有个不大的规整的院，依据老习惯就生了个蜂窝煤炉子。到了冬天，虽有暖气，但一楼的温度并不高。骆爷爷怕冷，就把炉子请到了室内客厅。炉子平时主要用来烧水、冲茶。两个老人都爱喝茶。茶壶、茶杯都看不出原来的质地来了。到了饭点，炉子还可以用来炖排骨、熬粥什么的。骆爷爷把炉盖盖上，把花生放在炉盖上，时不时给它们翻个个儿。炉子烧得暖烘烘的，烤红了我们每一个人的面颊。不一会儿，一股香味就满屋子氤氲。诱人的香味儿常令我们等不及烤透，就迫不及待地抓起一粒，烫得两手不停地倒换，嘴里嘻嘘着，一下子蹿到炉子后面，任由那火热的艺术家在双手掌心舞蹈。稍一凉便填到嘴里，嘻嘘声就更大了。当一个个吃得面红嘴黑开心地说笑的时候，我们觉得在那一刻，冬天都是香喷喷的、暖和和的了！吃够了，闹累了，我们就一个个慵懒地趴在沙发上，看着姚奶奶织毛衣。姚奶奶织剩下的毛线便给了我们。我们把毛线两头系在一起，两人一组玩手掌的翻绳花游戏。骆爷爷就冲茶喝，冲淡了就让我们喝。

教师大厦的邻居都是教师，虽不是一个学区，但彼此都有印象，相处极为容易，不几天楼上楼下就熟络起来。楼上这家从老家带回的有机蔬菜瓜果、楼下那家单位赠送的演出票、球赛票，其他几层几户都跟着享用。倘若谁单位加班或出差接不了孩子，那这时候孩子便成了"香饽饽"，楼上楼下几家都抢着往回领。

有一年，柳大看去参加市少工委组织的书法比赛，他书写的"尺巷"获了一等奖。这一下邻居们更高兴了，说咱们一楼出名都出到市里了，这下全市都知道我们"尺巷"了。作品展览完毕，柳大看的外公马铁山亲自去将柳大看的获奖作品领回来，送到装裱店装裱了，配以雕有花纹的松木木框，端端正正地挂在一楼天井楼梯与电梯之间的横梁上。这一下我们一楼想不出名也不行了！

这便是我们的尺巷，我们的乐园！

天井作画的后续是小奇、李学健挨打了，徐嘉慧和骆来来挨批了，只有柳大看安然无恙。柳明君常把一句话挂在嘴边："孩子生在我们家，很难得，我们只能对他好一点儿。"

第二章

邻居节与作文课

一楼尺巷的美邻中还有一个"邻居节"！每年聚会一次，日子一般定在寒假，年前、年后都可。

"要过节了！"

"过！必须得过！"

"哪天？"

"这个星期天，怎么样？"

"行。"

跟其他邻居一商量，都是教师，也都有相同的休息时间，何况还是寒假，正是百无聊赖、外出踏足不行、在家吃喝不成问题的时刻，这样三约两约，成了。开始是几家，后来渐成规模和传统。按照传统，每家出一两个菜，酒水自备。一两个菜，给了各家特别是妈妈们展示厨艺的大好机会。可每一次的菜都吃不上，酒却都喝上了。推杯换盏中，大人们都说咱们一楼真不愧是"六尺巷"①！

"六尺巷！"

"六尺巷！"

酒足饭饱之后，彼此都凭空生出"得一美邻足矣"的感慨！

物质上的满足促进精神上的愉悦。邻居节的活动中也包括一次小型的演出。过日子就是过的孩子的日子。孩子们小，表演欲望盛。唱歌，跳舞，弹琴，吹笛，快板，快书，说相声，讲故事，猜谜语，诗朗诵……一个孩子准备两个节目，5个孩子表演完毕就得老长的时间，中间大人们再插科打诨或正儿八经地表演几个节目，足能撑起一台晚会。

---

① "六尺巷"是中国历史上一段美好的佳话，昭示中国人民追求和谐的传统美德。

有一年，邻居节，觥筹交错中，柳明君突发奇想，对几个兴高采烈的孩子说："吃也吃了，喝也喝了，酒足饭饱之后，孩子们该看你们的了。看什么呢？当然不只是单纯看，要写！要写知道吗？"柳明君也喝得差不多了，"写一种美食。按一定的顺序，从远到近，从色、香、味儿去写。假如你是一只小馋猫，先闻到味儿。什么味儿？闻到什么就写什么，然后顺着味儿去找。看见了一道菜，什么颜色？红，黄，蓝？什么形状？细，长，短？煮得稀还是煮得稠？再吃一口尝尝，口感如何？酸，甜，苦，辣？描写是写作的基本功，是刀工，是针脚。知道吗？"柳明君的提议得到了所有家长的空前的呼应，这后来成了他的作文课的雏形。

柳明君随手抓过来一张纸和一支笔，唰唰写了几个字"如何写好作文"，让孩子们读。纸和笔在每一个教师家里都不缺。

尽管那时孩子们都小，也都上学了，这几个字都认得，都读了。不过，柳明君不满意，摇摇头说："还可以怎么读？"

"如何写，好作文！"徐嘉慧反应最快，率先读了出来。其他人闻声都眼睛放光，盯着徐嘉慧看，仿佛徐嘉慧推开了一扇门，门外是一片新天地。

"对！如何写，好作文。读法不同，理念就不同，层次肯定也不同。就跟做饭一样，做饭和做好饭肯定不一样。"

众人都喜滋滋地看着柳明君。

乔双燕说："柳老师，孩子的作文就交给你了。"

"对，不接不行！"栾香蕾拿筷子敲了一下面前的杯子说。

"必须的！"徐启昌拍板定音了。

"写作是不是看起来很简单、很有趣？当然还要加上一些好词、好句，修辞手法，比喻、排比、拟人、夸张什么的。修辞是语言的外衣！你们知道修辞手法有多少种吗？"柳明君趁众人一愣神的功夫，又忍不住地伸出三根手指头在空中比画说："78 种！"

没听说过！在座的人眼睛瞪得更大了。

"写作当然不是这么简单。作文不振扬、不透彻，只是悟处未到。悟从思入。语云：思之思之又重思之，思而不通，鬼神将通之。非鬼神之力也，精诚之极也……"

众人一看柳明君一副酸儒的样子，哈哈大笑！知道他真的喝醉了。

尺巷

柳明君举杯还要喝，马筱茗一把夺了杯子。柳明君晃着脑袋说："我没醉，才三瓶，我还能喝！"

马筱茗乜斜着他："看见没有？一个人从愚昧走到文明需要三十年，从文明到愚昧只需三瓶酒！"

事后，孩子们在家长的督促下，反复酝酿修改，又经柳明君适时指导，结果出了"大作"！他将孩子们的习作汇集成篇，起名为"邻居节上的美食"。

蛋挞

徐嘉慧

美食是通往快乐星球的通道。而在这通道中有一个叫"蛋挞"的，它是这个通道的"引路人"。我妈妈烤出的蛋挞外层酥脆芳香，内层松软香甜。

馄饨

徐嘉慧

我们老家的三鲜馄饨令人回味无穷。汤是添加枸杞、桂圆、莲子熬制出来的鸡汤，撒上紫菜、虾皮、香菜末儿。那馄饨一个个色泽红润，皮薄馅大，晶莹的皮里透着几抹颜色。咬开一口，里面便是红、粉、绿相间，红肉如玛瑙，绿韭如翠玉，粉虾如花瓣，浓汤溅出，田野的喜悦夹杂着海边的腥风，鲜香的味道刺激着味蕾，满满的幸福在舌尖炸裂开来，让人欲罢不能。

酸菜鱼

杨林奇

红彤彤的辣椒，白嫩嫩的鱼肉，暗黄黄的酸菜，细纤纤的绿豆芽，随着咕嘟咕嘟的声音，一面白一面灰的鱼皮在汤里时隐时现，吃的时候撒上一小撮翠绿的香菜点缀，人们立刻垂涎三尺。撮一片鱼肉放进嘴里，香辣与鲜嫩立即"窜"进口腔的每一个角落。细嫩柔滑微辣是一种味道；倘若鱼肉再添上根香菜或酸菜，肉浓菜清又是一种味道；三菜同吃自然更是味道不同。爱吃辣的，温度高时趁热吃，一口下去汗就在鼻尖、在额头、在头顶、在前胸后背"咣当"吐了出来；温度低了，不能吃辣的也能对付几筷子。

排骨

骆林奇

一开锅盖，香气便氤氲开来，将所有人的视线吸引过来，香嫩多汁的肉、醇厚的八角以及麻麻的花椒，津液立刻在口中"绽放"。

奶奶的豆浆

骆来来

提前一天先把黄豆、大米、小米、桂圆、红枣、核桃清洗干净，放水中浸泡12小时，然后放入搅拌机粉碎成糊糊状，倒入锅里，加纯净水和冰糖熬煮，一股悠悠的豆香从锅盖底下"咕嘟咕嘟"钻了出来。待豆浆冷却后，再过滤掉渣滓，就是最健康的饮品！轻抿一口，清甜香醇！

雪花酥

骆来来

它的包装纸上有一只可爱的粉红色火烈鸟。打开它的"外衣"，你就会看见一个正方体，像雪一样白，而且散发出清香。拿起一块雪花酥，轻轻地咬一口，松松软软的，一股浓浓的奶香便席卷了整个口腔。包裹在外面的奶糖有些黏牙，甜丝丝的味道里包裹着牛奶的新鲜气息。随之而来的便是冻干草莓那酸甜可口的味道。酥酥脆脆的，一咬，便成无数块，就像许许多多的小精灵在舌尖上跳舞。保你吃了一块还想再吃一块。

爆浆蛋糕

柳大看

一层被巧克力碎粉包裹得厚厚的，乳白色的奶油拥抱着那散发出淡淡香气的蛋糕胚。这便是爆浆蛋糕。与众不同之处在于一刀切下后，那厚重的奶油便顺着刀痕缓缓淌下，像一条千年古河，黏稠厚重，永不干涸。而这奶油入口即化，只留下一丝甜腻于舌尖。那蛋糕胚松软，似柔软的海绵，拭去舌尖的碎末。

辣子鸡

柳大看

我迫不及待地攥上一块鸡丁，放入口中，闭上眼睛，美美地咬上一口——先是辣味，突然，那鸡丁仿佛在我的舌尖上爆裂开来，就像燃放了一个烟花，红的、黄的、白的、黑的……五颜六色，精彩纷呈。

我又攥了一块辣椒，放入口中，细嚼慢咽，立马感到如一股火舌引燃一堆熊熊烈火，直逼喉咙，烧灼着我的舌根。霎时，犹如千万只烙铁烙烫着口腔的每一个细胞，仿佛嘴唇在不断地变大、变肿，觉得嘴里快要喷火了。我张着嘴巴不敢说话，一直在用手使劲地扇着。到后来实在受不了了，就在房间里跑来跑去，好让风灌进嘴里解辣。我眼泪都流下来了，感觉脖子都是红的。最后，我喝了三大杯凉开水，吃了两个冰激凌，才感觉好受些。妈呀，以后再也不碰这玩意儿了！

菠萝炒饭

李学健

蛋炒饭是我家的一种家常主食。今天，我要为大家介绍它的一个分支——菠萝炒饭。

首先把菠萝肉挖出，用盐浸泡，拿出米饭、鸡蛋、火腿、葱。把鸡蛋打散成蛋液，把火腿切成丁，把葱切成葱花。把菠萝在盐水中浸泡10分钟后，捞出，沥干，切丁。

起锅烧油。锅要热，油要温。这样倒入蛋液容易掌握火候。蛋液变成五成熟的蛋花，赶紧盛出。再加油少许，放入葱花，爆香，倒入菠萝丁煸炒，煸炒出汁后倒入米饭、火腿丁翻炒。米饭变热后，再加入蛋花，30秒后出锅。

一缕香气钻入鼻腔，嘴角的口水已经不争气地流下来了。挖一勺填进口中，菠萝的酸甜、火腿的肉香、蛋花的温润、米饭的糯黏在口中缱绻爆裂，好像一下子就把我拉到了那海南岛的篝火旁，尽情翻跹。

可乐鸡翅

李学健

儿时最喜欢吃的无疑是可乐鸡翅。所谓可乐鸡翅，就是用可乐熬煮出来的鸡翅。把鸡翅清洗干净，然后焯水，沥干。油烧开后，先把鸡翅煎到半熟，倒入可乐，焖煮至熟透。出来的鸡翅金黄发亮，细腻流油。汤汁浓稠，软软糯糯。一口下去，仿佛梦魂归帝所，在口中爆发出一场盛世绝伦的烟花焰火。

邻居节上，杨秋山负责照相。他家是最早拥有照相机的。等别人家也出现了照相机，杨秋山早换成单反的了，引得小奇也有事没事地出去咔嚓几张。杨秋山感觉自己没有什么拿手菜，就买来了一堆现成的熟食，什么一整只全聚德挂炉烤鸭，什么青岛流亭猪蹄，什么塔桥全羊，什么德州扒鸡，他都买过。吃过的人都啧啧称赞，真是名不虚传！

《邻居节上的美食》在各家之间传阅欣赏。孩子们的"大作"不但宣传了各家的特色美食，而且将邻居节"扶正"成了一个传统节日，更在家长们的撺掇下，柳明君的作文课也红红火火地办起来了！

说是作文课，其实是阅读欣赏课。小学时候，柳明君主要引导孩子们看书，看名著，看经典，然后摘抄。

他说："不动笔墨不读书！做笔记是读书的重要方法，顾颉刚先生一生治学，勤于做笔记，六十余年积累笔记近百册。钱锺书先生读书也爱做笔记，单是外文笔记就达两百多本。"

这几年，孩子们跟着柳明君读了一本又一本名著，积累了一本又一本好词佳句。不过他的作文课还没有系统地开展起来，顶多让孩子们来个小练笔，也都是一些小片段，比如一个人，一道景。

人物描写有"五描"——外貌描写（肖像描写）、语言描写、动作描写、神态描写、心理描写，用任何一种描写方法都可以写一个有钱人和一个没钱人，写一个高兴的人和一个悲伤的人，写一个大方的人和一个小气的人，写一个文雅而有修养的人和一个粗俗不堪的人，写一个冬天的老人和一个夏天的孩子……

景物描写有"五觉"——视觉、听觉、触觉、味觉、嗅觉，用任何一种感觉都

尺巷

可以写一个冬天和一个夏天，写一个春天和一个秋天，写一个雨天和一个风天，写一个雪天和一个电闪雷鸣的天，写一个阴天和一个晴天，写春天早晨的花朵和夏天中午的花朵，写山，写水，写海边……

孩子们都很兴奋，争相去写、去阅、去品、去评。

语文很好玩儿！谁要是提语文就很头疼，那肯定是把语文学死了。学语文就好比外出吃大餐！没有一个人一听要吃好饭了，而感到很痛苦的。

柳明君觉得写作应该循序渐进，不能急于求成，更不能揠苗助长。

"没听说过，一个学裁缝一课时就敢下剪刀做旗袍的！"

迄今为止，柳明君很成功的一个课例是给《岳父和仨女婿》做的五集"打油诗"连续剧。

岳父和仨女婿

第一集

有一个老人有三个女儿。大女儿嫁给一个读书人，二女儿嫁给一个商人，三女儿嫁给一个目不识丁的农夫。

正月初四，女儿回娘家，仨女婿也都来了。酒酣耳热时，岳父提议行个酒令："说三句话，分别用上'笔直''成千上万'和'一个没得'。"

三个女婿听得一头雾水，让岳父来个示范。

岳父说："我砌的这面墙——'笔直'，里面用掉的砖——'成千上万'，等我两眼一闭——'一个没得'。"

大女婿是个文人，文人喜欢拽两句："岳父院子里的树——'笔直'，上面的树叶——'成千上万'，等秋风一吹——'一个没得'。"大女婿说的还比较有诗意。

二女婿是个商人，商人张嘴闭嘴就是钱："岳父家的柱子——'笔直'，花掉的钱——'成千上万'，等柱子一倒——'一个没得'。"他说的也符合他的身份。

老三是个农夫，没什么文化。轮到他了，果然憋得脸通红也没说出半句话。岳母心疼三女婿，老早就拿着个苹果慢慢踱过来假装啃，想在关键时刻帮帮他。三女婿一看岳母啃苹果，有了灵感："岳母的腰板——'笔直'！"

众人都瞪大了眼睛，这是三女婿说的话吗？太有文采了，情商太高了！

结果接下来的话露馅儿了:"岳母的腰板——'笔直',她偷的苹果——'成千上万',护林员来了——'一个没得'!"

第二集

岳父出题:"形容人的长相,用上夸张的手法。夸张有三种,夸大、夸小和超前夸张。我形容老大,老大形容老二,老二形容老三,老三随便,形容谁都行。"

三女婿说:"我形容岳母。"

众人都笑了。

依然岳父先来,他说:"大女婿的脸盘长,早晨的眼泪中午才流到鼻子上。"

大女婿说:"老二身上的铜臭味儿咣当响,身边聚集的小偷赛苍蝇。"

二女婿说:"老三的眼睛小而亮,就像嵌着两粒金子在闪光。"

三女婿果然说的是岳母,他说:"岳母一出门,果农就赶紧招呼,老虎出行,要注意了!"

第三集

这一集,岳父出的是一个对子。对对子有三种:正对、反对、流水对。

岳父说:"女婿祝寿众人喜。"

大女婿:"儿子买单合家欢。"

二女婿:"账单甩给三女婿。"

三女婿:"你不买单谁买单。"

众人见三女婿指着岳母,都笑了。

第四集

岳父说:"这一次咱们说'早',但不得出现'早'字。"然后他来了一段:"老汉摸黑去赶集,路上行人来往稀。走到半路没带钱,返身回家鸡未起。"

大女婿说:"披星戴月去赶考,满地银霜行人少。捷报飞来震寰宇,月亮依旧挂树梢。"

二女婿说:"头顶玉盘脚踩银,上下天光都是金。反手是雨合手云,无影无踪黑来急。"

三女婿说:"我挑露水担,上园去浇蒜。蒜苗刚露头,我想炒鸡蛋。"

尺巷

岳父出题说："这一次咱们说'慢'，可以出现'慢'字。"然后他来了一段："乌龟出行爬得慢，老牛拉车走得慢。夏天凉风吹得慢，老汉无牙吃得慢。"

大女婿："下笔生涩蜗牛跑，动作缓慢挤牙膏。提笔忘字拖拉机，答题艰难绣花袄。"

二女婿："拖泥带水做事慢，慢条斯理说话慢。姗姗来迟走路慢，磨磨蹭蹭动作慢。"

三女婿："岳母半夜去赶集，天亮才到院子里。赶集买块热豆腐，回家一闻是臭的。"

关于《岳父和仨女婿》的创作，柳明君想让孩子们至少明白三个道理。

第一，电视连续剧是怎么创作出来的，长篇小说是怎么创作出来的。所有的电视连续剧，哪怕是几十集，到最后都可以用一句话来概括。《都挺好》说的是一本中考习题集的故事。再长的作品也是一个故事、一个故事地演绎出来的。

第二，作品的结尾很重要。《岳父和仨女婿》中，读者更期待三女婿的表现。纵观文艺作品，无论是小品，还是相声，乃至其他的艺术形式，结尾都承担着很大的艺术使命。学生作文也必须遵循这一艺术规律。

第三，人物都是有个性的。人的身份、地位、学识、性格不同，所说的话、所办的事肯定千差万别。写文章要把人物写活，就要仔细揣摩人物的形象特征。写文章切忌千人一面，千篇一律。

后来，孩子们上了初中，各奔东西，再加上科目多了，学习压力也大起来，柳明君的阅读欣赏课就停了。有时赶上个征文活动，临时组织一次两次的也曾有过，但大多讲解的时间少，批改的时间多。就这样一转眼到了孩子们的九年级。面临孩子们升学的压力，家长们都产生一种莫名的惶恐。此时正是国家"双减"政策方兴未艾之时，校外的培训机构都关门歇业了，义务教育阶段学生过重的作业负担减轻了。马筱茗就开始充分挖掘邻居资源。孩子们都是同龄，组织学习也很简单，她就义务组织了一个寒假九年级学习小组。

第三章

我的爱两步长

我的爱两步长

　　夜已深，清冷的马路上早已没有了白天的喧嚣，孤独的街灯有气无力地发着白光，黑暗像块无尽的大海绵贪婪地吞噬着这世上仅存的一点亮，偶尔有一辆车呼啸着从身边撕裂而过，心中的恐惧便瞬间沿着发梢和毛孔，肆无忌惮地飞蹿到空气里。

　　恐惧驱走冲动，冷静重新回归自我。我开始慢慢咀嚼今天发生的事了。

　　上了初中，学习压力陡然增大，升学形势日益严峻，我的不良情绪也像熔岩一样堆积。终于，在今天因为一题之错，我的火山喷发了，毅然决然地冲出家门，想挤进这无尽的夜，让冰冷的暮色去熄灭我的火山。

　　站在黑乎乎的十字路口，我心里阵阵发毛。仿佛身后有沙沙的脚步声，也好像左右有光束晃过。我一激灵，同时自我安慰，一定是我出现错觉了。我警惕地左看右看，身边什么也没有。霎时，脑海中鬼魂妖怪的记忆复活了。我拔腿飞奔起来，没想到身后仍有诡异的脚步声紧紧跟随。我要崩溃了，不顾一切地向家跑去。

　　来到楼下，看到自家窗户的灯光，我很想像玩倦的鸟儿急待归巢一样飞上楼。但我又羞愧地停住了，我真为自己先前的幼稚而脸红！"自古硬弩弦先断，从来钢刀口易伤。"

　　挪蹭中，黑暗里传来妈妈喊我名字的声音，我赶紧应答，声音刚掺了点儿惊喜，却没想到妈妈又急促地问："怎么一个人回来？你爸呢？"我突然明白，原来那奇怪的脚步声和光束来自爸爸！爸爸不放心我，一直在默默地保护着我。

　　"在这呢。"爸爸的声音从身后传了过来。

　　我的眼泪一下子失去了控制，就那么恣意地蔓延着，任其奔涌。

　　啊！我尝到了爱的味道——我的爱就这么两步长，退后一步是父，前进一步到娘。

尺巷

这是柳大看写的一篇作文，考试中得了 40 分。

青岛的初中生都知道，考试中作文能得 40 分绝对是值得高兴的事。40 分其实是道坎儿。能上 40 分的人，是少之又少的，一个 50 人的班只有 5 人左右能得 40 分，占十分之一，有的班甚至连一个过 40 分的都没有，这样一说就知道有多么不易了。能得 40 分的作文，是极有文采的，从立意到选材，不但有思想、有深度，而且新颖、不落俗套。上了初中，几乎所有人都为作文 40 分而奋斗。

其实，初中作文判分有一个怪现象，至少在青岛地区有一个怪现象。

小学时，初学写作，学生得分反而容易。古人云："凡学文，初要胆大，终要小心——由粗入细，由俗入雅，由繁入简，由豪荡入纯粹。"小学写作教学极好地贯彻了这一教育方针，判分给得高，满分有，但不多，其他大都扣 1 分、2 分。小学生都很快乐，他们感觉写作很容易。小学时期很重视书写，这就让一部分学生产生误解，觉得只要认真就没问题。至于写作的其他要求，他们不做过多的追求。这就为上了初中陷入迷茫埋下了祸根。如果在小学作文判分的时候，能求严求实，本着"给一分有理，扣一分有据"的原则，更能让写作者眼清目明，明白该往何处努力，明白该努力到何种程度。

初中时，有了一定的基础，学生得高分却困难了，上 40 分都不易。老师判分手紧有好处，不让学生懈怠，让他们知道不能不思进取，要积极努力，要多看书，加强文学修养。但现在中学和小学衔接大多不够紧凑，几个月前在小学六年级作文还是满分、高分，过了一个暑假，上了初中，一棍子打回原形，30 多分！懵了！初中三年的期中考试、期末考试加起来有 12 次，大部分学生竟然一次都没有作文上 40 分的经历。成就感是保持积极性的动力！如此大的打击，如此残忍的折磨，怎么能提高学生热爱语文、热爱写作的兴趣？结果到了毕业中考阅卷时，再放开。平时老师们都习惯了 37 分、38 分的标准，猛地放开真有点不适应，就像过了一辈子穷日子，突然有钱了都不知道钱该如何花。"放开，再放开！"负责人不停地说，"这是中考，阅卷老师们，不能按照平时的标准来！"于是，满分作文也有了，高分作文也屡见不鲜。这就让学生们不能不产生困惑了。早干什么去了？平时一套判分原则，中考一套判分原则，两套原则之间相差 5 至 7 分，不是怪现象是什么？青岛这几年的中考政策是只考语文、数学、英语三科。这种中考政策、这种作文判分的怪现象直接导致初中学生家长焦虑不安、困惑无助，大把大把地往外掏钱，辅导班应运而生就不奇怪了！从课堂到课堂，现在的学生累呀！试问，有几个作家是靠辅导培养出来的？有人讽刺说现代的课堂是教不出作家来的，难道还不够振聋发聩吗？

高中，选科，语文、数学和英语是必修课，其他从6科中选3科。考的是整体，可能会有一科稍弱，但有一科突出，总分就能上去。平时作文判分原则跟高考阅卷时一模一样，这就让人踏实。标准摆在明处，心知肚明。努力一分，收获一分。能看到曙光的教育都是成功的教育。有的放矢，采取措施，不走弯路。于是，高中生都能合理分配自己的时间和精力，家长也不像过去跟没头的苍蝇似的。

有人形容作文的练习好比跑一场马拉松，小学阶段是刚起跑，拉不开距离，初中、高中阶段是途中跑，有些吃力，再到后来能坚持走文学道路的人是少之又少的。

腊月二十八这天，夜已经很深了，柳大看还在马路上溜达。从伊春路到南京路，再到辽阳西路，现在拐到福州北路来了。

寒假，柳大看的妈妈马筱茗组织了一个九年级学习小组。上午学习数学、语文，下午学习英语、物理或化学。今天学习前面三科时，柳大看连着受表扬，后面的物理课就受打击了。最后那道题连小奇都做对了，6个人里只有柳大看出错。吃过晚饭，104教物理的姚奶奶把柳大看叫到她家，又让他做了一套模拟题。结果，他又错了一题。柳大看终于受不了了。

现在的中考政策是只考语文、数学、英语三科，满分360分。其他学科都作为通过性考试，只要不出现D就不影响考高中。但对物理、化学又不敢放弃，听说高中的物理、化学都特难。如果初中不打好基础，上高中就吃力了。高考的物理、化学是重中之重。再说现在高中在中考前会自招一部分优秀的学生，都要考物理、化学。过去，对于自招的学生，高中会直接录取，单独编班，提前开课。其中的诱惑力该有多大，想想都没有边！那是一种精英式的选拔。参与者都全力以赴。因为望英雄项背，许多庸者自觉无戏便放弃了竞争。而现在自招上了还要参加中考，还要看语文、数学、英语三科成绩，凭空折腾一把，耗费精力、体力、时间，诱惑力打了折扣，按说参与者会寥若晨星。不料，却出现"全民自招"的局面。大概家长们都抱着多一条路算一条路，让孩子锻炼锻炼总有好处的想法吧。

柳大看被寒夜的冷寂吓回。"快回家！"马筱茗一手挽住儿子，一手挽住丈夫，

尺巷

口气依旧是他们父子听惯了的那种踏实掺着武断的幸福味道。这是一种城市的花需要农家的土来滋养，然后开出了芳香的味道。

柳大看闻着从小闻惯了的、妈妈身上的味道。一种"家"的感觉让他安然、陶醉。他听到柳明君叹了一口气。他觉得只有他爸爸懂他。叹气中既有对儿子的学习无力帮助的无奈，也有家长压力排解的苍白，但更多的是作为父子的同为优秀的那份心力相通。

远远地，有一个人顺着伊春路由南京路往福州北路向这边跑来。他们仨都寻声回望。隆冬的深夜，气温还是很低的，灯光显得清冷。路边的树叶都掉光了，树枝一动也不动，好像睡着了。青岛的冬天很少下雪，只要不刮风就是一个宜居城市。城市的夜晚黑得并不彻底，此时的天空有些发红。

马筱茗仰脸看看天，像是自言自语，又像是话里有话："今天的天气预报说，明后天有雨夹雪。"

柳大看并不喜欢这种预报。这种预报就跟催要永远完不成的作业一样的悲催。

柳明君也不喜欢这种预报。这种预报令他有种捏着船票登不上船的感觉。他知道马筱茗这是在为后天能不回老家莱阳过年做着铺垫。

"这么晚！还有谁？"柳大看听出柳明君的口气中有些埋怨，不过马筱茗没有听出来。

"今天，有个女人包裹得很严，在单元门跟前鬼鬼祟祟的，还绕到楼前窥望，拿着个手机又是拍又是录的。"马筱茗低声说。

"是不是眼睛挺大，穿着墨绿色的长羽绒服？"

"是。"

"她前段时间找过我，说想进咱们的学习小组。她是四楼杨老师的姐姐，孩子也是九年级的。"

"哦，我想起来了。她孩子挺干净的，不像学习不好的样子。"

"青春期逆反。在杨老师眼里全是缺点，说人家除了吃就没别的爱好。"

"该不会对咱们的学习小组进行举报吧。"

"咱又不收费！"柳明君心里咯噔一下，"你老实说，收人家高海峰的钱没有？现在是'双减'……"

马筱茗生气地抽回手，反手推了柳明君一把："我收钱也收不到高海峰身上！他家那么不容易！你还不相信我？我在你心目中……"

马筱茗确实没收高海峰的一分钱，但学习小组被查、被取缔却最终归因于高海峰。

"少一事比多一事好！"

来人的脚步声越来越近。

"这么多年……"柳明君知道打开了马筱茗的"牢骚罐子"，如果不及时转移话题，马筱茗会一直不依不饶地说个不休。而只要转移马筱茗的注意力，先前的"牢骚罐子"就会自动封存，很少有再启的时候。柳大看这一点很像马筱茗。十几年在一口锅里磨合，柳明君还是很懂自己妻儿的。他问："明天中午，是骆老师的生日暨邻居节，你打算做个什么拿手菜？"

马筱茗的"牢骚罐子"果然被封："猪手板栗冻！怎么样？"这道菜是马筱茗最近学的，准备作为今年的拿手菜隆重推出。马筱茗做这道菜，已经做了好几天。猪手要前手，后手肥，不利于健康。前手筋瘦皮多，熬出的汤易凝成猪皮冻。用高压锅煮猪手，但不能煮得太烂，火候全凭感觉。猪手要趁热剥开。每次马筱茗戴着一次性手套都剥得龇牙咧嘴。此事的余波是人们的啧啧赞叹总会引来她诉苦般的夸耀。板栗要先炒出来，炒出醉人的香味儿，再剥。猪手冻加板栗也是个功夫活儿，一层一层冷却，一层一层添加，否则猪皮、猪筋、板栗会沉淀到底，硬货会因分布不均匀影响口感。吃的时候，将猪手板栗冻切成条状、片状、块状，切成三棱体、四棱体，黄的板栗，白的皮筋，灰的冻，沾着蒜泥、姜末儿，硬香的板栗、软腻的肉冻、劲道的皮筋，那感觉老爽了！这道菜没有个三五天做不出来。啥时提，马筱茗的脑子都是满的。要不说婚后的女人满脑子都是油盐酱醋！

马筱茗正踟躇间，柳明君先认出了来人："小奇？！你怎么这么晚才回来？"

"叔叔好！阿姨好！"小奇公式化地问候完毕，这才说，"帮高韵竹她爸卖烟花去了。"

"这么晚了还有公交车？"柳明君很庆幸小奇出现的时机，他的关心还有故意封存马筱茗的"牢骚罐子"的意味。

"12 路末班车是 10 点，早没有了。"

"那你是怎么回来的？"

尺巷

"打车。叔叔。"

"小奇，你那两篇写出租车司机和交通警察的作文写得很好。"柳明君对小奇和柳大看说，"写文章就是要写自己熟悉的生活。小奇经常坐出租车，与生活亲密接触，这方面就是有感觉，写出来的文章接地气。"

"谢谢叔叔！"

小奇身上带着柳大看熟悉的汗酸味儿。他是柳大看的发小，他们在幼儿园、小学、初中都是同班同学。小奇说的卖烟花的同学高韵竹，也是他们初中同班同学，家住水清沟，离他们这边5站路远。

高韵竹的爸爸叫高海峰，跟柳明君、马筱茗都比较熟。他们仨是在同一天认识的。

柳明君和马筱茗是青岛师范专科学校90届中文系的同班同学。柳明君来青岛报到的那天，一下车就遇到几个前来接站的同学，其中一个穿白色连衣裙、皮肤白皙的漂亮女生后来成了他的恋人。再后来，他毕业后留在了这座海滨之城，工作几年后俩人结婚，然后生了柳大看。

不过，柳明君那天没让人接站。一说起那天的相遇，柳明君和马筱茗还是一脸的故事。

20世纪90年代初的青岛四方汽车站有两处，一处是温州路与杭州路交叉口的国营汽车站，一处是内蒙古路个体汽车站。

两处汽车站之间隔着杭州路立交桥，桥下是海泊河，相距也就几百米，但繁忙程度迥然。个体汽车站车多，经营灵活。客流量大的节假日由调度室统一统筹安排，采用满客即走、流水发车、随调随用的方式。随调随用，即哪条路线乘客特别多，调度可以随时调用其他客流量少的路线的车。有的车比平时还能多拉多跑。平时乘客少，就采用时刻表排队等候。这种方式，经营双方都很高兴。国营汽车站车少，统一售票，固定座位、固定时间、固定人数。这种方式就显得淡定。于是就造成了个体汽车站繁忙、国营汽车站淡定的局面。个体车招手即停，这也是国营汽车站运营政策中所不允许的，于是乘客都往个体车站这边拥。

那时马路上的出租车还比较少，价格也高，三轮车、摩托车就充当市区的运营"大军"。这些人整天为生计奔波，滋生出一些不择手段的赚钱方式就不足为怪了。那天，柳明君一下车就遇到了这么一件"不足为怪"的事。

刚考上大学的柳明君身高一米八，又瘦又黑。坐在从老家莱阳发往青岛的长途汽车上，一过即墨进入城阳，路两边的高楼就堆了起来，柳明君眼珠子就不够使的了。车水马龙！鳞次栉比！熙熙攘攘！可以这样说，一路上的所见所闻是柳明君18年见识的总和。

下了杭州路立交桥，长途车就走走停停，停停走走。路边的小贩就潮水一样拥上来兜售面包、火腿肠、矿泉水、啤酒、花生米。车就走得更慢了，好不容易挪到汽车站附近。司机看看前面密集的车流干脆往马路边一靠，停了车，说："下客！"小商小贩、三轮车、摩托车"呼啦"就围上来了。

就在柳明君东张西望下车时，"不足为怪"的事发生了——他踩到了一个人的脚。那人"哎呀"一声，叫得夸张，一只手随即就揪住了柳明君的衣领，作势欲倒。揪衣襟、衣袖是临危求助，揪衣领就是寻衅滋事了。

柳明君瞥了那人一眼，见他跟自己差不多的年龄，敦实白皙，穿着一件黄汗衫，身着过膝的大花裤衩，脚下一双拖鞋。衣衫不新不旧，但干净、没汗渍。那人身后簇拥着几个大汗淋漓的三四十岁的壮汉，其中一个正兜起衣襟擦汗。

"说怎么办吧！"周围的叫卖声、揽客声就停止了。他们都好奇事态的演绎，脸上也就挂着事不关己的漠然。

怎么办？是你自己伸脚到别人脚底下故意让人踩的。不就想讹点钱吗？柳明君就像解一道题一样一眼就知道答案。钱在怀里揣着，但不能给那人。那是爹娘的血汗钱！柳明君给那人钱了，就不会成为柳大看爸爸了。给那人了，柳大看也不认柳明君是他爸爸了。他会认为柳明君窝囊，没骨气！当然那时还没他，没他半点事儿。但马路对面一个后来成为柳大看妈妈的人看着柳明君，这事就与他有关系了。

"说怎么办吧！"黄汗衫身后的那几个壮汉大声地嚷嚷，面部狰狞。

从丰满理想跌进骨感现实的柳明君一下子意识到形势的严峻，他大脑迅速地闪过几种处理方案：第一，那人下一步肯定谎称受伤去医院，如果同意跟他去，他有同伙尾随，去医院不是目的，路上劫财才是真，那更不安全；第二，报案，找警察，附近二里地不会有警察，他们会趁找电话报警的那几步路把事态扩大至"正义"的报复，最后稀里糊涂地连欺带抢被逼着掏钱，那更窝囊；第三，据理力争；跟这些都是城市的小混混讲不通，也没理可讲，就跟与虎谋皮、与羊要肉一样；第四，向

尺巷

马路对面的"同学"求救,他们肯定会来解围,但这个念头只是一闪而过,他不想让自己那么可怜。

就在柳明君大脑盘算如何脱身的那一刻,几个来接站的大学生看出了苗头,其中一个后来成了柳大看的妈妈。

这个大学生就是马筱茗。他们几个是被学校派来接站的,除去一个大二的同系学生会的男生,其他都是那年从青岛市区考上来的新大学生,提前几天报到,就被指派到各个汽车站、火车站、码头。他们都是在这座城市长大的孩子,从小见惯了形形色色的人,一眼就看穿又是一起小混混欺负外地人的事件。那几年流行着一个名词叫"青岛小哥"。但"青岛小哥"是仗义勇猛的代名词。用这么亮丽的词汇称呼这些"社会垃圾",只能让"青岛"蒙羞。于是就略去"青岛"二字,管这些混混叫"小哥"。

马筱茗看柳明君的装束八成是来报到的新生,但她觉得柳明君的气质不一般,很冷静、很沉稳,转着眼珠子,眼睛不大,眼神很深邃,脸上的表情很厚重。马筱茗后来到了柳明君的老家——莱阳的一个小山村。那年正赶上大旱,一看柳明君屋西的庄稼地干裂如龟背,就知道柳明君的表情为什么那么厚重了。马筱茗一是好奇,二是逞能,争着担了几担水浇进庄稼地,那地下面像埋着个漏斗,或者像埋着口锅,水浇进去瞬间就没了,还冒着烟儿。柳明君这表情后来成了他的招牌,打马筱茗看他第一眼,这表情就像烙印一样印在了她的记忆里。

马筱茗止住那些欲上前解围的同学,说看一看!她好奇事态的发展,就像欣赏一幕有趣的话剧,脸上挂满了关切。冥冥之中,她有种感觉,面前的这个黑瘦青年能全身而退!

柳明君很明显地抬眼看到了人群后不远处的"青岛师专接站处"红底黄字条幅,看到几个接站的人很关注地看着这边,其中一个穿白裙子的女生脸上甚是关切,却没有围上来。说实话,此时此刻他多么需要一个声音来支持他!他们一看就是城市的孩子,衣着气质都高出一截,但也明显流露出一种初出茅庐的稚气。他知道他们将来要做同学了。只要自己一招手,他们就会过来,但手就是抬不起来。柳明君鼻腔涌上一阵酸楚,有委屈,也有悲怆,视线就转向了别处。

"说!"黄汗衫的手又猛地一带。

柳明君感觉到黄汗衫的手在抖。柳明君不怒反笑了，附在黄汗衫的耳朵边，说了一句话，说完还往"接站处"那儿瞥了一眼。黄汗衫愣了一小会儿，竟顺顺从从地松了手，去把一辆三轮车蹬了过来，然后两人"不打不相识"地一个蹬一个坐，一路聊着天就这么去了宁夏路的青岛师范专科学校。

一路下来，俩人互通了名姓。柳明君！高海峰！后来，柳明君又找过几次高海峰。寒暑假回来再下长途车就先打听高海峰在不在，碰巧还坐过他几次车。两人就成了好朋友。后来两人都各自娶妻生子，组成家庭，各过各的，交情淡薄了几年。初——一次开完家长会，柳明君回来神神秘秘地让柳大看和马筱茗猜在家长会上遇到谁了，然后爆个冷门说，高海峰！柳大看这才知道，高海峰就是他班同学高韵竹的爸爸。青岛小吧！

马筱茗一直好奇，柳明君当时究竟跟高海峰说过一句什么话，那话竟那么有威力，让一个不可一世的小混混乖乖地把他驮到东部，一去10公里。

柳明君笑而不答。马筱茗愈加好奇。两人确定了关系，柳明君才淡淡地说："我想雇他的车。"

"就这么简单？"

"就这么简单……不过，那个'雇'字说得重些罢了！"

"那你为什么不找我们？"

"不想让你们瞧不起。"

"你为什么还向我们那边看？"

"我那是在说地点。"柳明君像开了话匣子，"说出地点之后，高海峰肯定明白了，我不是孤身一人，很可能一招手就会拥过来几个人。要知道，任何纠纷都有麻烦。高海峰也是聪明人。我从衣服的光鲜程度上判断，高海峰那几天好像一直没开张，要不衣服不会一点汗渍都没有。在车站闯生活，不争不抢肯定不行。一连几天没开张，说明他本分，还不至于坏到凭讹来谋生。苦肉计是在万般无奈的情况才下施行的。高海峰一直没揽着活儿，有点儿急，还真被我言中了。谁都不是天生的恶人，都是通过一件一件的小事慢慢积累而有善恶之别，无论善恶都只是想要捍卫自己最后的底线，向世界表明心态，寻找能用自己的力量创造的公平。那些常年蹲车站的，看人的眼神都不一样。他们这些人都是'搂草打兔子'，能宰一个是一个，能捞一

尺巷

笔是一笔。不劳而获的是寄生虫，凭力气吃饭的是真本事！凭力气吃饭，光明磊落地挣钱谁不想？"

"你怎么知道的？"

"看书。"

马筱茗愈发觉得柳明君厚重。

在柳大看的印象中，他爸爸看书太多了！他的童年是被爸爸的故事陪大的。记得一次走远路，柳明君竟然用一个故事陪他走下来。两个小时！故事精彩纷呈，诙谐有趣。每每想起那次"长征"，柳大看都会感觉阳光里有甜蜜的书香味儿。

第四章

一缕春风拂面而来

下面这篇文章就是柳明君提到过小奇写的接地气的文章。

一缕春风拂面而来

那天，白黑好像突然翻了一个板——刚刚还晴空万里，一眨眼便乌云遍布，黑压压的，伸手一抓都是黑的。

我坐在出租车里暗暗庆幸，从南京路拐进伊春路，再跑上个百十米就到小区门口了。司机是个大叔，他一边开一边唏嘘着窗外的大片。大树被风刮得痛苦地摇着头，呜呜地哀鸣。树叶、纸屑被卷到空中，像断了线的风筝，上下翻飞。雨搅拌着风，子弹般噼噼啪啪射在车窗上……我从未见过如此骇人的阵势，紧紧地抱着怀中的书包。司机也不说话了，紧紧地攥着方向盘，紧紧地盯着前方。霎时只听见风声、雨声以及雨刷来回的咣当声。

出租车跑到东胜路口，突然前方隐约出现了红蓝色的报警灯。车被警察叔叔一个敬礼指停了。司机摇下车窗一问，原来是前方道路冲毁，需要绕行。我顿时有种家无穷近又无穷远的感觉，就像隔着一道玻璃，却怎么也走不到玻璃那边去。"雨天开车，请小心点儿！"警察叔叔又一个敬礼。司机不得不掉头，往东胜路开，同时瞥了一眼计价器。我也瞥了一眼。

从东胜路拐进东莞路，再重新拐进伊春路，本来二三十米的距离，出租车绕了一大圈儿。出租车一直开到小区门口。下车时，雨还在下。司机看出我没带伞，就操着那浑厚的夹杂着青岛本地方言的声音说："小搔（小男孩），我这里有几把伞，都是参加活动送的，你拿一把吧！"那伞是新的，包装还未打开，上面印着什么店庆几周年的字。我接过伞，执意要给他钱，可是他只收了掉头时的钱。"赶紧回家！小心点儿！"司机叔叔那阳光般灿烂的笑，犹如一缕春风拂面而来，顿时有份暖暖的感动漫过心田。那笑容那么富有感染力，以至于笑意随即在我脸上漾起："谢谢您，叔叔！您也小心点儿！"

回家的路如沐春风。"小心点儿！"我对没穿雨披正要往外冲的年轻保安说，同时送上一个灿烂的笑脸跟雨伞倾斜，我看出他要冲出去撕扯雨箅子上堵着的白色塑料袋。"谢谢！你也小心点儿！"伞底下，保安也笑了，我也笑了。白色塑料袋拾在保安手中，歌声在雨箅子里响起来了。

原来，做一个文明市民就这么简单，它不需要惊天动地的表现，也不用费尽心机去琢磨，只需用一颗真诚的心，用一句文雅的问候，友好对待身边每一个人就足矣！我想，我们每一个青岛人都做一个温暖的表情，最终它会汇成一股巨大暖流，流淌在岛城这座"国际花园城市"的每个角落里。那样，来自全国各地的宾朋们，自会被这股文明暖流包围，流连忘返！

既然说到了小奇和高海峰，柳大看的外公、外婆，还有骆爷爷、姚奶奶、李学健，就有必要把他们的一切交代清楚。先说小奇吧。

小奇是柳大看的同班同学，又跟他同住教师大厦。小奇家是101，柳大看家是106，两家是对门。

老实说，幼儿园时期，小奇还是一个活泼开朗的孩子，邻居们也都很喜欢他。上了小学后，小奇是很令人头疼的，他的许多行为真的让人不敢苟同。现在想可能那段时间他父母闹离婚影响了他。

小奇白瘦而高，平日里他总是将校服束在腰间露出他发霉似的"黑汗衫"，走到哪里，哪里人便望"霉"止"嗑"。

小奇是个不安分的火药桶。倘若哪个同学把他的课桌碰歪了或把他的书本、文具碰落到地上，女生中除了高韵竹他都敢骂，男生中没有一个他不敢打的。小奇跟高韵竹是朋友。有一次，柳大看收作业时把小奇的数学书碰了一下。小奇挥拳就要打，一看是柳大看，硬生生地将拳头收了回去。这让柳大看感觉自己和小奇的关系还行。小奇的打骂有时会升级成纠纷。时间长了，班主任就对他感到很头疼，同学们也不愿意跟他来往。

小奇有一大嗜好就是上课接话把儿。讲台上老师每说一句话，他就像复读机一样在后面重复一句。特别是上科学课。科学老师是个中年妇女，黄胖而矮，戴着个黑框大眼镜，镜片很厚，说话慢，地方口音重，还老爱重复。小奇这时如同正式演出一样正经，来上个重复——"有脊（机）物，有脊（机）物。""有脊物，有脊物。"——同学们便忍不住笑了起来，教室成了欢乐场。科学老师的耳朵大概不太灵，也可能是小奇把音量拿捏得恰到好处，反正科学课堂上从未出过"事故"。出"事故"的是语文课堂。语文老师姓曹，名文君，同学们都管她叫曹博士。曹博士三十开外，身材高挑，平时不苟言笑，但讲起课来眉飞色舞。小奇那次无意中接了一句话把儿，声音极低，但被曹博士捕捉到了，她捏着书本，停止讲课，眼睛一眨不眨地盯着小奇，直盯得小奇心里发毛，讪讪地低下头。教室里静悄悄的，只听见风从窗口灌进来掀动纸张的声音。曹博士一脸的严肃，仿佛拧一把都能拧出墨汁，就这么足足地盯了5分钟．说实在的那5分钟真比5年还难熬。5分钟后，曹博士冲着小奇，用很平淡的语气说了一个比喻："吃饭的时候，吃出一粒沙子，请问是停下来吐掉，还是继续吃？"当然是吐掉，他们每个人都在回想自己类似的经历。曹博士却不跟他们玩儿，掷地有声："我现在的感觉就是吃出一粒沙子！"这吓得小奇大气都不敢出，从此再也不敢在语文课上接话把儿。曹博士批评教育充分展现出她的文采。有一次忘了是谁惹急了她，她左一个比喻右一个比喻，听者还沉浸在回味比喻中，她的拟人句、反问句、排比句又连珠炮一般滔滔而来……这样严肃，有内涵，而且耳朵灵的老师谁敢惹！

　　小奇惹过所有的老师，最后大浪淘沙，选了几个重点对象培养他的搞怪艺术。当思想品德老师让他们记笔记、做习题或是干什么的时候，他就会模仿日本人的口吻怪叫一声"嗨"，这时候引得全班同学捧腹大笑。思想品德老师是个和蔼的"老妈"，也跟着笑。音乐课上，小奇爱"组装"文具，将许多文具一一拆开，井然地摆放在课桌上，然后计时组装。美术课上，他倒腾笔芯，弄得满手笔油，五颜六色，就像刚画出的水彩画那样"鲜艳"，常被美术老师评为"劳动模范"。地方课上，他帮前桌后位削铅笔，转得削笔刀"吱吱"地响，那富有节奏的"吱吱"声倒是给枯燥的课堂做了"伴奏"。他最喜欢的是在英语课上修理修正带，那长长窄窄白白翻卷的带子刨花一样一寸一寸被收卷进齿轮，他特有成就感。全班的坏文具他都承包了，还经常为邻班同学服务，且服务上门。

尺巷

上午的最后一节，是小奇一天之中最不安分的时候。如果这节课又是大浪淘沙后的课，那他就会将上述行为发挥到极致。有时候上课 5 分钟，他就开始看表，看一遍就会嘟哝一句："5 分钟！还有 35 分钟！"再过一会儿他就来上一句："8 分钟！还有 32 分钟！"如此这样，一直到下课，忠实地给周围人准确地报时。小奇的数学学得最好。他们小学五六年级的数学老师是个年轻漂亮的女老师，姓林，现代派，亲昵地摸摸小奇的头，拍拍他的肩，小奇就温顺得像只猫，乖乖地安静一节课，卖力地做一节课的数学卷子。每周五天中只有星期三上午最后一节是数学，于是星期三就是最适合学习的一天，因为这天下午连上两节作文课。

吃饭的时候，小奇也令人望而生厌。他头发很长，一撮一撮地卷在一起。他会将头垂得很低，嘴都插进饭盒里吧唧有声。每次吃完饭后，他的头发上沾满了油。戴着牙套，张嘴一说话，饭渣子满天飞。每到这时候，他就成了全班人都不待见的人。

小学三年级之前是小奇最痛苦的时期。杨秋山跟尤丹天天吵。吵架的起因是杨秋山嗜酒。尤丹是个浪漫的女人，俩人谈恋爱时，很有情调，吃个烛光晚餐什么的。一根红蜡烛，一瓶红酒，两个高脚杯，几碟可心的菜肴。喝酒必喝交杯酒！一瓶红酒不知不觉就喝到最后一滴。尤丹微醉，杨秋山正好。俩人的酒量都可以。尤丹感觉找到了白马王子，杨秋山觉得找到了白雪公主。俩人皮肤都白。杨秋山高大威武，尤丹漂亮可人。过去，面粉厂是个炙手可热的部门，只要是吃国家粮就离不开它。内部统一供粮，分点心、花生油、五谷杂粮等，尤丹的亲戚都跟着吃。那时的杨秋山在尤丹面前说话硬气，在双方亲戚朋友面前也是炙手可热的人物。杨秋山是财务科主任，属于领导层，应酬多是在所难免的。三天一小醉，五天一大醉，很正常。经济的优越就像一件华丽的袍子，能够掩盖满身的脓疮。那时的杨秋山在尤丹眼里是一座山，一座巍峨的高山！

尤丹教英语出身，脑子活，有强烈的上进心和权力欲。为了出成绩，尤丹平时喜欢把学生带回家，进行个别辅导。杨秋山清楚地记得，尤丹有一个小本子，上面记着孩子的考试分数和提高幅度。尤丹辅导是不收费的，要不家长不会三番五次地登门来感谢。来时家长都没空着手，但走时尤丹都让他们把东西提回去了。这一点上，杨秋山很佩服尤丹。有一次他听见隐约的啜泣，从门缝看见尤丹正在偷偷掐孩子，还威胁人家把眼泪憋回去。哭声能憋回去，眼泪能憋回去？杨秋山偷偷地问过儿子小奇，他妈妈这么强制过他没有。小奇眼圈立刻红了，攥着小拳头，浑身哆嗦。杨秋山知道尤丹是个怎么样的人了。有些"患难夫妻"，只能共苦，不能同甘；像他们这样的"幸福夫妻"，只能同甘，不能共苦。那时，他就觉察出国资单位将面临重新洗牌的际遇，一旦操作不好，不但他下岗，而且他这个家庭也可能保不全。后来事情发展的结果不幸都被他言中了。

教师大厦竣工前，尤丹住杨秋山的单位宿舍。有一天，尤丹大清早外披着杨秋山的蓝色军大衣，里穿睡衣，赤脚蹬着棉拖，在大街上排队买烤鸡的情景恰好被出来买油条的乔双燕捕捉到了。那时，吃香菇烤鸡是个很奢侈的事。一家烤鸡店，香透三条街。吃两次烤鸡，半个月的工资就进去了，工薪阶层的人只能闻香味儿吞口水。俩人虽不是一所学校的教师，但同为英语人还是认识的。乔双燕当时还没结婚，在粮食局职工宿舍租房住。这一幕深深印在乔双燕的脑海中。后来见尤丹往家提酒就不足为怪了。红酒、啤酒都见过，烤肉一提就是一大把。邻居都感觉尤丹家的生活水准高。

后来，国家搞市场经济，取消了粮本，面粉厂的效益一落千丈。单位承包裁人，杨秋山下岗了。他的会计水平糊弄大集体还行，真要讲专业他是不敢夸口的。从高峰跌落，杨秋山借酒浇愁。他的酒量大，为了追求那晕哉哉的感觉，每一次都喝不老少。酒量应该是能练出来的，要不喝酒的人会越喝量越大。失去经济的后盾，杨秋山就像被扒光了衣服，露出满身的疙瘩。他变得很落魄，只能喝最低劣的散装白酒。逮着个喝酒的机会，不醉不归。酒，尤丹喜欢喝两口，但她接受不了喝醉，喝得酩酊大醉更是让她恨得咬牙切齿。几次给烂醉如泥的杨秋山清洗后，她烦了，吵了，摔了，骂了，哭了……喝到烂醉如泥的杨秋山就有一种"时光回归"的幻觉，仿佛又回到了呼风唤雨的从前，带着酒兴让尤丹顺从他的意愿。尤丹不屑。杨秋山难免有过激的行为，动起手……尤丹正值事业上升的黄金时期，学校办了一个双语班，她接了。没白没黑地付出，换来了全省开观摩会的机会。后来这个班成绩突出，尤丹一路高升，教导处副主任、教导处主任、副校长、校长，期间还被送到澳大利亚培训过。澳大利亚培训结束，杨秋山变了，从高峰跌入低谷；尤丹变了，从山下慢慢登上了山顶。后来不知杨秋山逮着什么，他们俩大吵一场，杨秋山跟尤丹的浪漫也走到了尾声。

尺巷

　　上了小学三年级以后，小奇家的战火熄灭，离婚之事尘埃落定。小奇被判给了杨秋山。杨秋山是个本分男人，除去嗜酒没其他爱好。后来，他开上了出租车，酒也喝得少了。家里安定了，小奇身上的毛病也渐渐少了，后来成了柳大看的好朋友。

　　事情还要从八年级那次"接力跑"说起。所谓的"接力跑"不是运动会上的压轴项目。那种接力赛是运动会的高潮，不但会当场收获全校人的目光和赞叹，而且赛后会收获不少人特别是异性同学的背后指点和同性同学的当面嫉妒。运动会上的接力绝对是黄金项目，能在班级被选为接力选手的人就是健将、能人、拉风人物！为了能攥紧接力棒，几个人常常自发约赛，倘有不服者就加赛再加赛，直到全体同心共认。这是强者对话，是力量对抗，是健美展示！这是班级精神，是底气，是灵魂！这里说的"接力跑"是冬季越野赛的那种，是"鸡肋"！首先说人数，男生15人，女生15人，人数少的班级基本没有挑选余地；再说心态，因为人数众多，被选中的没觉得自豪，没被选中的也不感到丢人；第三，每棒跑一圈，就跟幼儿园的小朋友那样闹着玩儿。前几棒还尽力跑，跑到最后见前面拉得太远就不出力了，跑完一圈就算完成任务。最后颁奖虽是按照名次来颁，但取消等次，什么"卓尔奖""超越奖"，什么"求真奖""博美奖"，等等，一大堆名词，时间久了就都忘记了。这样的"接力跑"，一学期组织一次。如此种种，"接力跑"就成了学校雷声大雨点小的比赛项目。七年级跑了两次之后，大家就都知道了。到了八年级，同学们的积极性就再也提不起来了。于是，柳大看这个体育弱势的班长只有发挥"带头作用"，硬着头皮报名了，并且被安排在男生第一棒——根据比赛规则，女生15人先跑——其他人连哄带求的总算凑够了30个人。填完报名表，柳大看着实长长吁出了一口气。任务完成了，成绩就看发挥了。那几天晚饭后，柳大看还偷偷在楼下加练。从伊春路跑到南京路，再拐进辽源路，从佳木斯路回来。一开始气不够喘的，后来就渐渐均匀了，路线也越跑越长，跑到福州路再拐进伊春路回来。柳大看感觉似乎激发了自己的运动潜质，还挺高兴，甚至梦到自己一鸣惊人……然而"天有不测风云，人有旦夕祸福"——一次加练出汗太多，西北风一吹，柳大看感冒了，头昏沉沉的，直淌鼻清水……第二天就要比赛了，柳大看打电话向同学求助，他们以种种理由拒绝了，就剩下小奇了。柳大看一想到他吊儿郎当的模样就放弃打电话的念想。还是跑吧，不就一圈吗？爬他也要爬下来！

第二天，天阴沉沉的。一层轻烟似的雾，仿佛渗透到了世界的每一个角落，压得人喘不过气来。一晚上似睡非睡，早上起来柳大看感觉头更重了。喝进去的水好像都从鼻腔里冒出来了，一上午趴在教室里几乎用完了一包纸。

中午的时候，太阳出来了。教室里就剩下柳大看一个人。小奇偷偷地溜进教室，轻轻地走到柳大看课桌前，似乎下了很大的决心一般，说了一句不亚于天籁的话："你感冒那么重，就休息吧，我来跑。"柳大看内心犹如打翻了五味瓶，没想到最后居然是小奇来帮他。那些没有参赛的同学身体素质固然差，但他们都顾忌着自己的面子。只有小奇没有这种担忧，要是早知道他这样爽快，昨晚上就给他打电话，就不用受一晚上的煎熬了。唉，柳大看埋怨自己看错了小奇！

下午比赛前，柳大看在跑道外为小奇加油。小奇看见柳大看后冲他微微一笑，扬起拳头，仿佛在说：放心，肯定没问题。柳大看心情复杂地望着小奇，见他的头发还是那么乱，汗沾湿了黑汗衫，但是此时在阳光下的他，似乎变得不一样了。他头发上的饭粒和嘴角上的微笑，无不透露着一股青春的活力和自信！

小奇从最后一个女生手中接过接力棒的时候，他们班是倒数第一。也许是因为倒数第一的刺激，小奇发疯一般地向前冲，一圈下来，他连着追上了两个班的选手！接着，在他的带动下，男同学们硬生生地追成了第一名！

赛后，上台领奖，他们都推杨林奇。

那次比赛后，柳大看和小奇成为朋友。

人无完人，更何况他们这些处在青春期的孩子，有一些错误是难以避免的，但是心都是善良的，所以柳大看希望别人能用理性的目光，看待像小奇那样青春叛逆的年轻人！

前面引用的是小奇写的一篇有关出租车司机的作文，下面再引用一篇他写的交通警察的文章。

有句话说，常在河边跑，没有不湿鞋的。这话还可以这样说，常在路上跑，没有不堵车的。堵车就离不开交通警察了。

警察与赞美诗

那天，黑压压的乌云铺满了天空。凛冽的朔风挟卷着鹅毛大雪，在四周编织着一面立体的网。

雪，在温润的岛城是个稀罕物。但那天我并没心情去欣赏这诗意。可能是风吹断了电线，路灯不亮，信号灯也灭了。我静静地坐在车内，看着早堵成一团麻的路口。天地间的每个角落无不铺满了寒冷。透过模糊不清的风雪，勉强能看到行人包裹成粽子一般匆匆而过。说实在的，此时的我倒羡慕徒步的他们，因为自由。我犹如一只困兽，蜷缩在狭窄的空间，倾听朔风呼啸而过。大树张牙舞爪，本就不坚硬的树枝，又被寒风夺下几枝。

在这寒冷凄凉的冬夜，我是那般渴望早早回到那个有暖气、有饭菜香的家，这样一想我似乎闻到小米粥的味道了！

10分钟就像1000年！车流终于开始移动，我心中顿时有副重担放下，希望之火重燃——一个健壮的身影映入眼帘——交警叔叔！

他站在路中央，饱受风霜的脸冻得通红，呼出的一口白气还没来得及成型就销声匿迹，好像那嘴边候着一只无形的手，气刚冒头就一把抓住，继而揉碎、湮灭。他的警帽、肩上覆盖着一层薄雪。他虽然穿上了棉服，但在如此寒冷的风中也不禁哆嗦，双手尽管戴着手套却还是略有颤抖。但他在路中央，犹如灯塔，疏导着车流，凝结的"疙瘩"逐渐地松动。他的眼神执着坚毅，他的手势雷厉风行。迎着风雪，警徽折射出光芒！

我突然有一种感动——这是一尊不屈的塑像，耸立在路人的心间；这是一道美丽的风景，像街心的喷泉；这是一柄斩断隐患的利剑，为社会送一份永恒的安全！

在这个漆黑的夜晚中，您就是暖阳，给予人们无边的温暖！

当我经过交警叔叔身边时，我擎起了手臂——"敬礼！交警叔叔！"——我心中的太阳，您装饰了我们的车窗，也装饰了我的梦！您那灿烂的光芒，必将指引着我人生道路上前进的方向！

小奇这篇文章原来的题目是《一名交通警》，后来看了欧·亨利的《警察与赞美诗》之后，他就将题目改了。他觉得，他写的才是真正的警察赞美诗！

　　几乎所有的语文老师都知道，大部分学生写作文翻来覆去就那么几个素材。这不怪学生，他们也不容易。整天背着书包，两点一线，学生遇不到几件"波澜"的事，更不用说"壮阔"了。小奇的经历与其他的孩子相比还是很丰富的，但写起作文来，也无非就是"出租车司机""交通警察"了。

第五章

高海峰的烟花

　　高海峰的爸爸是铁路职工。高海峰在交通职业高中毕业后，按理说他可以顶替他爸到铁路上工作。可那时候高海峰他爸还不到 50 岁，跟高海峰他妈离婚后，正追求单位里一个丈夫因病去世的女职工，便跟高海峰商量缓两年。高海峰让他爸捣饬了一辆三轮车，到四方汽车站揽生意，挣点零花钱。碰上柳明君之前，他一直未开胡。游荡了十多天，别的三轮车摩托车夫就给他出讹钱的馊主意。

　　柳明君要"雇车"的那句话让高海峰乐飞了。从四方汽车站到青师有 10 多公里，这绝对是肥差。关键是开胡了，就不必做恶人了！你说，高海峰能不乐吗？上坡的时候，柳明君跳下来在后面推，有几公里还硬逼着高海峰坐车，他来蹬。到了青师，高海峰嗫嚅着跟柳明君要 8 块钱。三轮车起步价是 3 块钱，3 公里之外 5 公里之内一般就是 5 块钱。这 10 多公里的路要 10 块钱都正常，高海峰要的其实并不高，大概他觉得路上没出多少力有点不踏实。柳明君见高海峰挺朴实，就多塞给他 2 块钱。高海峰的眼睛湿润了，说："哥，你以后在四方汽车站遇到麻烦就提我。"后来，柳明君还真遇到一次麻烦，就说高海峰在哪？那人还真就不追究了。

　　柳明君跟高海峰的来往是在大学开学后的第二个周的周末。其实到大学报到坐三轮车的车费是额外的开支，要不是有高海峰这么个"一伸脚"的小插曲，柳明君就坐学校接站的免费车了。他上学校的接站车肯定早就与马筱茗搭上言了。10 块钱就像剜他的肉一样。不过，他也品尝到了钱带来的快感。真是痛并快乐地活着！痛快之后，柳明君就开始琢磨如何能把这个窟窿补上了。

　　那时的大学每到周末，团委会组织各种娱乐活动。舞会了，各种球类、棋类比赛了，会演了，等等。台东大光明电影院也会在淡季的时候送来一部分电影票，临近周末，团委就会在楼门口贴上电影宣传的海报，票价一般是 1 元、1 元 2 角，半价卖给学生。柳明君瞥了一眼一个大二学生手中捏着的电影票，从票面看根本看不

036

出是学生优惠票，就琢磨上了。

开学初，大一新生白天军训，晚上听各种报告。一周的时间安排得满满当当的。好不容易熬到了星期六，晚上又要集体到礼堂看电影《开国大典》。星期天上午到浮山义务劳动，下午休息。①

星期天下午，柳明君终于逮着机会，如同脱笼之鹄，风风火火地杀到台东大光明电影院。台东当时有三处电影院——遵义剧院、台东电影院和大光明电影院。台东电影院设备陈旧，被百姓们戏称为"疵毛"电影院。遵义剧院和大光明电影院挨得近，彼此间的竞争就很激烈，都将目光瞄向周围的中小学校，甚至工厂，这叫"包场"。小学生手拉手过马路，堵得几条街交通瘫痪是当时一景。青师到台东有近 10 公里的路程，也只有大光明电影院跟它有联系。青师有一部分票在团委放着，两家预定截止售票时间，用电话沟通销售结果。初来乍到的柳明君当然不知道这些情况。他一路打听着，站到了大光明电影院外面。

大光明电影院当时可算是台东最具有人气的地标建筑，两根大理石柱子高大挺拔，很有人民会堂的风格。周围繁华，人来人往。柳明君当即就决定下周倒卖电影票，然后就打听着，坐 15 路公交车到四方汽车站找高海峰去了。

俩人赚的第一笔钱不多，一人只分了 6 块钱。柳明君怕电影票卖不出去，只拿了 20 张票。没想到他跟高海峰各守住一个路口，不到 10 分钟就卖出去了，把高海峰兴奋得连声叫哥。

6 块钱在 1990 年的购买力还是很大的，那时一个年轻中学教师的月工资也不过 100 元左右。

高海峰兴奋的原因不是赚了 6 块钱，而是赚钱的速度和方式。他像推开一扇门，走进了一个富丽堂皇的殿堂那般惊喜。钱赚到手后，俩人商量吃饭。按柳明君的意思是吃面。高海峰是个"吃货"，说大光明电影院斜对面有一家灌汤包店很有名，那汤老香了。果然，两个人都吃得红光满面，满嘴是油。多少年过去了，那天上映的什么电影早忘了，但那天的包子汤香深深镌刻进了柳明君的记忆中。柳明君和高海峰的友谊开始了。

---

① 青岛实行"双休日"是从 1995 年 9 月 1 日开始的。

尺巷

后来两人又合作过几次，还倒腾过袜子，倒腾过鲜花，去即墨小商品批发市场，一打听价格低廉得跟不要钱似的。柳明君当年在青师校园卖袜子绝对是校园一景。

柳明君老家的一个老同学在蔬菜大棚种了一片月季，为销售的问题很头疼。他坐车到青岛来，长途车倒是有，一天一趟，车票来回十几元，到了青岛人生地不熟，两眼一抹黑，搭上一个人一天的时间跟饭费，还不知花能不能销售出去。后来，老同学跟柳明君联系上了。柳明君就去找了高海峰。高海峰整天在四方汽车站晃悠，拿货方便，接到货之后送花店。在花农这边，月季跟玫瑰是白菜跟螃蟹；在花店这边，月季就是螃蟹。柳明君的老同学给高海峰是1元一支，高海峰送花店是3元一支。高海峰从小在青岛长大，没有他不熟的地方，哪条街上有鲜花店他几天就摸清了。这家花店要10支，那家花店要5支，上百支鲜花不到一上午就卖出去了。这比他蹬三轮强多了。高海峰与柳明君的老同学一周约一次。一次挣的钱都赶上普通职工一个月的工资了。这可把高海峰乐坏了，恨不得一天一次。无奈鲜花也需要时间长呀。几次下来，高海峰就专做鲜花的生意了。高海峰就是这时跟骆士宾老师认识的。那时，骆老师赶上下海经商的大潮，停薪留职，做了绒发鲜花礼仪部的经理。

挣了钱的高海峰是很大方的。他忘不了柳明君。"吃货"的回报方式就是吃。俩人一起吃遍了青岛犄角旮旯的好吃的。波螺油子的老甜沫、肉火烧，中山路上的青岛大包，万和春的排骨米饭，沧口的青岛锅贴，洮南路上的羊肉汤，台东的鲅鱼水饺，李村脂渣，流亭猪蹄……特别是盛夏季节，"咕咚"一口凉啤，"咔嚓"一块儿烤板筋，那滋味儿真是一个绝！别人都是从"宜居"上面选择去留，柳明君是从"宜食"上面决定留守青岛。

再后来，因为高海峰他爸结婚，提前退了休，高海峰顶替他爸，去了铁路公司拿固定工资，他和柳明君的合作才消停下来。不做鲜花生意的高海峰像丢了月亮似的感喟了许久。再后来，高海峰与王春红结婚，生了高韵竹。王春红从华夏职业高中毕业，学的是服装专业，却没做过一件衣服。人长得细条，皮肤白皙，整天爱那张脸。正经工作没有，男朋友倒是不少。她与高海峰是在啤酒城认识的。高海峰长得有点像刘欢，歌声高亢得也像刘欢。啤酒城一嗓子"大河向东流啊"直接俘获了王春红的心。喝兴奋的王春红上台给高海峰献花，喝兴奋、唱兴奋的高海峰就势拥吻了王春红。那天从啤酒城出来，俩人就牵手了。高海峰在铁路公司拿的工资高，婚后不几年就买了车。车虽是二手的蒙迪欧，却也是福特系列的豪华车。高海峰拿着车比拿着王春红娇贵。王春红婚前婚后那段时间也被娇贵过。果然，蒙迪欧最后沦落为王春红一样的命运。一个人没有怕、没有爱心是很容易得意忘形的。再后来，膨胀的高海峰因酒驾被开除了公职。现在在水清沟开了一个鲜花店卖鲜花，算是操起了老本行。

高海峰的鲜花店一到冬天就进入淡季，再加上王春红去年因乳腺癌去世欠了3万块钱的债，高海峰就在元旦那天进了烟花爆竹的货。卖烟花爆竹是有季节性的，赚钱虽多，但有危险性，也很辛苦，高海峰恨不得整天守在店里。

放寒假了，高韵竹一个人在家里，家就显得格外冷清。看着爸爸在摊上待的时间越来越长，脸色也越来越憔悴，高韵竹有些心疼，便第二天趁着太阳未醒去她爸爸的摊上帮忙。

一天下来，高韵竹回家，提笔写了下面这篇文章。

父亲的烟花

"纷纷灿烂如星陨，霍霍喧阗似火攻"所描绘的是点亮黑夜幕布的万千火树银花，不也正是照亮我前行方向的灯火吗？

放寒假了，我并没有多么兴奋。西北风卷携着冰冷和刺骨划过脸颊，望着别人家湿润的玻璃窗透出的柔和的光亮，我的心不禁一颤。何时我的家也能飘出这么一股子温馨，我就幸福了。我的家，生活条件并不富裕——临近春节，父亲要趁着假期去卖烟花，来补贴家用，春节的家就显得格外冷清。半夜，一个疲惫的身影带着寒气轻手轻脚地走了进来。次日，在困倦的天空下他又蹑手蹑脚地出去了。

春节的脚步踩着一阵紧似一阵的鞭炮声近了，父亲在摊上待的时间也越来越长，脸色也越来越憔悴。我有些心疼，便趁着太阳未醒去父亲的摊上帮忙。

父亲的摊子在一条不宽的街上，天幕上厚重的云尚压在城市上空，街道更显昏沉。一阵穿街风刮过，带起几片冻僵的枯叶在街道上翻滚，我不由得扯了扯领口。到了摊上，父亲正拉铁帘门，看到我时愣怔了一下，随后的"吱嘎"声便随风在街道上荡漾。打开门，父亲随手操起把笤帚，扫净了地上的尘土，然后开始往外搬烟花。如山的烟花，我看一眼都瞠目结舌，父亲每天竟要搬进搬出两回。虽然大件不

尺巷

过十几斤，来回不过几十步，但要全搬出去，量也是很大的。我上前抱起一个粗壮敦实的烟墩子，父亲一看，赶紧从我怀中抢了过去，说女孩子搬小的。我回首望时，瞥见了父亲的手，眼泪瞬间奔涌——那究竟是一双怎样的手啊——生满了老茧，泛白的手指上是红紫的冻疮，手掌上布着许多结痂的伤口，有的还渗出颗颗细小的血珠！再对上他因片刻不歇而愈加泛白的脸、冻裂的嘴唇和唇上未刮尽的胡茬儿，我垂眸掩饰心中的酸涩。

搬完烟花，东面的天空才有些亮。我掏出一包纸巾递给父亲。他说用不惯，随手操起一条毛巾擦了起来。我环顾四周，店主比顾客多，起这么早有必要吗？父亲看出我的质疑，漫不经心地说，早晨批发的多，虽然利薄一点，但量大就出来了。正说着果然围过来几辆小货车，车主下车就嚷，父亲也跟他们嚷。我感觉父亲跟他们很熟。果然一番吵嚷之后，每人拉走了一车货。等周围的摊子都开始营业了，父亲已经做了几笔大买卖。我暗暗替他高兴着。

阳光冲破云层洒了下来，摊前的人渐渐多了起来，他们都是周围的居民，大都是些老年人，讨价还价的，到最后还没有几个真正掏钱买的。走时，还恨恨地不是嫌弃货不好就是埋怨价格贵。父亲说，他们都是赶早市的人。虽然他们问的多买的少，但每当来了人父亲依旧笑脸相迎。

快到吃中午饭的时候，一辆餐车滚动播放着"馄饨包子大碴子粥"过来了。我才记起我们都没吃早饭。父亲脸上的歉意让我顿时明白他从不吃早饭。父亲讪讪地问我，想吃什么。我看出他的眼底闪着一丝火花，那火花于我是熟悉的、自豪的。小时候，我要一辆滑板车，火花来了；稍长大，我要一辆自行车，火花来了；再后来，我要一辆变速车，火花又来了……我知道火花就是他的爱，我知道这时候我就是想吃海参、鲍鱼，他也会肯的！父亲！

门前的风旋了又走，那片冻僵的树叶翻了几个身。天黑了，也迎来了一天中的高潮。这个时候，来的都是中青年。他们不还价，买得还多，有的还领着孩子，有的似乎等不到回家在街口就点火放了。欢叫声也就响起来了。父亲说，这是他一天最快乐的时刻。这阵喧闹过后，夜就渐渐深了。今夜没有星星，摊前的人也稀了，只有几户人家的灯光透过窗户照在我们的摊上，驱走了几分萧条。父亲定的一车货来了。卸车、搬运，又是一通忙。我知道父亲为什么每天到半夜才回家，为什么每天那么疲惫，为什么手上那么多血口子，为什么脸色泛白、嘴唇冻裂、胡子茬刮不干净了！父亲！

父亲开始收拾，准备打烊，伴随着"吱嘎"声铁帘门拉上了。这时，父亲笑着从身后拿出了一个彩色的盒子——烟花。他拉着我到空地上，点燃了烟花，我们凝望着它流星般窜入夜空，"嘭"的在夜幕上绽开火树银花。我看向父亲，发现他正带着灿烂的笑容，目光炯炯地盯着那璀璨的烟花。

父亲的烟花如同明灯，照亮我的整个世界；父亲的爱如同良药，苦口却治愈了我心灵的伤口。

父亲！

小奇放寒假后跟高韵竹联系，得知她在帮他爸卖烟花，坐12路公交车赶了过来，正好迎来了一天中的高潮。闲聊中，高海峰从小奇嘴里知道了马筱茗组织的学习小组，明天第一次开课。他看着高韵竹，有些心酸，给柳明君打了电话，还说钱该怎么算怎么算。柳明君当然不会要他的钱，跟马筱茗商量。马筱茗知道柳明君跟高海峰的关系，也知道高海峰家中的变故，没多想就答应了，跟其他家长一说，他们都没意见。高韵竹听说还有徐嘉慧这个女生做伴，有点儿幸福突然降临的感觉。

爸爸的烟花如同一盏明灯，照亮高韵竹的整个世界；小奇的友谊如同一支蜡烛，温暖高韵竹的整个心房；学习小组的知识如同一场甘霖，滋润高韵竹的整个心田。

高韵竹每天来学习小组，下午上完课，小奇跟她一起走，一路有说有笑地到高海峰摊上帮忙去了。

高韵竹整天在社会上行走，她的触角也是接近生活。她的文章引起了柳明君的思索，该如何引导孩子们的写作呢？

生活里的微笑

生活里的微笑就像鲜花的芳香。有了它，生活才更有味道。

"下次再来啊！"我接过"卖菜西施"递过来的菜及微笑，也不禁嘴角上拉，日子也仿佛拉上了彩带。"好的！"虽然我是一个孩子，仅是偶尔帮家里买一次菜，但"卖菜西施"并没有把我当成孩子。这给我莫大的尊重和肯定，让我倍感欣慰。

尺巷

的确，一个人的情绪能影响周围一片。情绪用加法，却常常可以收获乘方、立方的效果。公交车司机对乘客招呼一声"您好"，收获的肯定是一车厢的温暖；送放学路队的老师嘱咐一遍"小心"，收获的肯定是千家万户的安全；货主对快递小哥道一句"谢谢"，播洒的肯定是一路的阳光！

果然，"卖菜西施"的菜摊前渐渐围满了人。她来我们小区门口卖菜，一下子就成了小区的热点。妈妈生前每次都来买她的菜，不为别的，说她的菜就是比别人家的好。她似乎一刻都没有停的时候，没有顾客她也总要把菜择拣干净、剔除泥土，仿佛她不是卖菜的商贩，而是要准备回家下厨做饭的主妇。买她的菜，缠绕的不只是她的温馨，还有她的笑。不得不说，她笑起来还是很好看的，一笑就会露出一颗洁白的小虎牙，就像某个电影明星。那个电影明星演过西施。我们小区的居民管她叫"卖菜西施"。

和"西施"不符的，是她的嗓门。她的嗓音是敞亮的。我诧异她的坦荡——是有一个疼爱她的丈夫？还是有一个令她骄傲的孩子？她的孩子我倒见过，一个经常在菜摊边写作业的小胖男孩。据说，他学习挺好。妈妈说过，她去年年前有一次去买菜，亲眼见过那个男孩捧回一张"三好学生"的奖状。

妈妈有次去买她的菜，回来说她真的不容易，好像家中出过什么变故。我也没往心里去。

日子到了四月就会有些慌张，有些语无伦次。有些慌张和语无伦次的，还有我。刚刚"送走"妈妈的我，仿佛一下子被抽走了骨髓，浑身瘫软地走着。临近小区，我就看到了"西施"在那里守着菜摊，声音依旧，微笑依旧。赫然，我发现一个挂着双拐、高位截肢的男人在旁边小男孩写作业的地方择菜——她家的变故原来如此！

这该是多么大的打击呀！她却能微笑面对！她坚实的微笑一下子把我的如磐石的沉重凿开了一道缝。恍一抬头，猛见她的额头金光闪耀，我知道那是汗水反射夕阳的结果，但我依然觉得是有轮太阳挂了上去。我第一次认真地端详她，即使脸上的皱纹遮住了她的过往，却遮不住她的真诚，也依稀可以辨出她年轻时的绰约婀娜。

"你好！"她笑眯眯地招呼着。我看着她那颗洁白的跟明星似的小虎牙，也不禁嘴角上拉，"你好！"

　　我只是背书包路过，她也并没有失落。她的截肢的丈夫也送我一个真诚的微笑。我的眼睛有些潮，赶紧以微笑相送，然后咬咬牙，攥紧拳，转身离去。他们一家的遭遇，让我突然想起了另一个人，想起了他送我的草编蝴蝶，还有……

　　那天傍晚，岛城华灯初上，车水马龙。路灯和车灯的光生生地咬了黑夜一口，就像咬了一口黑桃。繁华的街头有很多人，我凑过去挤到了人群之中。

　　人群之中的这个人30岁左右，穿着一件小棉袄，一条打着补丁的臃肿的大棉裤，明显地空着一条裤管。右胳膊只有半截，左手戴着一只露出五根手指的手套，正在灵巧地翻动着——他在用草秸秆编蝴蝶！我眼睛不眨地盯着他的左手。他先抽出一根草，用牙咬住一端，把另一端用右胳膊肘压在膝盖上，左手配合牙齿把草的头尾分开，对折，用右胳膊按住两头，左手再抽出一根把中间绑住，如此反复，上下翻飞……看得我眼花缭乱之际，一只栩栩如生的蝴蝶就出来了。动作熟练到让人心疼，价格却低到可怜，只有5元。一个买走这只蝴蝶的人，放下20元钱就转身匆匆走了。手艺人望着远去的背影，大喊一声："谢谢您！"这样的人越来越多。与其说顾客是买手艺人的手艺，倒不如说是给他的精神点赞。手艺人的技艺固然让人感佩，但他的自强不息更是一本活教材！

　　我特别想买一个，生活有时候需要鞭策。无奈身上只有2元钱，我就一直在旁边徘徊。后来人少了，那个叔叔看出我的窘，就微笑地招呼我："小姑娘，这个送你！"其实，他肯定看出我是个中学生，这样称呼，我并没有感觉难堪，反而感觉他很年轻，像个大哥哥。我便管他叫"大哥哥"，他果然笑了，很爽朗的那种声音。我试探着问他的手跟腿，他轻描淡写地说："车祸。"那口气如同述说昨夜被蚊子咬了一口，手指上却翻飞着编个不停。

　　他的遭遇真应了那句话——"人没有过不去的坎儿！"困难，是人臆想出来的。就像山。如果把山看成一朵凝固的浪花，你就是冲浪人！就像月亮。即使没有月亮，心中也要有一片光亮！

　　他编完了蝴蝶，用他的左手递给我。不经意间，我看到了他的手指，有厚厚的茧子叠在指尖。他的手像一座屹立不倒、历尽沧桑的大山！我已经对我身旁的这个身残志坚的"大哥哥"充满敬意——虽然叫他叔叔更贴切，但是我感觉这样的称谓使他更年轻，年轻到可以减轻他的痛苦！我似乎能帮上这个忙，一个微笑的忙！

尺巷

　　青岛，是由无数个这样的人聚成的平凡而又伟大的城市。他们平凡，但又在平凡中闪烁着伟大；他们是一点点的星光，无数点星光组成一颗闪亮的明星，照亮了黑夜，照亮了青岛，照亮了我们每个人的心！我们能做的仅是微笑以对。

　　我霎时感觉有力量附体，先前的沮丧早已荡然无存，脚下的路也仿佛宽广了许多……

　　"卖菜西施"、身残志坚的手艺人，身边这些普通人的微笑是我生活中遇到过的最美的微笑，我会带着这些意味相似的笑意去面对每一个人，面对生活，面对未来！

　　期待着与你相遇。

第六章

绝池为壑

"小奇，再见！"马筱茗压低嗓子说，说完还把右手食指伸直，挡在嘴边作"嘘"状，然后在天井比画了一圈。小奇心领神会，放下的脚步轻了，也压低声音说："阿姨，再见！叔叔，再见！"说着，跟柳大看挥挥手。他也不想惊动睡着的邻居。

马筱茗扯了扯儿子的衣袖："今晚上回家睡，就别去打扰外公、外婆了。"

柳大看瞄了一眼外公、外婆的房门，跟着爸爸、妈妈回自己家了。

那年分房子时，柳明君和马筱茗本来还可以要18层的一套，见柳大看的外公、外婆要了一楼，就想离得近、住着方便就要了106。马筱茗是独生女。柳大看住外公外婆家的时间比住自己家还要长。

教师大厦的天井呈"凸"字形，两梯6户，一楼两部电梯之间有一道很宽的横梁。马筱茗掏钥匙开门时，柳大看抬头看了一眼横梁，上面是他外公马铁山前些年挂上去的一块匾额，现在已有些陈旧，字是柳大看去参加市少工委组织的书法大赛一等奖的获奖作品——"尺巷"，两个欧体大字。

"尺巷"挂了几年了，木框上落满了灰尘。马铁山看着堵心，今天上午就摘下来擦拭干净。中午挂的时候，怎么挂也不顺当，便想起了一米九的外孙。

柳大看睇视着"尺巷"那俩稚嫩的字，有些脸红，建议外公甭挂了，或他再写一幅都行。

马铁山说："我看着舒服！且不说是你小时候的获奖作品，有纪念价值，就单纯从风格上来看，儿童书法就别有风味！这是许多成年人玩味不了的。如果你将来成了什么名人，科学家、作家什么的，这幅作品就有收藏价值了。哈哈！"

现在再看"尺巷"，柳大看的脑电影就放开了——

尺巷

绝池为壑

灯光聚集在舞台中央，圆形的光斑之上是自信大方的我。眉梢止不住染上喜悦，嘴角上扬，目光坚定地注视着前方，举在胸前的奖状——市少工委"兰亭奖"书法大赛"一等奖"——熠熠生辉。身后的荧屏上打出的是我的获奖作品——"尺巷"两个欧体大字。那一刻，我脑海中满满全是外公教我书法的情景……

上小学二年级的时候，我的字写得横不平竖不直，虽然不难看，但作文常常因为书写比别人少一二分，于是我很失落。有一次看到书法名家欧阳询的作品时，那一个个汉字好似一个个跳跃的音符，那么美妙，让我羡慕极了，于是我心中燃起了坚决的火焰，下定决心要学好书法。傍晚放学回家，进了单元门，见妈妈正掏钥匙，我就迫不及待地、郑重地让妈妈给我报班。妈妈听后，不但不急，反而眯着眼笑了，说学书法我们家就有一个"大家"，说着就拿手指指了指我外公紧闭的房门。逢年过节倒见外公写过对联，但大多都是"行书"，平时只见他不厌其烦地写柳书《玄秘塔碑》，从未见他写过"欧体"。难道外公还会"欧体"？如果会，那我们一楼"尺巷"太厉害了，简直要什么就有什么！我瞪大眼睛，有点儿半信半疑。那几天，我的外公、外婆恰好在西安旅游。晚上通话时，我缠着外公教我书法，并指名点菜说就学"欧体"，没想到外公在电话里很爽快就答应了，一下子让我感觉外公的"水"很深，我们一楼"尺巷"的"水"很深。

外公从西安回来之后，马上收拾书桌，又是铺毡又是研磨。我在一旁摩拳擦掌，有点迫不及待。等一切都准备好了，没想到外公却不急了，先给我立规矩。外公说，要想写好书法，首先要学会做人。"人要直，文要曲。"为人要正直坦诚，文字才能充满艺术曲折。凡事要坚持，不能半途而废。说到这里，外公停下来，严肃地问我这两点能不能做到。我头皮一收，赶紧郑重回答，能！外公并没有多少欣慰，只是深深地盯了我一眼。我心里有些发毛。外公接着说，写字要有好的坐姿，边说边演练示范，要求我照着做。这一点我懂，我的乒乓球教练就是这样要求我们的。初学钢琴，骆爷爷也强调过坐姿、手型。骆爷爷是我的钢琴启蒙老师，能弹巴赫、肖邦、贝多芬的名曲。看来艺术之间都是相通的，但一个姿势坐久了实在是不舒服。

那天，我第一次执起毛笔，照着外公的手型将无名指轻抵在笔杆后，其他四指虚握笔杆。虚的程度就是要被外公几次抽走笔而手型不变。

写字时，外公让我先学"柳体"。他说，楷书四大家——欧阳询、颜真卿、柳公权、赵孟頫。"柳体"是书法的基础。尽管是基础，可外公的要求很高，每一个笔画都要完美，过关后再开始写下一个笔画。轻轻地顿笔，再小心翼翼地拉出一条水平的线条，最后一收，我不知练了多少遍。外公的谆谆教导化作一滴滴浓墨，沾染了泛黄的宣纸。时钟"滴答滴答"地响着，我的耐心也在悄然褪色，便加快了速度，工整的字迹也泛起了波澜。这时外公走过来，他轻轻俯下身子，对我说："书法是一种艺术，你要学会享受这种艺术，而不是一味地追求速度，放慢速度，说不定会收获更好的效果。"这句话仿佛一束光照进我幼小的心灵。是啊，在这繁忙的世界里，人们疲于奔命，稍稍放慢自己生活的节奏，也许就会找到"柳暗花明"中的那个小村庄。

练了一段时间的笔画，外公开始教我写字。第一次教的是写"人"字。我"咔咔"两笔一蹴而就，脸上满是不屑。外公的眉心拧成两个疙瘩，严厉地瞪着我，随即抬起那根雕花拐杖，对着我的小书桌重重敲上几下，"咚咚！"我的小心脏瞬间悬在高空。外公搬来一把椅子，坐在我的身旁，用粗糙的大手握紧我的小手，在田字格中书写一撇一捺。

"一撇一捺方为'人'字。撇，逆锋起笔，由轻到重，然后再由重到轻向左下行笔，收笔时露出锋芒；捺，起笔也要逆锋，由轻而重，向右下由轻到重行笔，捺脚要平。"外公一边说道，一边将撇、捺舒展到极致。我的目光追随着行走于纸上的笔锋，若有所思地点点头。书圣王羲之给他儿子王献之点的那个"点"，那是登峰造极的一"点"。没有几池子墨汁是写不到那种艺术的层次的。我信服了。

阳光透过窗子洒满房间，枝头鸟雀欢快地啼叫。察觉到外公突然松开了他的大手，我一时茫然，抬头望着外公。外公摸摸我的脑袋，说："'人'在田字格中顶天立地，而不是简单的撇捺组合。生活中，做人更是一门大学问。自己试着写写吧。"我低下头去，深呼一口气，似乎整个世界都静了，没有了鸟儿的叽叽喳喳，只有心脏极速跳动的"怦怦"声。右手紧握着毛笔，默念外公的话语，磕磕碰碰地写下一个扭着身子的撇画，拭去额间的薄汗，手腕颤抖着完成下一笔。"人"字拙劣令我汗颜，又将脑袋埋得更深，一遍复一遍地书写着"人"字。不觉间，外公拄杖离开，阳光依旧静好。

尺巷

有人说，人最美好的不是未来，是今天。还有人说，人最好的心态是平静，最好的状态是简单，最好的感觉是自由，最好的心情是童心。阳光这么好，我突然悟出了"人"的重要。生活总会有未来，就像四季更迭，永远有春天一样，不急不躁。我感觉自己就像茧封在黑暗里的蛹，一遍遍书写的"人"字就是叩响春天的敲门砖……一个星期很快就过去了，我在家闲暇时都会忍不住练习书法，写着写着便忘记了时间，就这样的一撇一捺，组成了一个劲美的汉字——"人"。

窗外的树叶枯了又绿，知了的声音熄了又起。

我坐在桌前书写字形扁阔、体势张开的隶书。外公站在旁边，用一双不容半粒沙子的眼睛盯着一笔一画，一会儿说不行，太大、太扁，重写，一会儿又说墨太少，蘸墨重来。空调呜呜作响，但我依然汗流浃背。

所有的这些努力都是为不久之后的校园文化节书法比赛准备的。那是我学书法的第三个年头。这三年，外公教过我"行书""草书"，现在教"隶书"，但只字不提"欧体"。那可是我念念不忘的心中一座"丰碑"。我甚至有些怀疑外公是否真的会写"欧体"了！

室内溽暑蒸人，每天坐在书桌前五六个小时临帖练字，恰如烘炉铸剑。一个小小的隶书，看起来很简单，写起来却很有讲究。开始时，要认真观察每个字的间架结构：天覆者冒与其下，地载者托于其上，让左者左昂右低，让右者右伸左缩；蘸墨时，要确认笔尖是否添尖；下笔时，掌控笔与纸的距离；收笔时，要圆中有方……写完再和原帖对比，不断改进。一天下来，腰酸背痛眼发昏。是外公的不断鼓励，让我一直保持着坚守砚池的勇气。

时间飞逝，转眼到了比赛的日子。知了在枝头唱着歌。我怀着紧张而又激动的心情走进赛场，铺上毛毡，倒上墨，叠好纸，拿起笔蘸饱墨，开始在纸上挥洒。"横担长，直卓正，勾拿直衄法有势！"不一会儿，"宁静致远"四个隶体大字就写好了。这次我将字写得饱满而扁阔，像古代含蓄的书生静静地端坐在宣纸上。

走出赛场，我心里悬着的一块石头终于落了地。树上的歌唱家依旧在高歌。几天后得到通知，我的作品获得了金奖。这是我在书法上的第一个奖项。虽说是一个校级比赛，但获奖就是对付出的肯定。我还是很兴奋，回家就把奖状捧给外公看。外公戴上老花镜，捧着端详了半天，只说了一个"好"。我知道外公心里也很高兴，要不他戴老花镜干什么！要知道他看书、写字都很少戴老花镜。对外公的心思我还是很懂的，他不说破罢了。哈哈！

外公摘下老花镜，意味深长地说："知道我为什么不让你学'欧体'吗？"说着，也不等我回答，自顾自地抽出一本字帖——《九成宫醴泉铭》，指着开篇的一句话"绝堑为池"说："许多初学者很容易对'欧体'产生这样一种误解，一打眼看似很简单，觉得容易上手，但是，写上几年就知道，能写出欧阳询这个水平，实在非属易事。你可以这么想一想，欧阳询从小学写字，写《九成宫醴泉铭》的时候已经70多岁，那就是已经达到了所谓的人书俱老的境界，已经达到了想写不好都不可能的化境。自从欧阳询辞世以后，历代不乏模仿追慕者，但是，不要说超越，就是比肩的都没有出现过，许多人写白了头，也就还是在照猫画虎，仅得其形，未得其神韵。"

"'欧体'笔力劲健，点画虽然瘦硬，但神采丰润饱满，向上的挑笔出锋含蓄，带有隶书笔意。字体结构典雅大方，法式严谨，看似平正，实则险劲。字形采用长方形态势，字距、行距都较大，章法显得宽松而清晰。可以这么说，'欧体'集隶书、行书、草书等多体于一身……"

听了外公一席话，我赫然明白了为什么外公让我先学"柳体""行书""草书""隶书"，原来这些都是基础。"九层楼台始于垒土，千里之行始于足下。"我顿时有一种小草植入森林、滴水汇入大海的感觉，从此沉心静气地坐在书案前。

后来，我知道了"绝堑为池"是"把山谷堵起来作为护城河"的意思。但我想这个"池"与"墨池"似乎有着某种联系。

现在我已经习书法6年，"欧体"3年，6年时光，因为墨池香润，我的日子滋味悠长，6年前的一次相逢，我在墨色洇染中认识了书法，因为那"颜筋柳骨"的庄严法度，因为那"颠张疯素"的肆意挥洒。书法的陪伴，令我的生活浸润了墨香。

从最初的将书法视若猛虎，到继续学习的初窥深意。而如今，书法已成为我生活中不可割舍的一部分。初中的生活总是轻轻磨转，淡淡墨香便随之氤氲开来。捉笔、蘸墨、乘兴、挥毫。笔锋在纸上慢慢铺展，感受笔尖与宣纸的轻轻摩擦。提按间，还带有新生的无意一笔便跃然纸上。失意时我写行书，令那飞扬神采助我昂扬；迷惘时我写楷书，令那严谨中正指引我航向；自满时我写汉隶，蚕头燕尾的古朴厚重中，飞扬的心也便沉淀纸上。用心书写，墨海徜徉。无数个如此的日子，有书法

尺巷

的相伴，便滋味悠长。而这一切一切都要归功于我的外公！

外公还让我读帖。他说，一个字便是一种心性，一幅字便是一派图景。读《兰亭集序》，拜谒"天下第一行书"，更惊服于书圣曲水流觞的快意，俯仰宇宙的豪情。观《丧乱帖》，那个纵情山水的王羲之在战乱中嗟叹。他说，读《颜氏家庙碑》《祭侄文稿》，钦佩于峨峨如山的颜鲁公，痛心于那为国而赴死的刚正老臣心。读《黄州寒食帖》，仰慕那飘飘如仙的苏东坡，同情他流落黄州，郁郁不得志的境遇。他说，读《九成宫醴泉铭》，不但能感受魏晋南北朝书法的温丽婉约的神韵，而且能体会到欧阳询吸收众家而独创一家的"骨韵兼融，重法尚意"的美学境界。沉心读帖，我流连于书帖背后那深刻的底蕴，流连于那段隐秘而精彩的历史……

无数个这样的日日夜夜，因为外公的陪伴，便滋味悠长；因为有墨池相伴，我的日子浸润时间与艺术的馨香。"绝墼为池"这四个欧体字我写过无数遍，突然有一天我竟信手写成"绝池为墼"，就在那一天我似乎感觉偶然之中撞开了"欧体"的一道门缝——墨池书绝笔下方能有丘墼！

轰鸣的掌声将我的思绪带回舞台，灯光璀璨无比。手捧奖状，我才幡然醒悟——外公当初为什么先教我写"人"字——"人"的那一撇写的是付出，一捺写的是收获；一笔写顺境，一笔写逆境；一笔写快乐，一笔写烦恼；不承受蜕变的痛苦，又怎见到盎然的春色！

"绝池为墼！"

这篇散文《绝池为墼》是柳大看获奖之后所作。他现在已经习书法 8 年，"欧体" 5 年。

第七章

腹有诗书气自华

"看你们爷俩的书！"进了家门，换鞋的时候，马筱茗手触及了放在鞋架上的一本书，唠叨就开始了。

那是一本《百年孤独》。中午，柳大看的外公来叫他一起挂"尺巷"的匾额，他随手放在鞋架上的。

柳大看受柳明君的影响，成了一个酷爱读书的人。只要一日不读书，便觉得少了点什么。大概高尔基那句话"我扑在书上，就像饥饿的人扑在面包上"就是对这对父子最好的形容吧。

阅读《百年孤独》和《红楼梦》有门槛儿，令许多人望而却步。柳大看一开始也跟大多数读者一样，看了几次开头，读完几章就再也读不下去。有时，痛下决心要硬着头皮坚持读完，结局是头皮硬得跟石头似的，书还是读不下去，更不用说读完了。柳明君告诉儿子一个"法宝"——读第一遍时整理一份人物的关系图，见一个人物出场就赶紧理清他（她）与前面某个人物之间的关系。不但人和人之间有着千丝万缕的关系，而且人和物、人和家庭都有着错综复杂的关系。人有成千上万，物有千差万别。每一个人、每一件物都是有故事的。《百年孤独》和《红楼梦》讲的正是这层层叠叠的故事。这样一个庞大的关系网简直就是一座富丽堂皇的艺术宝库！不读是不是可惜了。读第二遍、第三遍的时候，再品。就像吃饭，先弄清楚菜名、风味、原材料，再品滋味，然后谈加工方法。

柳大看五六岁的时候，在佳木斯路智慧园幼儿园上大班。幼儿园里有十几本童话小人书，花花绿绿的，图片倒纷呈，可是一本书只有薄薄几页，翻来覆去，总是图片多于文字。即使这样，每天也只有排着队才能轮流看到几本。马筱茗倒是给儿子买了不少书，但柳大看总感觉小朋友之间争着看的书才是好书。

稍大一点儿，上小学了。柳大看上的是青岛五十三中小学部，这是岛城第一所

尺巷

九年一贯制学校，办学条件很好，办学理念先进。小学里的书都陈列在大厅里、走廊上，数量也比幼儿园多了不知多少。一有时间，柳大看就跑过去看。一二年级时柳大看喜欢看童话。《格林童话》《安徒生童话》里面的故事他都能背着讲出来。小红帽、灰姑娘、大拇指、青蛙王子、聪明的小裁缝、渔夫和他的妻子……一个个精彩纷呈的故事让柳大看爱不释手，一下子陷入了这奇妙的世界。多少次柳大看因为看书入迷而忽略上课铃响，被老师派出许多自告奋勇的小侦探逮个正着，像押送俘虏一样一边一个耀武扬威地揪回教室。一二年级的班主任是吴俨老师，和蔼可亲，柳大看永远忘不了她的宽容。吴俨老师的儿子也很好动，后来踢足球去了。她对好动的男生很能理解、体谅和接受。家长和孩子都夸吴老师好。

不看书的时间，柳大看他们几个"书虫"就聚在一起交流讨论。同学说《小王子》这本书挺有意思，且歪着头告诉柳大看某家商场有卖的，柳大看回家就告诉了他妈妈。这是柳大看第一次主动提出买书。马筱茗很是高兴，连口答应。为了买《小王子》，柳大看还干过一件让人哭笑不得的傻事呢！二年级铅笔用得比较顺畅了，他在商场看到了一本《小王子》，一看价钱5元钱，便拿起书，牵着妈妈的手到了收银台，拿出纸和笔，在纸上写了一个大大的"5元"，然后把纸交给收钱的阿姨，就抱着书津津有味地看了起来。等发现妈妈和阿姨在笑，他还有些不解。那个收银员讨好马筱茗，夸柳大看有领导范儿，从小就有签字的意识。现在每每想起，柳大看都会有点儿不好意思。

从三年级开始，柳大看每天晚上都会读法布尔的《昆虫记》，然后才带着微笑美美地进入梦乡，后来渐渐开始读中外名著。那时柳大看爱不释手的就数《三国演义》《水浒传》，这还得归功于当时他的语文老师曹文君，曹博士。每天吃完午饭后，曹博士必定给他们讲一段《三国演义》或《水浒传》的故事。这就更让他们崇爱她！

试想，烈日当空，太阳用它那炽热的光线炙烤着大地。娇艳的花儿被晒低了头，葱郁的树叶被烤得打了卷儿，平时蹦蹦跳跳的小虫子也都悄无声息地钻进草丛中了……只有他们班的学生还在学校的后花园，坐在几棵大树下，围着曹博士聚精会神地听她讲故事。那该是多么令人神清气爽的时刻！夏天的酷热在那一刻也仿佛销声匿迹了！曹博士眉飞色舞地讲着，他们津津有味地听着，甚至连胡校长来拍照他们都没一个察觉。当老师讲到"宴桃园豪杰三结义，斩黄巾英雄首立功"和"林冲雪夜上梁山"时，这真是世上最动听的声音！柳大看想他以后爱上读书跟这段经历应该有很大的关系吧。

柳大看曾经跟马筱茗说过，他喜欢去书多的地方，那里的氛围好，大人、孩子都很安静，在书堆里穿梭，感到身心都很轻松。因此，马筱茗有时间就带柳大看去书城。有时去得晚，看书的时间短，就会草草地翻开书页瞄几眼。不过，对柳大看而言，只要能摸到书，就很幸福了。

让柳大看感觉幸福的事是买书，并且他发现有时去得晚了，书店快关门了，他无法享用美味的"精神食粮"，马筱茗就会买下那本书。发现这点以后，柳大看便隔三岔五地，"一不小心"就晚去了。马筱茗就会"心照不宣"地给柳大看买下来，让他回家慢慢品味。

柳大看最大的幸福当然是看书。记得《简·爱》这本书，他看了不下 5 遍，最早是在图书馆借的，看了一次后觉得不过瘾，就又去看了几次，没想到竟爱不释手，就到书城把这本书买下来了！柳大看认为，这是他至今做过最正确的决定。

柳大看和书的故事有许多，虽说用"车载斗量"来形容有些夸张，但几十个总该有的。从小时候读启蒙书、小人书，到长大后读文学名著，这期间经历了不少的事情。柳大看随手就可以拈来一个刻骨铭心的故事。

有一个周日，马筱茗带柳大看去佳世客给他买鞋。逛着逛着，突然荡来了一股书特有的那种墨香味儿，柳大看像一只寻香采蜜的蜂儿顺着香味就飞了过去。琳琅满目的书籍瞬间就点亮了他的瞳仁，一本本都是他一直计划着要买的书。现在真是大好机会，他怎么会错过呢？柳大看想都没想就立刻做了一个重大的决定，泡书吧！

电光石火间！柳大看竟一眼捕捉到了他心仪已久的一本书——《窗边的小豆豆》——真是"踏破铁鞋无觅处，得来全不费工夫"！他心急火燎地端起来，随便找了个地方就迫不及待地读起来了。那感觉真的如春蚕见到了桑叶！很快，他就进入了书的世界。半小时，一个小时……柳大看丝毫没有意识到时间的流逝。一页，两页，书也随着时间的逝去而变得薄起来。他完全沉浸、全然无觉于周围……突然，马筱茗急三火四地出现，似乎要把书吧的房顶给掀翻！唉，闯祸了。原来，柳大看走"丢"之后，马筱茗已经在佳世客跑得汗流浃背，差一点就要报警了！不过，马筱茗并没有冲儿子发火，她找他时的惶恐在那一刻都变成激动释放出来了！三个

尺巷

指头拭汗，一个手指拭泪，给柳大看买下了这本书。顿时，柳大看感到他的世界春暖花开！买完书就一直在马筱茗身边说着"谢谢，对不起"。马筱茗的眼圈又红了，恨恨地戳柳大看脑门一指头。听柳大看夸张地"哎哟"一声，马筱茗这才慢慢地消了气。马筱茗说，假如找不着他，她就离家出走，反正家是回不去了，无法面对柳大看的爸爸。说着，她的眼圈又红了起来。柳大看这才意识到问题的严重性。走出佳世客，柳大看一只手紧紧地把书抱在胸前，绝不能让它受到任何的伤害；另一只手紧紧地挽住妈妈，绝不能让她再受半点儿委屈。到了车上，柳大看又拿出来书来津津有味地读，浑然不知车堵在了半路。

这本书讲述了日本女孩小豆豆的经历，从幼儿园到小学，小豆豆从中长大了不少。这本书也反映了当时日本的经济状况以及社会情况，让一个小孩能从中学到什么。柳大看一口气读完了，后来又读了好多遍。

在小学四年级时，柳大看迷上了《哈利·波特》，一套7册，135元一套。但无奈的是，柳明君说他那个月购书已经远远超支了，要买只能缓缓了。其实，真实的情况是因为前段时间看书比较凶，柳大看的视力有些下降。柳明君和马筱茗都受眼镜之累，虽然他们早有柳大看必定戴眼镜的心理准备，只是不想过早接受这个即将到来的现实。柳大看只好偷偷向同学借了来看。他被这套书深深地吸引住了，才导致了一个悲剧的发生。那时，柳大看正读这套书的最后一本《哈利·波特与死亡圣器》，正读到最紧要的关头——大战伏地魔。他喝水时还捧着书，爱不释手，然而不小心把大半杯水倒在了书上。柳大看吓了一大跳，下意识地站了起来，慌忙把书拿到一边，愣在那里不动了。柳大看吓得大脑里一片空白，过了好久才反应过来要赶紧把书擦干。他先抽出几张卫生纸，用力地在书上擦着，心里暗暗祈祷，一定要干啊，这本书可是他同学最喜欢的，他当时还答应了同学要好好保管，这可怎么办啊！柳大看心急如焚，不由得加大了擦的力度。不好！纸眼看就要擦破了，柳大看立马停了手，又跑到柜子里拿来吹风机，试图把它吹干。他把吹风机调到了最大挡上，对着书好一通吹，不料书虽然干了，但那几页皱皱巴巴的，压也压不平，他急得汗都冒出来了。马筱茗看了叹了口气，柳明君见了摇摇头。最后，还是柳明君一咬牙去书城买了一套新的，把最后一本赔给了柳大看的同学——《哈利·波特》不单卖。

　　从这件事中，柳大看也吸取了教训，自个儿给自个儿约法三章：第一，把书当宝贝一般，给珍贵的书包上书皮；第二，看书的时候不喝水，不吃东西，喝水、吃东西的时候不看书；第三，不在课堂上看书。在这方面，柳大看也是有惨痛的教训呢。

　　一次，上美术课时，柳大看正在看《假如给我三天光明》，放在书包里但又舍不得，最终还是拿了出来。哪知再小的举动都不可能逃过美术老师的火眼金睛。最后，老师把书没收了。柳大看一下子就愣住了，死死地盯着那本书，一副要哭出来的表情。老师见柳大看"嗜书如命"的样子，就说："上课要好好听讲。把这节课画的内容画出来，我再把书还给你。"柳大看只好默默地跟心爱的书暂时说再见了，然后把这节课要画的内容画了出来。老师把书还给他时，还说他画得不错，不走绘画的路可惜了。

　　曹博士带他们4年，那是幸福的4年。她是个特别喜欢书的人，柳大看特别喜欢她，更喜欢上她的课。她每节课都跟他们讲一些关于书的事情。一次语文课上，曹博士向他们推荐了一些书，其中一本叫《基度山伯爵》。柳大看听了曹博士对这本书的介绍，就有些迫不及待地想找来看。下课后，在学校大厅找了一圈都没有，于是盯着钟表盼放学。

　　放学后，柳大看一头扎进学校周围的几家小书屋，没有。附近的商场也没有。只好等周末去书城了。那是多么难熬的一个周啊！真的！柳大看觉得那个周特别漫长，每一天都似乎抻长了俩钟头。那个周他是扳着手指头盼到周末的。好不容易熬到了周末！去书城的路不长，柳大看也感觉在走长征路，并且遍地都是红灯。公交车也好像跟他较上劲儿，走走停停，真恨不得在车轮子底下安上哪吒的风火轮！好不容易挪蹭到了书城。

　　到了书城，柳大看左瞧右看，书架上的书多得让人目不暇接。但是，他就是找不到想买的那本书。正当柳大看不知所措时，他看见一位工作人员向这边走来。他想问她，可就是张不开嘴，可是不问无疑是大海捞针！他鼓足勇气，硬着头皮，吞吞吐吐地问道："阿姨，《基度山伯爵》这本书在哪儿？"工作人员想都没想立刻就说："上三楼右拐第一排书架的第三层就看见了。"阿姨的业务能力真的没得说！柳大看道了声谢，电梯都没顾上坐，就一口气跑向了三楼。那里尽是国外的文学名著！也就是这次买书经历，柳大看才知道原来书是分门别类摆放的。他按照工作人员的指

尺巷

引，一眼就看到了那套梦寐以求的《基度山伯爵》！上、下两册，蓝色硬皮，烫金大字。它正静静地站在第一排第三层的书架上，像一个整装待发的士兵！柳大看立刻把它抽出来，紧紧地抱在胸前，生怕它会离他而去似的！

柳大看到了车上就急不可待地打开书，津津有味地看了起来。没想到一读就放不下了，差一点儿坐过了站。他感觉回家的路突然变短了，刚翻了几页的样子，车就到站了，好像车底下真的安上了哪吒的风火轮！真是欲罢不能！

当柳大看看完这本书时，已是深夜了。他躺在床上久久不能入睡，回想着书的内容，看着书中的主人公怎么从天堂掉到地狱，怎么从充满希望到彻底绝望，怎么从青年变成复仇天使，最终放下仇恨，找到幸福。柳大看人生中第一次失眠了！唉，真是欲罢不能！

通过看这本书柳大看感悟到：人们总是不满足于既得幸福，只有当失去时，才发现幸福是多么珍贵；他们总是埋怨学习的辛苦、父母的唠叨，而他们却不知道父母的爱是世上最无私的情感。有人说，父母的唠叨是人世间最真诚的部分。

柳大看告诉自己一定要好好收藏这本书，等有时间时再认真仔细地读一遍，从书中学到更多的知识，懂得更多的道理。

令柳大看难忘的是小学六年级结束的那个暑假。那个暑假，别的同学都忙着上中小衔接班。马筱茗有种莫名的恐慌，跟柳明君商量上不上。柳明君说，看书吧。柳明君的执行力是很强的，当天就去给柳大看办了一张市图书馆的借书卡。那张借书卡就像"芝麻开门"，为柳大看开启了一个书的宝库——在那里，他读到了鲁迅、老舍、巴尔扎克、雨果、托尔斯泰、凡尔纳等大作家的书。他们的作品丰富了柳大看的知识，涵养了他的性情，陶冶了他的情操，更让他知道如何去为人处世。正如高尔基所说："读一本好书，就是和许多高尚的人谈话。"

那个暑假，柳大看除去参加一些必要的活动，差不多每天都是在市图书馆度过的。茅盾文学奖的历届获奖作品他读了三分之二，那厚厚的摘抄本他早抄完两本了。午饭有时吃妈妈带的，有时到图书馆外面的小吃街吃。肯德基吃过两次，拉面吃过两次，后来就再没有去吃。因为太耗时间！那次等店家上拉面等了20分钟之后，柳大看就再没有在外面吃过饭。几个泰山火烧、麦多馅饼就打发了。"有的人活着是为了吃饭，有的人吃饭是为了活着。"那段时间柳大看感觉很充实，感觉自己就是后一种人。

升入初中，柳大看保持每周去市图书馆一次的习惯。但临近期末，抢时间复习各科，特别是有了那次的"囧事"以后，他竟有一个月没去。

那次，柳大看借完书刚巧下雨，他没带雨伞，就坐在图书馆的厅里看书，准备等雨停了再回去，可是等了半天，图书馆管理人员都快下班了，雨却仍然没停。柳大看急了，抱着书就往外冲，没想到在楼梯滑倒了。他连忙捡起书来，一看，其中一本《杨家将》全脏了。那本斑斑点点的书，一直藏在他的心里折磨着他。

后来，柳大看读懂了《杨家将》，这情形才开始渐渐转好了。

实际上，柳大看是先听的评书版《杨家将》，记得是老艺术家刘兰芳演说的。他每次上自家的车就听，听了不知多少个日日夜夜。可以说，这部评书伴他一路颠簸，走过五冬六夏。柳大看听的部分是从杨继业随宋太祖起兵到穆桂英大破天门阵。《杨家将》给他的感触良多，记忆最深的事就是潘仁美射杀杨七郎的故事——72根雕翎箭射穿了一位忠臣良将的身体，也插在了他的心上。后来，杨老令公碰死在李陵碑前，又在他稚嫩的心上重重地刺下一剑。这两件事，让柳大看的心灵有了第一次蜕变——他知道了善、恶、美、丑！

书中的重头戏是金沙滩一役。因为宋王昏庸，杨家八子三人当场阵亡，三人失踪。反观奸臣潘仁美，坑皇帝、杀忠良，但只要用"国丈"的身份和女儿潘赛花在皇帝那里一哭，杨家就祸不单行。宋王的偏袒、昏庸更是体现在后面寇准审讯潘仁美的故事里，既不许寇准用刑，又暗地里想偷放潘仁美，最后逼得杨六郎怒杀潘仁美……读到这里，柳大看有了第二次心灵的蜕变——他学会了做人！

上面那件事发生以后，柳大看突发奇想，尝试从潘仁美的角度来看《杨家将》的故事，却发现他又不像一个老谋深算的狠毒之人。他的犯罪过程手忙脚乱，只像一个孩子犯了错误，想尽力掩盖。他从杀了杨七郎起就处于被动状态，一直没有再主动挑起事端，也没有利用与皇帝的"亲属"关系再做坏事，直到最后被杨六郎杀掉。读到这里，柳大看又明白很多道理，心灵实现了第三次蜕变——客观辩证地看问题！

书弄脏了，柳大看感觉很内疚。后来，他就按5倍的赔偿价买下了那本书。再读又发现一个问题：一个良才辈出的家庭，为什么被利益集团处处困扰又被不知廉耻地利用着？这个问题让他陷入深思。

无论如何，这本《杨家将》陪柳大看走过无数寒暑，让他蜕变，伴他成长。

看了路遥的《人生》，柳大看给它写了续篇。他让高加林娶了巧珍。柳大看这样写并不是落入"有情人终成眷属"的俗套，相反，他有托尔斯泰把安娜·卡列尼娜写死而痛苦的那种悲悯。看了《平凡的世界》，柳大看给它构思了一个结尾。柳大看让苦难的孙少平从煤矿辞职，下海去闯，毕竟只有他这种不甘心平庸的思想才符合当今的国情。路遥的时代已经成为过去。柳大看甚至还曾狂妄地想推翻"拥刘反曹"的《三国演义》，让魏蜀吴在理性辩证中重新还原历史！

柳大看看书很多、很杂，但始终没有看偏，始终走在阳光大道上。网络小说虽然曲径通幽，羊肠小道也有花香，但不能作为人生主流。三四年级时，柳大看在小舅妈家看了一本玄幻小说。阅读时，柳大看被小说中天马行空的情节给吸引住了，无法自拔，但合上书之后他没有再翻开的欲望，从此便将其束之高阁。

有的同学对网络小说很痴迷，上课看、下课看，甚至边吃午饭边看，越看越深陷其中，无法自拔，柳大看感觉是那么不可思议。虽然他也曾这么看过金庸的书，不同的是他能从书中跳出来，那就是书对他的影响不大，或者说他思考过这类书值不值得看第二遍、第三遍，值不值得收藏。柳大看比较喜欢大西北的作家，陈忠实、路遥、贾平凹，他把能找到的他们的书全看完了。陈忠实的书里全是干货，路遥的是"半干半湿"，贾平凹的是"全湿"，他也有同感。陈忠实的《白鹿原》被他硬生生读破了。大西北还有一个作家叫李佩甫，他的书也很好看，耐读。

柳大看基本上每周都会去书店买书，可书店的书有时更新很慢，一个月都不见变化。有时候，想看的书没有，为此他很着急。12岁生日时，柳大看表哥送他一个电子读书器，告诉柳大看下一个阅读软件就能读小说，还不用花钱，一举两得。柳大看自然是欣喜过望，仿佛世界又开了一扇窗。但从网上下载的小说错误太多，内容时有缺失，影响阅读心情，读了几本之后就渐渐冷落它了。电子读书器只能救急用。

现在上了中学，要学的科目一下子多了起来，时间也变得非常紧，但柳大看每天百忙之中，总要抽出时间来读书。只要捧起书来，就是他最开心、最幸福的一刻！看书的时候，他的情绪会随着书中的情节发展而波动，有时悲伤，有时气愤；有时平静，有时激动……每每此刻，他的心里便涌起无限的感慨：有书，真好！

……

"几点了？还不赶紧洗漱睡觉，想什么呢！"对于马筱茗的唠叨，柳大看一句没往耳朵里面进，最后这句倒把他喊醒了。

第八章
故乡今夜思千里

洗漱的时候，柳大看听见马筱茗跟柳明君温和地低声商量，今年春节别回老家莱阳过年了，说柳大看面临初三毕业中考升学的关键时刻，前面十多年每年都回去云云。声音尽管很轻，柳大看还是听到了。柳明君还没回答，柳大看就焦急地大声反驳："徐嘉慧她们家明天回江西！上不完语文课就要走！"

"那是因为徐嘉慧的姥姥身体不好，他们回去看老人。"马筱茗见时间不早了，没想着吵，语气很温和，"转过年就是三月份了，离六月份中考……"

柳大看一口否决："不行！我爷爷身体也不好。我要回去看我爷爷！看我奶奶！"

说实话，马筱茗作为一个城市媳妇，对待柳大看的爷爷、奶奶那真是令人跷大拇指！

有一次，柳大看二爷爷的小儿子柳富民结婚，他们都到他家去贺喜。在二爷爷家，柳大看亲口听到他爷爷当着二爷爷、二奶奶的面夸马筱茗："儿媳妇，就跟自己的亲闺女一样！"

就是那一次，马筱茗知道了柳明君为什么那么爱吃面，为什么俩人谈恋爱时第一次约会柳明君就请她吃面。

二奶奶带着感慨的口气说："明君小时候有个愿望，说等他长大了带着他的向前弟弟、富民弟弟到城里去吃'念'。那时候，明君还小，'面'说不清楚，说吃'念'……那时候家里穷……一转眼，兄弟仨都长大成人了，最小的富民今天也要娶媳妇了！"

柳明君弟兄仨，一起喝过酒，一起赴过宴，但就是没有一起吃过面。现在生活水平高了，请弟弟吃碗面已经是不可能的事了，吃面就成了柳明君心中永远的遗憾。他把这份兄弟情转移到妻子身上了。马筱茗有一种被柳明君认作哥们的感觉。

自打柳大看记事起，逢年过节马筱茗都会精心给柳大看的爷爷、奶奶买新衣裳，准备精美的礼物，置办丰富的年货。柳明君的身材跟柳大看爷爷差不多，脚也一样大。每当这个时候，柳明君就充当了模特。柳明君对吃穿不讲究，若给他买衣服鞋袜，他常常不配合，但只要一听给柳大看爷爷买就很乖，还会趁柳大看不注意偷偷亲马筱茗一口，然后俩人就窃窃地笑。柳大看爷爷在电话里嘱咐多少次，说衣服穿不破别买了，花冤枉钱。柳大看奶奶也左右嘱咐，家里什么都不缺，只要人回来就行，她想大孙子了。马筱茗说："女人还有不好穿的？"果然，给柳大看爷爷买得少了，给柳大看奶奶买得却多了起来。柳大看奶奶常常穿着儿媳妇买的衣服走街串巷、赶集上坡，仿佛山村的风都被那衣裳拉成了香的、亮的、活的了。没穿上新衣服的柳大看爷爷看着穿上新衣服的柳大看奶奶变年轻了，咧开镶着金牙的嘴笑了。

在城里长大的娇娇女褪去了初入山村的新鲜感之后，许多的不适应会接踵而来。农村的厕所都在室外。柳大看爷爷腿脚不好，茅坑里安了一个由坛子改成的马桶，冬天坐在上面，冰冷刺骨。柳大看家的马桶坐垫是通电、带热水冲洗的。反差如此大，但从没有听马筱茗抱怨半句。

有柳大看之后，柳大看爷爷怕冻着他的大宝贝孙子，找人安了一套土暖气，烧煤的。炉子就安置在灶膛间。马筱茗不怕冷，但怕一氧化碳中毒。土暖气烧了两年，出现漏水的现象，从此再没有用过。柳明君便给柳大看爷爷安了一台空调。

有了空调之后，柳大看爷爷、奶奶却很少用。夏天对着电扇吹，拿着一把大蒲扇扇一夜，也不肯按下空调的启动键。冬天，说把炕烧得暖活活的，能顶到天亮。柳明君每次打电话嘱咐他们花不了几个钱，他们总是连连答应却不照着做。放下电话，柳明君的脸上便会出现那招牌式的厚重表情。

农村的饭菜虽说到了春节也会变得丰盛，但多少年沉淀下来的风俗不会改变。过年的钱饺子，柳大看爷爷、奶奶看得很隆重。马筱茗就嘟哝不卫生。每当包钱的时候，又煮又烫的，能少包一个是一个。吃到钱，她也高兴，但会皱一下眉。柳大看外公、外婆从不包钱饺子。柳大看想，等妈妈她们这一代人熬成婆，她们不会改了这个风俗吧。

除夕的拜年饺子吃了之后，再吃初一的钱饺子，然后再吃初二的送神的饺子，年年都是如此。柳大看爷爷、奶奶的理念是饺子就要多放肉，几顿下来就会把人的脸吃明吃亮。返程时马筱茗就会抱怨一路。在接下来的很长一段时间，柳大看家的

尺巷

餐桌上，饺子会"自动消失"。

回到莱阳老家，柳明君和柳大看就欢了，不是上山就是下河。柳明君在街坊邻居那里就是一个成功的范例，左家吃右家喝的。马筱茗在这里就是一个纯粹的宅女。街坊邻居都认识她，个头高挑，皮肤白皙，气质儒雅，都当着柳大看一家的面啧啧嘴。马筱茗去多少次都记不住她们谁是谁，常常忘记她们如何称呼，为了避免尴尬便把自己宅起来。过年的那几天对她是困兽于笼吧。

好了，她现在有借口了，可以提出不回老家过年了！唉，柳大看的年呀！

过年是中国传统节日当中最喜庆而又最热闹的节日了。

现在怕污染空气，在城市里平时不让放鞭炮烟花，只能年三十放；在单元门挂两只灯笼，自家门上贴一张"福"字，再加上老死不相往来的邻居关系，怎么也营造不出过年的喜庆气氛；寥若晨星的几个亲戚之间的走动无非就是几个红包的流转，要不就是胡吃海喝一顿，然后大睡一天……在城市过年如同往河水里撒盐，河水不断流，盐就年年撒。

于是，柳大看就特别怀念在乡下过年的情景了。在乡下，一到过年，家家户户都要忙碌起来。忙年，忙年，不忙不叫过年。腊月二十三小年一过，年味儿就一天比一天浓了。女人蒸馒头、炸麻花、磨豆腐，做些灶上的活；男人杀猪、杀鸡、宰羊、烀猪头、打猪皮冻，准备"硬货"。这当中，必不可少的就是逛年市、办年货了。柳大看至今还记得 10 岁那年跟着爷爷去逛年市的情景。

逛年市

一进入年市，眼前便是一片红红火火的世界。红色的灯笼、红色的春联、红色的年画、红色的蜡烛、红色的鞭炮烟花，还有人们身上红艳艳的衣裳，仿佛置身于"红海"，喜庆祥和，热闹非凡。

来到年市，最痛快的就是吃了。平时吃不到的传统美食，在过年期间都会一一出现，什么糖稀、糖画、糖人了，什么年糕、枣糕、麻花了，每一样看一眼都让人感觉来年会甜甜蜜蜜的。买一块糖稀，金黄金黄的，用两根筷子把它来回搅拌，然后一拉，拉出了一道美丽的金丝，细细的，仿佛能用它编制出一件美丽的衣裳，再把它填进嘴里，一股浓郁的麦香和甜蜜就沁入了心脾，在心田荡漾开来，泛起层层波浪。除了这些，最有名的就属糖葫芦了，这个糖葫芦可不是一般意义的糖葫芦。看！师傅手拿刚刚串好的山楂，快速地往还在冒着泡的糖锅里一蘸，糖葫芦立刻就变得晶莹剔透、鲜艳无比，然后倒提起来，双手抓住竹签用力那么一拧，飞出万缕金丝，再把金丝裹在糖葫芦上，糖葫芦就成了披纱戴金的"少女"了，亭亭玉立，婀娜多姿，栩栩如生。

除了吃，还少不了赏。年市上到处都是卖春联的，什么"一夜连双岁，五更分二年"，什么"爆竹辞旧岁，瑞雪兆丰年"，什么"福如东海，寿比南山"，什么"幸福吉祥，花开富贵"。这些再平常不过的春联，各式各样，美妙连篇。他们不需要吆喝，识货的顾客自己就掏钱来买了。一位老爷爷须发都白了，手握一支大毛笔现场书写春联。这更是年市一景。只见他，饱蘸浓墨，行云流水，笔走龙蛇，落笔如烟。走近一看，"四海承风送骏犬，八方辐辏迎天蓬"，字苍劲有力，力透纸背，令人赞叹。

还没逛到底，天色就开始渐渐昏暗，许多风味小吃、传统美食、年货和杂耍似乎还在眼巴巴地等着我去看它们一眼，一种似惆似怅的情愫就充斥在我的心头。

唉，还是乡下过年最好！有味！浓！

放寒假那天，柳大看从南京路溜达着往家走。经过伊春路益欣超市门前时，见超市门外的马路上有一群老家的人在寒风中铺路。

柳大看的老家在莱阳农村。青岛这座城的居民很多是移民。柳大看家由柳明君这一代完成了移民的"壮举"。可能年代浅，柳大看始终感觉他的根在老家，在莱阳，在农村。不知道那些早几代移民的人还有没有这种感觉。用"老家的人"来称呼从农村走出来到城里打工的人，柳大看感觉比较亲切，起码比叫"农民工"亲切。但，"老家的人"这一温情的称谓不知为何没有被响亮地叫起来！

老家的人

马路上静静的，没有一个人说话，有的仅是呼呼的风声伴随着铁器碰撞硬物发出的声响。

我想他们的沉默，是因为嘴上贴有两条封条——一条是劳累，一条是寒冷。

尺巷

时值三九天，临近傍晚，西北风把岛城吹成了一个大冰窖。

他们每一个人的皮肤都是古铜色的。其中有一个人，竟用脚尖走路！高高的个子，瘦瘦的，推着个车子，一颠一颠的。鞋的前掌快磨穿了，而后脚跟竟然是完好无损，只是粘了那么一丁点儿泥土。

我被感动了。他双脚虽然残废了，但他在为自己的尊严活着。

我想起了我的爷爷，许许多多像面前的这群人一样的人，老家的人！他们在泥土中刨食，面朝黄土背朝天！一辈子！风里来雨里去，只是为了自己的活着的尊严！为了后代人活着的尊严！一辈子！

人本无贵贱之分，有的仅是职业的差别。人有权选择职业，但没权选择家庭出身。人和人都是平等的，谁也没权去指责别人，有的只是互相感知、互相合作、互相安慰。

站在他们的面前，我懂得了生活。

苦命的老家人！

上次，也是从学校回来，中午。

这群人就走在我的前面。沙沙的，只有脚步声。那个人，一颠一颠的，走在他们中间。他的特殊，令我当时就留心到他和他们了。他们每个人手里都提着一个塑料袋。袋里盛着他们的口粮。馒头居多，也有火烧，但清一色的都没有菜。火烧呢，也只有一个老人手中的是有馅的那种。那个人，一颠一颠的，手里提着几块饼——硬饼。

我想起我爷爷说过的一句话了：不干活，吃啥硬食。那天，爷爷从老家来了，妈妈做了一桌子菜。主食是烤火烧，硬面的，香喷喷。

那是不是我有生以来第一次听到食物还有软硬之分，我不知道，但我知道那一次爷爷的话就像刀子一样刻在了我的心上。我当时就想，爷爷他年轻的时候，是个木匠，外出干活，肯定是很在乎食物软硬的。

现在想起这句话，看到眼前的此情此景，我的眼睛湿润了。

就那么几块饼，能挨到晚上，该得益于饼的硬度吧。如果石头能够啃得动，钢铁能够咽得下，他们也绝不皱眉，是不是？哪有什么滋味鲜腴肥美之享！整年累月，他们的味觉退化了，就为了尽可能地多带点儿钱回家！这是最真实的中国的农民兄弟！最真实的老家人！

如果谁再克扣一点儿，刁难一下，他们那消化着仅能活下去的躯体，不知还能不能挺得住！

这些遭天杀的！

我的爷爷当年是不是也曾跟眼前的这群人一样只吃他的硬食而没有菜，我不敢想。

因为不用想，也知道答案。

"我必须要回去！陪爷爷、奶奶过年！"柳大看的声音都有些哽咽了。在晶莹的泪光中，柳大看看见爷爷每年给他做的风筝，又看见奶奶那墙头累累的柿子！唉，他何时才能回到梦魂萦绕的故乡！

第九章

我欠风筝五丈风

这是柳大看写的《我欠风筝五丈风》。

酡红的暖阳是春日最好的脾气，初洒在身上是无尽温柔。树木仰起头，让灵魂的一丝一寸都吸入温度，等待活力的复苏。蓦地，墙上挂着的一只风筝撞入视野，划过蔚蓝的天幕，扯皱微风的波纹，也惊动了我的记忆。

我的童年长在乡下爷爷奶奶家——莱阳黄花沟村。那是一个有百十户人家的小山村。村子位居向阳坡，村前有一道沟，沟里有潺潺的流水。顺水而下，不远处是一个波光粼粼的水库。我可以在沟水里捉鱼摸虾，但不可以到水库边玩耍，更不能去游泳。"是要淹死人的！"奶奶掐着我的耳朵根儿一再嘱咐。

爷爷奶奶家是个标准的乡村四合院。正房是四间老屋，青石的墙，草覆的顶。院子东边是三间平房，右边是猪圈。这种院落外面或前或后或左或右必定有一处菜园，种着应季的蔬菜。院子和菜园又被不同种属的树木包围着，梧桐、槐树、楸树、橡树、花椒树、桃树、杏树、樱桃树，应有尽有。这种房屋格局在我老家几乎是统一模式，比比皆是。前几年在爸爸、姑姑几个撺掇下，爷爷才极不情愿地把麦秸秆屋顶换成了红瓦。换成红瓦后爷爷就抱怨夏天变热了，爸爸又给我爷爷安了空调。就这样简简单单的院落，在那时却是我的乐园。

且不说芳香扑鼻的水果压弯枝头，苍翠挺拔的橡树直插云天，四四方方的天空美得湛蓝；也不说早晨树梢的清脆鹊啼，午后花上的嘤嘤蜂嗡，夜幕墙角的幽幽虫鸣；单是牵着一根纤纤的长线放飞一只"大雁"的风筝，就足以撑起我童年的一场梦。

还记得门楼下那把陈旧的竹椅，还记得爷爷那苍老、亲切的面容。

那天是我6岁的365天中最可爱的一天。清凉的井水洒落在灼热的院子里，洒落在喘息的小草上，洒落在蚂蚁长龙式的过道上。爷爷又和往常一样坐在门楼下的竹椅上，竹椅时不时发出"咯吱咯吱"的声音，清脆地剪着地上跳动的光和影。爷爷的那只大花狗卧躺一旁，耳朵随着咯吱声一晃一晃地做着钟摆样的摇动。那时候我很天真，总喜欢翻家里的橱子箱柜，不稀罕什么"古钱"，但着迷稀奇。那天我竟惊喜地找到了一只"大雁"风筝。我跑出屋子，靠在爷爷结实的腿上，问这只风筝的来历。爷爷慈祥地看着他懵懂的大孙子，笑着说这是当年他送给我爸的礼物。我就像猫捉到了老鼠，越来越按捺不住自己的心情，就吵嚷着让爷爷带我放风筝。

爷爷拴好了线，一阵风吹过，赶紧跑了几步，我也跟着跑了起来。线越来越长，"大雁"也随风而起，就像一个蓄势待发搏击蓝天的雄鹰，越飞越高，越飞越远……我拍着小手在地上又蹦又叫，招惹得那只大花狗都跟前跟后地摇着尾巴汪汪叫，鸡们鸭们也都不午睡了，一齐簇拥在四周叽叽嘎嘎地分享我的快乐。爷爷手中拽扯着线，口中还念念有词："风筝下沉轻提，风筝倾斜慢带，风筝右偏右拽，风筝左偏左扯。"念叨几遍，我就记住口诀了，正要一试身手，突然线断了，风筝摇摇晃晃地飞过村前的那道沟，又被一阵风卷着拐了一个弯儿，飘飘悠悠竟向水库那边去了。我撒腿就顺着那道影追去。爷爷在后面的追喊我都没听到。风筝箭一样冲进水里，我"哇"的一声撕碎了天！

哭声惊动了我奶奶。奶奶翻着眼埋怨爷爷，手指没有戳到爷爷的脑门上，却把不知趣的花狗踢得嗷嗷叫。爷爷讪讪地许诺，再给我做一只一模一样，不，更大更威武的"大雁"风筝，我这才破涕为笑。

爷爷的手真神奇，几根竹篾，几张薄纸，就能魔术般变出"大雁"的雏形。我依偎在爷爷的身上，温顺得像只呢喃的小猫。爷爷边做边语重心长地说："现在你还小，长大了就能体会到人这一辈子会走过很长很长的路。这条路上会有很多的磕磕碰碰，就像那只'大雁'，本来在天上飞得好好的，哪料一阵风扯断了线，又一阵风吹到水库那边，最后一头栽进水里。人要是没有根线牵着，就会像那只风筝。你的根就在爷爷家！无论走到哪里都不能忘了……"

三月的风吹过无边的旷野，小草泛绿，漫野的麦田像一个大草坪。我呼吸着清新的空气，脚踩那片绿，就像一只快乐的风筝，任自己在田野里奔跑。爷爷站在那儿，调试手中的风筝，脸上写满慈祥。我跑够了，回到爷爷身边，和爷爷一起握紧线轴。在爷爷的指引下，我牵着风筝迎风小跑，风筝始终稳稳高高地在天空摇曳。

尺巷

我和爷爷的目光追随着它，飞啊，飞啊，笑声飞扬在空中，久久回荡。

太阳披上华丽的云彩，沉落在西山，天上铺展着一片庄严的紫色，高高地、远远地扩散开去，变得柔和、再柔和，深沉地亲吻着大地。

这样"牵"了几天风筝之后，我不满足了，便缠着爷爷教我放风筝。我要从基础学。当时的天空蓝得好像能滴出水似的，空气中仿佛也弥漫着树木的清新、花草的芬芳。我站在草地边看着爷爷做示范。

爷爷教放风筝时十分认真、耐心，他拉扯着风筝，在草地上跑动着，边跑边说。就这样边跑边扯，边扯边松，线越送越长，终于，风筝听话地飞上了天空，在那一尘不染的天空中翱翔，显得生机盎然。

爷爷收回风筝，再跑，再放，再说。来回拉扯着绳子，风筝仿佛听了天空的召唤，稳稳地徜徉在天上。几趟下来，爷爷的额头就见汗光了，呼吸像老牛一般重。我看着爷爷的身影，听着他粗重的呼吸，心想：这有什么难的？于是跑到爷爷那儿，拿过来让爷爷收起的线轴，我开始自己摸索。爷爷还想嘱咐些什么，却终究什么也没说，自己坐在草地上，胸口一起一伏地看着我和风筝斗争。我将线绳慢慢放长，等着它升高，可是风筝不但没有往上飞，反而开始往下落。爷爷见我玩得有些吃力，便喊道："拽一下绳子，风筝就上去了。"我一听，仿佛寻到了救星，急忙用力拽紧绳子。刚开始，风筝有些上升的趋势，可是随着时间逐渐推移，风筝竟比原来下降得还要快，我不禁有些着急。爷爷站了起来，接过我手中的线轴，一边摆弄，一边说给我听："放风筝需要有松有紧，不能让它总是绷紧了弦，也不能放任它飞。"然后他再跑，再放，呼吸声又重了起来。我笨手笨脚，只是继续拉扯手中的线。

后来又放了几次，才渐渐有了些感觉。但随着天越来越热，我放风筝的心思就慢慢地淡了。

一个蝉声能揉碎树叶的日子，爸爸把我接回了青岛。临走，爷爷把那只"大雁"风筝小心翼翼地包裹好，放进车的后备厢。但回城后我就把它给忘了。因为不久我就背着书包上小学了。上学的感觉就是写作业。作业天天有，似乎永远写不完。随着年级渐渐升高，作业也越来越多，就像一座小山似的，牢牢地压在我的背上。回家就吃饭，吃完饭就坐在书桌前写作业。我早已变得不再爱玩，甚至不愿出门。总是将自己关在房间中，一学就是一个晚上一整天。双休日不是乒乓球就是钢琴，总是这个班那个班，丝毫没有放松的时间。爷爷、奶奶打来电话，我总是搪塞几句，然后匆匆把电话塞给爸爸，就赶紧坐下写作业。电话里偶尔会传来爷爷一声轻叹，我也不以为然，眼前总会闪过老师们一双双深情注视的眼。

小升初临近考试的那几天，我没有出门。我不停地背书，做复习题，却也在不停地遗忘。我仿佛进入了一个无法退出的恶性循环，心情烦躁不安。

星期天，当我再次坐到书桌前，爸爸走到我的面前，拿着一只风筝。我瞥一眼就认出是爷爷做的那只"大雁"。几年过去，风筝虽然颜色鲜艳依旧，却一点也吸引不了我的注意力。我正准备低下头继续学习，爸爸开口了："走，我们放风筝去。"我原本有些不耐烦，但在爸爸"我们"这样平等的措辞下，竟不由自主地站起身，乖乖地跟着出了门。走在路上，我想假如爸爸用"我带你"这样的口气，我肯定会一口回绝的。爸爸什么时候变得跟我这么"平起平坐"了，难道我真的长大了？长大的感觉又是什么……一路上阳光明媚，却也没能拯救我低落的情绪，就这么跟在爸爸身后一边走一边胡思乱想。

"到了。"爸爸的一声话语将还在神游的我拉回现实的小区广场上。"给，放放看。"我接过了爸爸递来的风筝，努力回想爷爷当初教给我的知识和口诀："风筝下沉轻提，风筝倾斜慢带，风筝右偏右拽，风筝左偏左扯。"然后助跑，放线，边送边拽。那风筝竟有神助一般扶摇直上，一会儿就被放上了天空。爸爸仰望着越来越小的风筝，不禁感叹道："这风筝飞得真高啊！"过了一会儿他又问："这一张一弛是你爷爷教给你的吗？"我随口说："爷爷说，一松一紧。""是啊，你还记得。"爸爸扬了扬嘴角，接着又自顾自地说，"其实这一松一紧不单单是放风筝的要诀，也是生活的态度。人不能无时无刻紧绷着自己，要学会放松。"

看着天空中的风筝，我忽然明白了爸爸的苦心。其实生活就是一只风筝，只有掌握了要领，才能越飞越高。

风筝因为纸张陈旧还是破碎了，一头栽落地面上，折断了翅骨。走在回家的路上，抚摸着风筝的断骨，虽然有无尽的遗憾，但并没有多少伤感。几年的历练让我已经告别了用哭声表达情绪的年纪。阳光拂去心中积蓄的黯淡，晴朗的天空似乎书写着一种渴盼。风抚过耳畔，隐约间我好像听见爷爷新做的风筝攀在云间的烈烈风声。一根风筝线，纤细柔长，一头牵着我，一头牵着爷爷。我想爷爷了，想跟爷爷

尺巷

一起放风筝了。

"爷爷，再给我做只风筝……这次，你要教我做！"

小升初结束后，我回了爷爷家。行李还没放下便求爷爷做风筝，做"大雁"。爷爷一听嘴角就挂到了耳朵上，仿佛看到那个童年猴急的大孙子。笑过之后，却也乐呵呵地忙活。看着爷爷从容地钉支架、描花样、熬糨糊，我蹲在一旁"照猫画虎"，憧憬着自己做的风筝能一次飞上天。

终于起风了，我举着风筝往田野里跑，但技术不到家，刚升空就成了美国"哥伦比亚号"解体坠落了。爷爷做的风筝好看又灵活，稍微调试一下就能稳稳地飞到天上。我摇线轴，一边控线一边小跑，驾驭高飞令我猫了几年的兴奋尽数释放出来，我大声喊着，亮开嗓门去笑。祖孙俩在和煦的阳光下，被微风慷慨地簇拥着，一只风筝搅活整个山村的天空！

再后来上了初中，每个春天爷爷仍记得做风筝给我。起初我也摆弄过几回，渐渐地，随着学业越来越重，我已经无暇顾及那些风筝。有一回，爷爷来城里看病。在我家小住的那几天，爷爷见我老趴在电脑前打游戏，非要带我出去转转。其实我那是在完成编程老师布置的作业。我不动弹，只想打发爷爷自己去。爷爷凑到我跟前故作神秘："想不想放风筝去呀？"我一愣，但如山的作业瞬息挤走了那一丝灵光："爷爷，缓一缓，等我提交上作业。"爷爷喏喏着，半晌都没作声，转身摸摸索索地走出去。我没想到那竟是爷爷最后一次提出跟我放风筝！

爷爷那次回了老家，再没有给我寄过风筝。虽然每当阳春，风暖草绿，一只只风筝在空中飞舞，我还会想起爷爷的风筝，但上了初二，有生物、地理、计算机结业考试，全面复习占据了所有时间和空间。这几年，一到春天，天上的风筝越来越多了，大小不一，形态各异。天上的苍鹰，水里的游鱼，越发精致起来，但我觉得它们都没有爷爷的"大雁"飞得高，飞得俏。遇见风筝，虽然我还会想起爷爷见到我时脸上熟悉的笑容和他亲手做的"大雁"，无一例外的，一股酸涩油然从心底蔓延开来，但我再没有张口言及。我以为，爷爷会一直为我做风筝，一直在那里等我。

期终考试后，大姑打来电话说爷爷最近不舒服，爸爸急了，带上我，揣上银行卡急匆匆驱车赶回老家。爷爷躺在炕上，旁边围着许多人，有亲戚，也有村里的医生。见到我，爷爷笑了，动了动手指，指向对面的桌子。桌子上，竟是一只精致的"大雁"风筝，只是缺了线轴。我一下扑跪在爷爷炕边，抱着爷爷瘦骨嶙峋的手，泪水像水蚯蚓一样爬满了脸庞。爷爷摸着我的头，手是那般柔弱冰凉。

爸爸把爷爷接到了青岛，住进了青医附院。爷爷患的病是直肠癌，第二天就动了手术。那只缺了线的风筝让我痛悟，风筝缺了线可以接，人一旦缺了线就是无根的浮萍。习以为常的拥有，已经不复存在。泪水一滴一滴，打湿了风筝，也打湿了回忆。

有些事，错过了，可以重做，有些人，错过了，可以重逢。可是，羸弱的爷爷啊，错过了对您的珍惜就是永远！您可知道，在这个肃杀的黑夜里，我又一次泪水涟涟！

仰头看那风筝许久，方才觉得脖子发酸。知觉渐渐从记忆中回转，还原眼前曾有过的景象：公园广场上不少半大孩子，为着天上飘飞的各色纸鸢惊叫笑闹。我仿佛看到了儿时那个驭风奔跑的小小的自己，看到了不远处的爷爷正笑得一脸慈祥。

云一样的思绪飘来飘去，最终还是落在我的掌上。

"结伴儿童裤褶红，手提线索骂天公。人人夸你春来早，欠我风筝五丈风。"这是清孔尚任《燕九竹枝词》中的诗句。可是，我每每读起这首诗，一股歉意就会涌上心头，哪里是"欠我"，分明是"我欠风筝五丈风"。

"爷爷，今年的风筝我还没收到呢，您可别忘了！对呀，等您做好，咱俩一起去放啊！"我多想多想，每到东风骤起，再次拨打那个熟悉的号码！可是，那个电话我打通了也不能再说这些话了！那个四合院我一定要回去！那里有我在无边的田野上疯跑的童年！那高大的梧桐也没有了往日的喧闹，空荡荡的院子里便只剩下门楼里那把沧桑的竹椅，和那只曾经被期待踏上征程的"大雁"……

我一定要回去！回莱阳！回老家！回去陪爷爷、奶奶过年！

"唉，我欠风筝五丈风！"

第十章

墙头累累柿子黄

这是柳大看写的《墙头累累柿子黄》。

也不知谁说，记忆总是最容易模糊的，就像儿时每个人的天真稚嫩会——淡漠。但，我那来去无踪的童年时光，却总行云流水般地穿梭在我的每一个时间交汇点。

在我的记忆深处，奶奶家的小院总是令一个六七岁的孩童惊喜的：乌黑的烟囱上缭绕着些许缥缈的油烟，幽幽小路转角处有一棵大榆树，有一只已枕着香香软软的榆钱睡去的大花狗，还有一片安然宁谧的小菜园。

我的童年烘焙在这个静谧而又嘈杂的院落里。"穆如清风，静若止水"的小院隐在山村，就像一片树叶隐在树上，可能连着几个月也不会走进一个生人；但一旦喧嚣就会吵如麻花，犬吠、鸟鸣、蝉噪、风起、雨落、人语……那时西面墙边的柿子树虽也是笔直但并不高大，上面缀满了青橘色的小精灵。每到霜降，奶奶总会拿着一个布袋，小心翼翼地将这些小精灵收入"囊"中。

倒一小碗底的白酒，将这些发青稚嫩的小精灵放在酒里滚一圈，然后放在纸箱里封好。年少的我有些猴急，总想拿出一个尝尝，奶奶阻止我："你等它喝得再醉些，脸再红些时，它才更甜。"

当奶奶拆开纸箱，酒香、柿香像两股彩绳缠绕、盘旋、弥散、升腾，闻一下我就醉了！没等奶奶吩咐，我便迫不及待地拿上一个，一口吃进，甜甜、软软、凉凉、香香的汁水在口中翻滚，这大概就是幸福的滋味吧！每吃一口，我感觉都要"醉"一分……

家乡的味道似乎永远是带着阳光味儿的清凉，就像是夏日的无花果的味道，清香四溢。

早晨永远是被阳光叫醒的，清晨的阳光像碎掉的金子般铺满了整个院子。绳子上晒着刚洗完的衣服，洗衣粉清凉的气味沁透人心，似乎把灼人的热气也给驱除了。

吃过早饭，我便总是扯一扯奶奶的衣角，满怀希望地看着她。奶奶总能一下子猜出我的心思，爽朗地笑道："又想出去玩儿啊？"说罢，她便用那双饱经岁月、枯如树皮却又结实、温暖的大手，轻轻地拉着我小小的手，慢慢朝小院子走去。

房子周围是果树的天堂，一棵棵巨人般的核桃树矗立在那边，像热带雨林一样，密密集集的叶子遮住了灼热的光，清清凉凉地将人笼在枝叶下面。夏日正是无花果成熟的季节，青红色外皮微微张开，散发着浓郁的芬芳。奶奶拉着我的手，带我小心翼翼地穿过这片"丛林"，像一场寻宝游戏一样，找到一颗好的果子，用水冲一冲，掰成两半，咬一口，甜得像吃了一口糖一样。总玩这样的寻宝游戏，一天的时间，眨眼就溜走了。

回家的路上，总能碰到刚从田间回来的爷爷、奶奶、叔叔、婶婶，他们见了我和我奶奶，都会热情地笑着向我们打招呼。婶婶有时会从身边的篮子里摸出一个梨、一个桃、一根黄瓜送给我。她的身上带着一股芳香、清新的泥土的味道，这是一种独属乡下人的朴实无华，更是我的家乡味道的深刻印证。

家乡的味道，带着阳光味儿的清凉，令我终生难忘，多少次在梦中缠绕……

直到现在，我依然记得那时自己最喜欢做的事情，就是搬着一个有自己一半高的小板凳一步三挪地去后院，在树底下放安稳了，不放心还左右晃一晃，然后小心翼翼地攀着树枝爬上凳，摘一半儿黄一半儿绿的杏子。我至今还记得踩在凳子上颤巍巍害怕的样子，还有咬一口满嘴酸水流淌的窘相。倘能摘到一个绵软、芳香、黄里透红的杏子，一并感受午后的阳光都是熟透的，都是缠绕着香味儿的。

后院的墙边种着几棵桃树，我就坐在树下，感受阳光微醺带给人的点点醉意，像米酒扑过面颊后的暖暖余温，镀金的光晕在眉梢眼角处点染开来，炫出的滴滴光斑晕晕地撞开了一个小孩子的安闲快乐。微风吹过，洋洋洒洒的桃花瓣便乘微风之势挑逗似的抚过我的面颊。我闭上眼睛，仰起头，大口呼吸，鼻翼还交织着桃花在清风中发酵的绵长香气。满足地轻叹一声，眯着眼睛，看不远处翠绿的黄瓜、膨胀的青椒和深紫的茄子正清清爽爽地生长着，淡云下流苏似的榆钱串摆动着纤小的叶片，展示着自己的曼妙与高挑，碧莹莹的叶子不经意地钻出了诱人的甘甜。我不禁有些心猿意马，可尽管是在嘴边的诱惑却抓耳挠腮沾不到一点。心下焦急，于是隔

尺巷

墙轻悄悄地喊过来二爷爷的孙子柳俊义，叫他偷偷翻墙进来，再一起"叠罗汉"似的在惊呼声中你托我、我推你地颤巍巍垒高。悠悠伸出手，费力扯下几串榆钱，再折下几个黄瓜，摘下几个圣女果，用甘甜清凉的井水洗干净，一口咬下去，仿佛天界的仙果迸裂，琼浆玉露霎时蔓延味蕾。每当这时，一只有着剪刀形彩色尾巴的杏色大公鸡也会跑来；那只睡觉的大花狗也恰到好处地一个激灵醒来，煞有介事地端详几眼，然后摇晃着尾巴抢在大公鸡的前面杀过来，争宠似的急急地蹭一蹭我的裤脚，分享一点我的劳动所得。大公鸡有点不屑乜斜着大花狗低劣的表演，"咕咕"地表达内心的愤怒。阳光正好，不急不躁。墙外，隐隐约约的，我听到胡同里老人唠家常的闲谈声，听到卖豆腐小贩的吆喝声，还有山村孩子的呼喊声……

时光静好，大概说的就是这个吧。

我的奶奶是一个黑瘦而高的乡下老太太。

可能是在乡下生活久了，我奶奶"懂"得许多规矩。在一天晚上，我指甲长了，便剪了指甲。奶奶这时看见了，面色略显惶恐："哎呀！大晚上不能剪指甲。这是要犯忌讳的……"她边说边赶紧地把我手里的指甲刀夺了去，嘴里还念念有词，似乎在祷告着什么。我对这些半信半疑，因为当时她的妹妹（我叫姨奶奶的）正生着一场大病。奶奶立刻领着我到外面的十字路口烧纸钱，并且在回家的路上一再嘱咐我不能回头，这才灵验。最后她妹妹真的好了，我也不知应不应当信，但弄得我惶恐了很长时间。

奶奶有十分严重的"洁癖"。她干净、节俭了一辈子，衣服总是洗了又洗，补了又补。每当提起，妈妈总会说："你奶奶的衣服不是穿破的，而是洗破的！"打我记事起，奶奶的头发就从未乱过，皮鞋始终是锃亮的。她的皮鞋只有出远门的时候才肯穿，穿过了马上上油擦干净、上油，然后立刻装进鞋盒子，放在大衣柜底下。有一次，我寻找我的弹弓，鞋上不小心蹭了一道黑得发亮的锅底灰。奶奶见了，就开始絮絮叨叨地说："你看看，鞋多白啊！蹭上的灰就刷不去了。"边说着，额头上的皱纹伸了又伸，还没等我反应过来，她早去找鞋刷去了。

奶奶对我可谓有求必应，没有求也主动应。平时上超市，爸爸、妈妈都不会给我买零食，而奶奶倒是不给我买点儿东西浑身就会不自在一样，一会儿问我要不要这个，一会儿又问我要不要那个，问得我都有些不知所措了。奶奶每年都养十几只鸡，五六只鸭，三四只鹅。鸡、鸭、鹅下的蛋，奶奶总会一直攒，一篮子一篮子的。当我们回去时，便拿出来让我们吃，又是炒又是煮的，临走时还会宰杀一只公鸡，连同满满一盒子鸡蛋、鸭蛋、鹅蛋，让我们捎着。每年如此，每次如此。而她和我爷爷，从不舍得吃，吃了就好像是做了什么亏心事，占了很大便宜一样浑身不舒服。

如今，我已不再是那个六七岁的孩童了，但依然会想那个小院，那个曾经承载着我的童年回忆的小院。那里装过我的天真，包容过我的调皮，亦点缀过我的年少时光。

"我终将离开，像风筝飞向很蓝的天。"这是我从一本书上看到的一句话。

我会飞的，可线的那一端，始终停留在原来的那个院子里。那里有我的爷爷、奶奶，还有我的童年。

岁月从奶奶身上流失，但她在我心中的形象永远存在。

每年春节，我们一家都会去乡下，看望爷爷、奶奶。年年如是。

多年前，天空中飘着几朵雪花，如柳絮，似鹅毛，像一个个白色的小精灵在空中飞舞。一路舟车劳顿，我们一家下了长途车，提着大包小包向我爷爷奶奶家走去。那时，爸爸还没买上车。我冲在前面进了屋，与奶奶"熊抱"过后，奶奶就迫不及待地打开冰箱，里面有一小袋糖果！我惊喜地剥开糖纸，把糖放到嘴里，那感觉真不亚于孙悟空吃太上老君的仙丹！奶奶看到我吃得津津有味，脸上呈现出一种犹如柳枝拂动水面的神情："好吃吧？！知道你要来，就备了一袋。"我猛然想起，以前和奶奶住在一起时，她也很喜欢吃糖的。每当吃时，奶奶总会笑眯眯地说："干活时含上一块都带劲儿。"而现在，奶奶总会把最好的留给她在外地的大孙子。

又一年，寒风依旧凛冽，天气还是一如既往地寒冷，恰恰也飘着雪。我回到了老家，奶奶到邻居家去了。我习惯性地打开冰箱，发现冰箱中静静地躺着几块水果糖。咦？这不是我去年吃剩的吗？爷爷说："上次你没吃完的糖果都在这里，你奶奶见你喜欢吃，就没舍得扔，也没舍得吃。"那一刹那，我心中五味杂陈，不知怎么了，一股酸楚的滋味一阵阵涌动……奶奶不知道糖已过了期。

院墙外的树被风吹得直晃动，有些叶子经受不住考验，飘飘悠悠地落到了地上；有的还在与风做斗争，但最终还是改变不了落下来的命运，不过树还在为叶子提供着一份微薄的养分。就在那一刻，我的眼睛湿润了。

尺巷

那几块糖，是我今生吃过最甜、最好的糖。

雪还在无休止地下着，一片、两片、三片，四片、五片、六片，七片、八片、九片……都落到了我的手掌心，慢慢融化成水。

去年暑假，我又回到了阔别已久的家乡，又见到了那熟悉的山水树木，一种久违的感觉又重新涌上心头。

马路边的两排小杨树早已傲然挺立为树中的"伟丈夫"。收割后的麦田，只剩下寸把长的麦茬在慵懒地晒着太阳；一个个粗壮敦实的麦垛上偶尔落着几只麻雀，叽叽喳喳地仿佛在诉说着不久前的那场农忙；碌碡饱食了麦香，身上裹着麦芒的标枪，酣睡在地头；风儿奔跑，忽带起一只蝴蝶，蝴蝶凌空飞舞几圈，又消失在原野中；偶尔几个贸然跳到河里的孩子的打扰，给午后增添一份热闹。

我一晃神已至一条溪流边，掬一捧水洗了把脸。小溪是那般明净，能看见河底斑驳的石头，不时还有小鱼一闪而过。小溪安静地流淌着，时不时风吹皱水面，激起一份晕染，远处是高大的旌旗山，郁郁青青。骄阳给山峦描上一层金边，山坡上牧人赶着白羊缓缓走过，不时传来一声山歌。

那天傍晚，我回家时星辰已缀满了天空，家家户户点起了点点灯火，一缕缕炊烟扶摇直上，晕开，消失……一迈入院门，一股香味扑鼻而来，院子里早已摆上了桌凳。饭菜的香气在桌子上缭绕，凳子蹲在桌子四周巴望，蛐蛐儿在墙角卖力地唱，月亮在枝头垂涎，夜是浸润着家的香气的。

我曾自诩走过很多地方，慨叹过蒙古包孤零零的图腾，领略过呼伦贝尔大草原的幅员辽阔，也曾登过泰山、长城，但我何曾见过如此静谧、祥和的家乡的景色！

假期很快就结束了，我终是一路哽咽着离开了家乡，望着车窗外一望无际的青山绿水，车里回荡着那揪人心肺的歌声——"你迷恋诗和远方，你追逐风的方向，可唯不能忘却故乡……"脑海中又浮现那排白杨、那个碌碡、那只蝴蝶、那条溪流、那浸润香气的夜……

亲爱的家乡，你祥和的样子，真美！

爷爷来青住院。在医院，我爸和我小姑陪床。出院后，爷爷来到我们家。后来，爸爸把奶奶接来。从青岛回莱阳已是秋叶泛黄。那次，爸爸驱车，我们回到老屋，老远就看到墙头累累柿子黄。推开铁锈斑驳的大门，入目一看：

一条碎石铺就的小路，石缝间钻出一两株枯草，也长满了青苔；墙角几个零落的易拉罐，安静地躺着，仿佛在诉说着春节的故事；盖在水井上的塑料盆，坚硬的身躯上镌刻着岁月沧桑；还有那棵柿子树竟也长成粗粗壮壮的大树的模样。奶奶是个闲不住的人，稍一长草她便拿起锄来。柿子树小时候稍一长弯她便拿起木头给它做个"正骨手术"……现在，我看见柿子树的最矮的枝头上，也挂了一个小精灵，那是我以前伸手可及的距离，现在踮起脚尖、抻直手臂才能够得到："你长高了，老伙计。"

我伸手摘了一个小柿子，用手轻轻拭去上面的浮尘，一口咬下，唔！这没醉的小柿子竟如此酸涩！我一口吐出嘴中的果肉，可涩竟很调皮地在舌面玩耍，一下子减缓了口腔的润滑，麻厚了舌头，诱降了口水。

……

现在的我愈加想吃奶奶加工过的软柿子。梦里的柿子也跟奶奶纸箱里的一样红。奶奶，今年你在老家还会捂柿子吧！

"回来吧！捂好的柿子都给你留着呢，就放在冰箱冰着，那冰柿子要多甜有多甜！"想着想着，我的视线模糊了。晶莹的泪光中我又看见奶奶站在门前，不知在想些什么，眼睛平静深邃得如同一汪潭水。

望着云端那一抹晨曦，仿佛千年的哀愁、万年的孤寂染上了色彩。我想陪柿子树一起长大，愁寂就会变淡吧。

夜里，我做了一个梦。梦里我回了老家，跟爷爷、奶奶过年！鞭炮噼里啪啦的，响得那只大花狗嗷嗷地在狗窝里转着身子……

第十一章

月上西楼人不眠

其实，在柳大看他们从外面进楼时，尺巷的邻居还都没睡着。

101 杨秋山是最早熄灯上床的。

他今天收工比较早，10 点钟就把出租车停在楼下。以往这个点停车是很难找到车位的，楼下根本就不用想。他有时候会跑到错埠岭二路与辽源路交叉路口那边，回家有一公里。现在临近年根，该回老家过年的都走得差不多了，就不愁停车了。说实在的，这时节的出租车不好干，马路上跑的出租车比路边等车的乘客还多。这几天，他老早就收了工。今天回家，他拌了个猪头肉，切了根香肠，喝了小半斤琅琊台，高度的。喝酒的空，尤丹（准确地说是他的前妻）来了个电话，问明天上午他在不在家，她过来送小奇明年的抚养费。这几年的抚养费，尤丹按年给。他知道尤丹来钱快，也从不问钱的来历，说明天上午等她。放下电话，再抿一口小酒，哼一声小曲"妹妹，你大胆地往前走呀，往前走，莫回呀头"，恍惚中，杨秋山仿佛又回到了过去……半梦半醒间，摇摇晃晃地洗漱，上床，熄灯，也就是 10 分钟前的事。小奇、柳大看他们进楼，他都听到了。等小奇掏钥匙进门，他的鼾声就顺着酒香在房间里回荡了。

柳大看的外公马铁山也没有睡着。他正在思考一个问题。

校长分三类，至少在马铁山心目中是这么认为的。马铁山当了 20 多年的校长。

学生分三类。学生分学强型、学中型和学弱型，这不仅是按照分数来分的。就是优秀的学生当中也有强、中、弱之别，这是按照能力、习惯、思维方式来区别的。总是有那么一部分学生学东西很轻松，一点即透，他们不需要耗费很多的时间且鄙薄耗费很多时间的人。学强型学生有时间、有精力也有头脑，因此他们往往会取得惊人的业绩。学中型学生不聪明，但很努力。他们中规中矩，要耗费比别人更多的时间才能打磨出跟别人一样的成绩。他们看起来心无旁骛且任劳任怨，于是常常被树为勤劳的模范，成为学习的榜样。这类人无论走到哪里都是老黄牛的形象。第三类学弱型的情况可能有些复杂。改用列夫·托尔斯泰的《安娜·卡列尼娜》的开头一句话："学强的学生都是相似的，学弱的学生却各有各的原因。"这部分学生中，有人是因为先天智力条件不足，有人是因为后天学习方法欠缺，有人是因为外部环境的影响，有人是因为内部因素的制约。人有万别千差，失败的原因也不一而足。

挨山塞海、填街溢巷的数量，自然也不能这么笼统地区分为三类。

关键是，这不同类的学生长大后当了教师，当了校长，当了经理，当了总裁，当了市长、省长之后的作为会不会也有强、中、弱之分呢？就像大、中、小三把不同的锤子锻同样一块铁。大锤子几下搞定，让人误认为很偷懒；中锤子敲打不停，给人的印象是很勤恳；小锤子叮叮当当，捶打半天也不起丝毫变化，会给人自不量力的感觉。尤丹当校长明显是小锤子敲打大钢板，叮叮当当，只会制造声势。搞什么升旗仪式抽奖环节？升旗是多么严肃的时刻，竟搞得如同商家的开业庆典。真是前所未闻！马铁山关注过她工作过的三所学校，每到一所学校，每学期都会千篇一律地搞几次升旗仪式抽奖活动。还有她发明的"磨课"，明显是小锤子思维。尤丹在做普通教师的时候，为了评奖，一遍遍地"磨课"，搞得自己跟个演员似的。她还以此为荣，到处宣讲。教师又不全国各地巡回演出，有必要搞得跟演员似的吗？舞台上有丑角，那是艺术的需要。当演员的教师难道不是生活中的小丑吗？有什么必要推崇！这样打磨出来的课有几个人乐意听？但目前的怪现象是人家获奖了，获奖的人很容易得到提升。她提升为校长，继续她的演员生涯，继续充当小丑的角色。用小丑的标准去评价美女，美女都是小丑！这难道不是小锤子思维吗？

马铁山是大锤子，他的老伴张文清算是中锤子。

作为学强型中的大锤子，马铁山当了校长之后更是如鱼得水。他前后在四所学校担任过校长。在第四任到五十三中担任校长期间，成绩最为斐然。

那时的五十三中是一所濒临解散的学校，整个校园到处都弥漫着惶惶的气氛。附近的一所初中学校已经解散了。如果周边连着两所中学解散，不但市北区东北片会形成教育"真空"，而且对整个市北区的教育会造成不可逆的影响。教育局党委

尺巷

的压力很大，提前一学期将校长"调岗"的通知给了马铁山，就是想让他提前介入，提前做出规划。局长说，要政策给政策，要人给人。马铁山说，什么都不需要。想了想，又说需要的时候再说。局长看着马铁山笑了。

这半年，马铁山无数次在夜幕中围着五十三中的外墙转了一圈又一圈。他想起了年轻时追张文清的情景。那时的张文清可是一路的校花——无论是做学生，还是当教师，她给人的感觉永远是那么新潮时尚！

正式接到校长"调岗"的通知后，马铁山并没有立刻到五十三中报到。他有三天的工作交接时间。这三天，他拿出两天来跑遍了五十三中辖区的四所小学——辽源路小学、东胜路小学、山东路小学和师范附小。他与四所小学的领导班子交谈的中心议题是办一个课外特色班，先在六年级办，马上就办，一个星期之内办好。其实这个课外特色班就是重点班，把级部最优秀的50名孩子选出来组成一个班，每周上一节英语课，时间安排在第二周的星期五下午。任课老师由他来安排。与四所小学的校长们达成协议后，他才到五十三中报到。

报到的流程走完之后，马铁山一头扎进了课堂。他用一周的时间听完了全校所有英语教师的课。新校长听课也是惯例，所有人都没有觉察出半点儿异样。但像马铁山这样密集听课的校长也确实少见。老师们钦佩之余，也质疑地看着他的背影。辛苦是一种资本，是一种理由，可以换取同情、理解和宽恕。老师们都这么认为。然而，他们错了！

第二个周的星期五，马铁山派出了四名"活跃"的英语教师分别到辖区的四所小学每个周授一节特色课。讲授什么内容由他们四个人"集备"，学生能学到多少东西无所谓，重要的是这50个孩子和他们的家庭得到一种心理暗示。他们将是在五十三中受重视的一群人。马铁山也通过这种方式暗示这四名"活跃"分子，他们将是在五十三中受重视的。四人当中，赵老师、钱老师正打算调到别的学校。这是马铁山从局长嘴里得到的消息。局长说，用稳定支持他的工作，第一年教师队伍只进不出。另外两个人，孙老师、李老师的"活跃"是在课堂。这样的老师有激情，有潜质，是备受学生喜欢的类型。

"士为知己者死！"四名老师都很高兴，没有一个跟他提费用的。马铁山很感动，多好的老师呀！五十三中有这样的好老师，何愁没有崛起的那一天！

一年后，这部分学生几乎是"整体"选择了五十三中。马铁山全程参与分班工作。四所小学的课外特色班近200名学生，打乱学校，按照入校成绩单独编成了四个班，选派最优秀的教师来任教，其中有那两名欲调走的赵老师、钱老师，他俩还都当了班主任。两个月后的期中考，五十三中七年级的"三率一分"一下子迈入市北区的前列，英语成绩更是遥遥领先。马铁山一炮打响！三年未到，赵老师、钱老师成了骨干，分别取得"市教学能手"和"区优秀教师"的光荣称号。那届学生中考成绩辉煌，五十三中摇身一变成了岛城的一所名校！

后来赶上教师"分流"。凡取得过市级及以上荣誉称号、在原单位工作年满10年的教师必须参加分流。五十三中那一年有一个交流名额，排查摸底后有5位教师够分流条件，赵老师赫然在列。马铁山先是开会、谈心，然而5位教师态度都很坚决，均明确留而不走。无奈，征得老师们同意，只好采用抽签的方式。为了体现公平公正公开的原则，他仿照兄弟学校的做法，聘请了律师监督，用电脑滚动的方式来决定去留。按键的时候，让谁按都不按。最后把校工王兴隆师傅请来。王师傅一头雾水地一指戳下，哭声就起来了——赵老师！这个当年打算要调走的人，现在真不想走了，五尺高的汉子哭得像个泪人！全场的人眼睛都湿润了……事后，王师傅都有剁手指头的内疚，几次都擎着手指头当面埋怨说马校长害了他。

五十三中成了名校之后，马铁山开始到局里要人、要政策了。从外地入青的教师队伍中他一口气要了10名专业技术人才，然后建议教育局党委把与五十三中一墙之隔的师范附小合并过来，成为岛城第一所九年一贯制学校。虽然马铁山在任上时，这一举措没能实现，但他退了几年后，五十三中与师范附小成功合并。他的外孙柳大看正赶上他倡导建立的岛城第一所九年一贯制学校的第一届学生。这些年他一直关注着五十三中的发展和变化。当从老百姓口中听到"南有育才，北有五十三"的说法后，马铁山由衷地笑了。现在五十三中的校训是"卓尔不群，超越自我"，明显就是一种大锤子思维。

在马铁山的心目中，他女儿马筱茗像她妈妈张文清，属于学中型的。女婿柳明君是学强型的，外孙柳大看也是学强型的。他们爷俩都是大锤子。

张文清送了一辈子的毕业班。为啥？她教化学。化学只有九年级学。毕业班要上晚自习，九月份开学第一天就上。所以她上了一辈子的晚自习。化学学科一年一

尺巷

循环。张文清送了两届毕业班之后，就对化学这门学科的各种题型熟悉了。一年一循环的化学学科最易出成绩。老黄牛式的张文清成绩更突出。两年之后，她就当了集备组组长。在学校里，集备组组长就是最出力的基层干部。平时，集备组组长召集学科组老师们开个小会，统一授课进度和内容，分析一下教材和教法；考前，搜集相关的试题，并印刷、分发；考后，组织批卷，统计分数，写出试卷分析。当了两年集备组组长，张文清就成了九年级毕业级部的级部组长，一直到退休。有时，她还兼着班主任。

一所学校就是一个小社会。它既需要优秀的生源，也需要优秀的教师；它既需要老伴张文清这样勤勤恳恳的老黄牛，也需要女婿柳明君这样能力出众的老虎、狮子。老虎、狮子多了也不是个事。"一山难容二虎！"柳明君后来被当代中学高薪挖走就不足为怪了。当代中学是私立学校，财大气粗的。

谁有钱还不会花？马铁山这样想着想着，就睡着了。

103的马铁山辗转反侧的时候，104的骆爷爷也没有睡，原因是姚奶奶的一句话。姚奶奶说："老骆，院子中的那辆三轮车也闲置了很多年了，年前处理了吧。管它值多少钱，卖给收废品的得了。你说呢？"

骆爷爷叫骆士宾。20世纪90年代年代初停薪留职。他卖鲜花。

90年代，青岛的鲜花市场刚刚开始兴起，零星的十几家分布在青岛各处，主要分布在中山路商圈、台东商圈。

广西路9号是上海人张建华开的鹿丹花行。这大概是青岛花卉市场较早的花行之一。鹿丹花行地处老青岛黄金地段，西临火车站、中山路，背靠市政府，东边是青医附院、东方饭店、人民会堂，向南面对大海、栈桥，这地方游人如织。可以说，鹿丹花行一开业就生意兴隆。它后面有上海强大的花卉市场的花卉理念支持，对于货源和技术根本不需要担心。

济宁路上有三家花店。济宁路22号的金联鲜花精品经销部，经理是王玉偿，这是一家挂靠在青岛市侨联的鲜花店。济宁路41号的运达鲜花店，经理是刘辉。从他的名片上看，他同时兼任小小鸟酒店和三元酒店的经理。他有酒店股份，不能说他握有全权，至少鲜花供应上他说了算。这样的经营方式让运达鲜花店有了稳定性，成为济宁路上三家花店中运作最好的。济宁路 48 号甲是银河鲜花公司，经理王炜。银河鲜花公司经营不久就销声匿迹了。

中山路 149 号的国货股份有限公司一楼鲜花部，经理是项莉。中山路附近还有胶州路 46 号的宝丽花卉礼品经营部，经理是殷强、贾风雷，业务经理是孙瑜。德县路 14 号大地花卉商场，经理叫高梅莲。堂邑路 12 号是瑞昕花廊，经理为何斌。高密路 9 号丁，是中外合作的花海鲜花有限公司，董事兼总经理是孙建国。高密路 39 号，青岛东亚联营贸易公司花卉礼品部，经理是孙瑞琴。

台东有几家。人和路 34 号（30 路总站艺华金店旁）野百合艺术社，经理是王生雷。他是音乐家协会会员。威海路 93 号大华园艺花卉公司，业务主管是乔丽莉。台东西二路 27 号，兰青鲜花，经理是周绍兰。长春路 61 号，星火装饰总汇星火花廊，经理是李朝晖。利津路 32 号，青岛园林鲜花店，经理是赵燕龙。鞍山路 35 号，多彩鲜花工艺礼品店，经理是张莲英，这是一家专营绢花、花篮批发的店，垄断着青岛市场。登州路 69 号，绒发公司鲜花礼仪部，经理是张国庆。他是绒布厂的一个职工，租了厂部的一间门头。

绒发公司鲜花礼仪部是这样开起来的。

张国庆把门头租下来之后，跟他的一个亲戚——刘军合开了鲜花公司。营业执照及工商税务都全。但因为两人都不善经营，公司濒临倒闭。刘军跟骆士宾都是音乐协会的人，演出时说起鲜花店的事。那时上台演出，演员谢幕的时候，必定要指派一名观众或工作人员上台献花。鲜花价格不菲。骆士宾就上心了。他利用一次到上海演出的机会，特意考察了上海大都市的鲜花市场，认为这一行业在青岛必将大有作为。上海之旅还让他认识了一个做鲜花批发的大老板，俩人定好"货到付款，按月结算"的合作方式。就这么的，他停薪留职干起了鲜花生意。三轮车是为了送货方便购买的。骆士宾的鲜花店搞鲜花批发。格局决定结局，定位决定地位。鼎盛的时候，他几乎垄断了青岛的鲜花市场。

骆士宾赚得的第一桶金是给一家商厦搞开业庆典。庆典要租 40 个花篮，一个每天租金 25 元，连租 5 天。刨除成本，骆士宾净赚 4000 元。那时他的工资是 300 多元。一笔赚他一年的，后面就很逍遥了。钱一到手，他就去买了部 BP 机，摩托罗拉数字的，800 多元。汉字显示的 3000 多元。大哥大，他更不敢想。据说全青

尺巷

岛市当时才 50 部。只看见那些坐豪车的手持一部，派头老足了。

骆士宾又想到了他的小女儿骆晓莺。这个女孩从小与她哥骆敬东不一样。如果说骆敬东犯经济错误被拘禁，他信；骆晓莺犯错误，他根本不相信。有一次，他去进货，让俩孩子看店。一个酒店打电话说，急需 100 支黄康乃馨、100 支白康乃馨。康乃馨红的多，黄、白的缺。骆敬东一下子把价格翻了一番，骆晓莺急着制止他哥这种滥涨价行为，说不仁义。骆敬东振振有词地训斥妹妹，说什么没有狠心赚不了大钱，急得骆晓莺都快哭了。酒店工作人员沉吟了一会儿，说先把货送来吧。骆敬东还沾沾自喜，说什么适者生存。骆士宾回来知道此事，严肃地批评儿子的投机行为，反过头肯定了女儿的做法，又跟酒店打电话恢复了价格。做人要实诚，商家也要讲信义。当时台东野百合艺术社的王生雷见他搞鲜花批发挣了钱，也搞起了鲜花批发，正跟他抢客户呢。他怎么敢自乱阵脚！

那辆三轮车跑遍了岛城的大街小巷。骆敬东闲着没事也爱骑两圈兜风，并怂恿妹妹坐在后面。

骆晓莺坐在车上鼓动她哥说："哥，来一段！"

没想到骆敬东竟来了一段："高价，回收，酒瓶，纸箱……"那时候，彩电、冰箱还是稀罕物，刚刚走进普通老百姓的家庭，谁舍得当废品卖。收废品也要与时俱进。

骆晓莺还以为她哥会来一段豪迈的，比如"穿林海……"什么的，没想到骆敬东竟收起废品来了，乐得哈哈大笑。

听着儿女欢快的笑声，骆士宾的心里甜美极了。有一次，一块砖头垫翻了车，骆晓莺的额头撞在了马路牙子上，骆敬东再没有骑过三轮车。

骆晓莺那次还缝了一针。

后来，骆晓莺从财经大学毕业，当了公司财会人员；骆敬东开了一家物流公司，赚钱倒是很赚钱，就是比较忙。儿媳宋新云辞去公职到公司专管财务，俩人忙得跟陀螺似的。

唉，晓莺……

这时候，骆爷爷的手机屏幕亮了，一闪一闪的。由于手机被设置成静音模式，闪了一会儿就断电灭了。几分钟之前，骆爷爷还想着要给手机充电，被姚奶奶一句话给耽搁了。不过，他要是接到这个电话估计今晚又要失眠了。

　　105 的李志鹏家晚饭过后，栾香蕾收拾回老家的东西，翻出了一个快递纸箱，里面装着满满的一箱子零食。

　　栾香蕾的火腾地窜到脑门上："李学健，这是不是你搞的鬼？你幼稚不幼稚？多大的人了，还吃这些垃圾食品？"

　　"是，又怎么了！"

　　"你吃这些垃圾食品，对健康有什么好处！"

　　"零食怎么会是垃圾食品？"

　　"昂，这些膨化食品吃了会对身体好？如果对身体有益，爸爸、妈妈早给你买了！"

　　"你越不给我买，我就越对它感兴趣。我就是要和你对着干！"

　　"李志鹏，你看你养的什么儿子！"栾香蕾被气哭了，"整个一个白眼狼！"

　　"学健，你偷着买零食，我可以原谅你，但有两件事我不能原谅。"李志鹏不得不出面维护妻子的形象了，"第一，给你过生日，你说过的什么破生日，非要跟同学出去吃一顿。饭店的饭就那么好吃？"

　　"饭店的饭就是比家里的好吃！"

　　李志鹏发现与人谈话尽量不要使用疑问句，疑问句容易产生新的冲突，他说："人应该有一颗感恩的心。我小时候，有一次过生日，恰逢你奶奶不在家，你爷爷包的饺子。饺子馅是荚瓜的，用擦子擦的，特别长。那次生日，我终生难忘。过生日也就是个仪式。人是要有仪式感的。这就是为什么我们每次回老家，你奶奶都要擀面条。滚蛋饺子迎风面！不要觉得什么都是应该的，老一辈用仪式告诉我们——人应该怀揣一颗感恩的心！有的人活着是为了吃饭，有的人吃饭是为了活着。都是吃饭、活着，但人生的追求迥然不同。大道理我就不跟你讲了，你都明白。"

　　"第二，你说跟你妈妈对着干。这一点我不能原谅你。你妈妈养你这么大，没有功劳还有苦劳。今年冬天，每一天都是你妈妈晚睡早起地忙活，我都很感动。你没有资格跟你妈妈对着干！你必须向你妈妈赔礼道歉！一个人连自己的父母都不孝顺，他在人世间是站不住脚的。这样的人对朋友都是利用，没有一个人会相信他！"

　　李志鹏的老家是胶南的，近在咫尺，却回不去了。父母不在了，姐姐远嫁，老

尺巷

屋已卖给别人家了，老家就成了一个符号，一种念想。栾香蕾的老家在兰陵，出大蒜的地方。他们决定今年回兰陵过年。李学健一听高兴了，这几天难得露出了笑容。这家伙正值青春期，整天跟他妈对着干。栾香蕾勤劳认真，任劳任怨，表面上看起来柔弱，但报复心强，不喜欢给别人解释，不能容忍别人一丝的欺瞒和不敬。这一点，李学健像极了栾香蕾。争吵就成了他们家的家常便饭。李志鹏小时候听他妈跟他姐姐吵，结婚后有了儿子，听儿子跟妻子吵。他觉得世间最令人恐惧的是女人尖利的谩骂。一听到这种声音，他整个人都浑身冒汗。响鼓何须用重锤！那你用你的轻锤敲呀！每每这个时候，重锤便敲在他的脊背上了。完了，他这一辈子算是逃不掉了！

　　102 的乔双燕在杨秋山熄灯的"吧嗒"声中也按下了床头的开关。不过，几分钟之后她又按亮了灯，起身敞开衣柜。

　　起身时，她碰了一下放在枕头边的手机，手机还是烫的。今晚乔双燕先是跟江西的妈妈通了个电话，告知明天几点的飞机，几点到达，然后就多问了一句话，问她姐姐乔燕的情况，没想到乔燕竟然半年多没登娘家门。她妈就生了乔燕和乔双燕两个女儿。乔燕嫁在本村，回娘家步行也就 5 分钟。半年没登门，乔双燕的头大了，虚汗一下子湿透了内衣，放下电话就要拨通她姐的手机。徐启昌止住了她。说实在的，那一刻她有痛骂她姐的冲动。徐启昌给乔燕慢慢地分析，才让她渐渐冷静下来。事情起因很简单，要怪就怪徐嘉慧姥姥偏心。乔燕半年前买了一箱水果，怪水灵的。她姐买东西这一点很大方，她很钦佩。徐嘉慧姥姥看着水灵灵的水果，当着乔燕的面说，双燕和嘉慧吃不上这么新鲜的水果。乔燕当时就不高兴了，半年未上门。徐嘉慧姥姥分析，"祸根"可能是乔双燕前些年出国培训，她来青照顾徐嘉慧那段时间埋下的。那时，正赶上乔燕生二胎。头胎是个女孩，徐嘉慧姥姥"伺候"的。二胎是个男孩，徐嘉慧姥姥就跟乔燕的婆婆商量，让乔燕的婆婆照顾。乔燕的婆婆正巴不得呢，说老嫂子尽管放心去青岛，乔燕和乔燕她爸这边有她。乔燕的婆婆还真说到做到，隔三岔五地就给乔燕她爸送来一锅馒头或别的吃食。乔燕的脾气容不得别人，可能在月子里跟婆婆相处得不融洽，就把怨气撒在了自家妈身上。徐嘉慧那时上幼儿园大班，徐嘉慧姥姥就跟远在重洋的双燕商量，把嘉慧带回江西住一段时间，嘉慧到了上学的年纪再把她接回青岛。

乔双燕这辈子最后悔的一件事是自己的远嫁。徐嘉慧姥姥血压高，当听说徐嘉慧姥姥托人到镇上去买药时，乔双燕的眼泪再也止不住了，她恨不得立刻赶回去，天天守护在老人身边；徐嘉慧姥爷腿脚不好，当听说，徐嘉慧姥爷每次出行都要事先吃几片止痛片，乔双燕抬手就抽了自己一个嘴巴子，拿头直往床头上撞……她埋怨徐嘉慧姥姥、姥爷执拗，不肯来青岛，怪罪乔燕不懂事，都这大把岁数了还跟老人置气。不能在双亲面前尽孝，是乔双燕心中永远的痛。现在，见一次面如同红军二万五千里长征。她泪水涟涟地反思自己做得欠缺，这才给姐姐乔燕打了电话。姐妹俩越说越热乎，手机都烫耳朵了才放下。刚熄灯，她又起身给姐姐找了一件自己舍不得穿的一件裙子和一双鞋。姐夫跟俩外甥的礼物，只能回江西买了。她不生姐姐的气了，都是一个爹妈生的，她们姐俩的脾气很像，粗心、直爽、不记仇……

乔双燕收拾完毕，刚要上床熄灯睡觉，徐嘉慧揉着眼睛走出房间："妈妈，我睡不着。"过了一会儿，又说，"妈妈，你给我找出我姥姥给织的那条围巾，粉红的，我明天要围。"

乔双燕想了想，又起身找了围巾，放在沙发背上，说："睡吧。本打算早睡早起，没想到会这么晚！"

等他们家的灯熄灭了，尺巷才真正睡着了。

第十二章

"双减"第一学习小组

　　腊月二十九这天，柳明君醒得很早。天还有些昏暗，他就披着衣服走进书房，开始备课。今天的课上，他准备讲评"二中·半岛杯"的征文《寻》。昨天，孩子们都把改了几遍的作文交上来了，他也看了，但评语还没有写。四楼杨老师姐姐的孩子也写了一篇，昨天塞给柳明君，让他指点。柳明君当时粗略地一看，说还不错，有一定的功底，是个好苗子。这感动得杨老师姐姐连着说谢谢的话，这时候柳明君想找出来仔细瞧瞧了。还有高韵竹，一直走不出她妈妈去世的阴影，该怎么跟她谈呢？还有徐嘉慧……一个老师一天上一节课，看看柳明君就知道老师们背后付出多少了。

　　书桌上摆满了柳明君的各种讲义和孩子们众多的作文，什么"四老"的，什么"双亲"的，什么"励志"的，厚厚的一大撂。作文下面还有几张前些日子的《青岛晚报》，里面刊登着 6 个孩子的传统文化征文，那是杨秋山买来送过来的，当时可谓轰动了整个教师大厦。一撂《百年清苦》的手稿静静地躺在书桌一角。他有很长时间没有去碰它了，前一阵子都忙着改孩子们的作文。这个寒假倒是过得很充实。柳明君苦笑一下，埋头看文章去了。

　　马筱茗组织的寒假学习小组，被邻居们戏称为"双减"第一学习小组，上课地点在 103 的柳大看外公家。

　　103、104 这两户是他们这层楼中面积最大的，楼前各带着一个小院。103 门前的小院四方四正，里面种满了各种绿植。冬天的时候，马铁山就用玻璃把它们罩起来。课间柳大看他们可以去院子里放松放松。104 的骆爷爷、姚奶奶家外也有一个院，因为绍兴路在楼前汇入伊春路时拐了个弯儿，院子被切去了一半，小院就呈三角形，墙角搁着一辆破旧的三轮车，院子就显得很逼仄。他们家东西多，房间看上去也小了许多。骆爷爷和姚奶奶两口子都随和，喜欢孩子。孙子骆来来在爷爷奶奶家住到上小学，才回人民路自己家。他走了，他姑家的表妹小石头又接上了。小石头现在在佳木斯路智慧园幼儿园上大班，很挑食，中午还不睡午觉。骆爷爷和姚奶奶每天接送4次，大块的时间都围着小石头一个人转。马铁山家相对就很清闲。马铁山爱好书法，家里有一个很大的书案，就拿来给柳大看他们做书桌。

在学习小组上课的学生都是九年级的，加柳大看有6个人。柳大看、小奇、102的徐嘉慧、104骆爷爷的孙子骆来来、105的李学健，再加上高韵竹。徐嘉慧和骆来来是青北中学的，李学健是当代中学的。柳大看、小奇、高韵竹，他们仨原来是五十三中的同班同学。去年秋天，柳大看转学到当代中学，柳明君前年被当代中学"挖"过去了。

学习小组还挺正规。上午8点上课，下午1点上课。上午学数学、语文，下午学英语、物理或化学。每节课110分钟，中间休息10分钟。

上课的老师是这样安排的。柳大看爸爸柳明君教语文，李学健妈妈栾香蕾教数学，徐嘉慧妈妈乔双燕教英语，姚奶奶教物理，柳大看外婆教化学。马铁山爱好书法，见缝插针给柳大看他们讲点书法知识。毕竟写好字是语文作文得高分的基础。骆爷爷是音乐教师，课间的时候孩子们有时会到他们家弹钢琴。一架钢琴，四手联弹的时候比较多，五手、六手弹的情形也有过。每当这个时候，小石头就张大缺了4颗牙的嘴巴哈哈大笑。她的爸爸魏民、妈妈骆晓莺都是公司的财会人员。元旦过后上班的第一天，他俩突然被通知到某个地方去配合调查某些事。他们夫妻之间都不能通气，更不能往家打电话。电话是有关部门负责打的。骆爷爷接的电话，当时脸色就白了。姚奶奶说："老骆，相信晓莺！咱们家、咱们整个一楼没有一个恶人！"听了姚奶奶的话，骆爷爷的脸色才渐渐恢复正常了。众人分析，这可能就是"双规"。"双规"，只有小石头一个人不知道，整天张着缺了4颗门牙的嘴吃东家喝西家。骆爷爷、姚奶奶的头发明显白了许多。

孩子们对老师的称呼很随意。柳大看管他爸柳明君叫柳老师儿。"师"加儿化音是青岛本地的方言，老师儿是师傅的意思。"老师儿，到某某路怎么走？"在柳大看这里却有戏谑调侃的意味，他们父子平时开玩笑惯了。其他人都管柳明君叫叔叔。柳明君是一个随和的人。除了柳大看，其他孩子管柳大看的外公叫爷爷。柳大

尺巷

看也不敢跟他外公开玩笑，老老实实叫外公。柳大看的外婆、骆来来的奶奶脾气好，对她们的称呼就多了，喊奶奶，叫外婆，有时候也叫老师。骆来来、柳大看管她们叫老师，有时候就乱喊一通。把自己的家人喊成老师，本身就别有一种风味，再跟着别人喊外婆、奶奶无形之中就搅活了空气，拉近了关系。倘若再错位称呼，那感觉就更让人忍俊不禁了。比如，对柳大看的外婆，别人跟着柳大看喊外婆是一种亲近，柳大看跟着别人喊奶奶是不是就让人忍俊不禁！徐嘉慧的妈妈乔双燕就是一只"母老虎"，柳大看他们只好乖乖地喊她乔老师，徐嘉慧什么都不喊。李学健的妈妈栾香蕾不苟言笑，叫阿姨的、叫栾老师的都有，李学健话不多，从未像柳大看他们那样喊他妈妈栾老师，他什么都不喊。喊归喊，上课的时候都挺规矩，一是上课的这几位老师都很有水平，姚奶奶退休前是市优秀教师，柳大看外婆是区化学名师，乔双燕出国镀过金，栾香蕾是市教学能手，柳明君出版过一部长篇小说《分数》，手头正在创作一部长篇小说《百年清苦》；二是因为柳大看他们都很优秀，6人有5个考二中，小奇想考十七中；三是旁边有柳大看外公镇着，柳大看外公退休前是中学校长，不怒自威。小石头的爸爸、妈妈出事后，孩子们管姚奶奶都叫奶奶了，他们想以此表明跟姚奶奶是站在一起的，关系很铁，并能分担姚奶奶的忧愁。这是群淳朴善良的孩子啊！

骆来来自己家在人民路，高韵竹家住湖岛，靠着海边，每天上课只有他们俩背着书包进进出出。楼上也有像柳大看他们这样组织自助学习小组的，也有从外面背着书包进进出出来上课的，他们收不收费用不知道，反正马筱茗办的这个学习小组是不收一分钱，不但不收钱，反而要往外掏钱。今天徐家削好了水果送到课堂来，明天李家买了一箱酸奶送到教室里，后天不定又是谁送来一整盒巧克力。各家都比着赛为学习小组做贡献，唯恐自己贡献少了心生不安。休息的时候，老师、学生吃着甜品、水果，喝着热饮、果汁，互相说着开心的话题。其乐融融！时间长了，邻居们戏称说，这是"双减"第一学习小组。栾香蕾多了一句嘴，说："会不会被取缔？"马筱茗不屑，说："你从临沂考出来的，不让你们放学回家多学点能考出来吗？"想了想又说，"你见过驾校教练的孩子跟学员一样排队练车的吗？"乔双燕立刻说："厨师回家不能给家人炒菜做饭。"徐启昌赶紧说："我去学厨师。"众人都哈哈笑了。

杨秋山感觉自己没出上力，一直内疚不安，就给孩子们点了两次外卖。高韵竹回家跟她爸说了中午吃的外卖，高海峰也点了两次外卖。吃外卖的时候，柳大看他们就吃得很欢畅。其他的时间，他们就各自回家，只有高韵竹坚决到外面饭店吃。有几次马筱茗饭都做好了，就是喊不住她。

其实，他们这个学习小组由来已久。马铁山退休前是校长，擅长书法，在柳大看他们是小学生时就教过他们；骆爷爷教过钢琴；李学健的爸爸李志鹏教过围棋；柳明君教写作。马筱茗做教学总监。柳大看他们5个同龄的孩子，进进出出，到最后坚持下来的只有柳大看和骆来来。柳大看书法10级，钢琴10级；骆来来围棋9段，钢琴10级。李志鹏曾有过这样的总结："咱们一楼将家学传承下来的只有柳大看。徐嘉慧爸妈都不是学文学的结果文学最好；学健不爱好下棋，骆来来在围棋方面却有天分，虽然他也跟他爷爷弹钢琴，但没有柳大看弹得好……"总结完毕，李志鹏还会感慨地说，"看着徐嘉慧、柳大看、骆来来这么仨孩子，不是亲生的也满足了！"其实，李学健、小奇他们俩也很优秀！

柳明君看着这些孩子长大，他知道徐嘉慧的语文好是因为"读万卷书"，又行"万里路"。她是这几个孩子中见识最多的一个。徐启昌老家在东北，乔双燕老家在江西，徐嘉慧出行一趟等于读了几本书。有些事情看起来不利，其实不利之中蕴藏着有利。徐嘉慧这几年没有白走。柳大看的语文好，得益于读书多。他的"万里路"没徐嘉慧走得多，只能靠"万卷书"来弥补。没能陪儿子"行万里路"，柳明君又生"亏欠了儿子，要对儿子好点"的感慨。好在儿子在"万卷书"方面没有过多的缺失。骆来来围棋上的成功得益于他的性格与爱好的巧妙结合，老早就找到了自己的最佳突破口。小奇跟李学健的部分问题其实要归咎于他们的家庭。小奇的家庭原因是父母离异。家庭不和是对孩子成长最大的不利因素。李学健的妈妈栾香蕾个性太强，如果不是栾香蕾早早就意识到这一点，有意去示弱，李学健可能会更叛逆！李志鹏就是一个最好的例子。听李志鹏说，李学健的奶奶说一不二，李学健的大姑也说一不二。俩人整天吵。李学健的奶奶说向东，李学健的大姑偏向西，结果给耽误了。李志鹏从小听话。其实，老的都为孩子好，所以李志鹏就成才了。

教育真是一门大学问。

自几年前邻居节上，柳明君即兴让孩子们围绕着各家美食写了一段小练笔取得

尺巷

了空前成功之后，他的作文课就如火如荼地开办起来，且一直坚持到孩子们上初中。一开始他由写人状物入手，让孩子们苦练写作基本功。

在今年第一次训练写景的课上，柳明君又重新举了朱自清先生那篇著名的散文《春》的例子："'吹面不寒杨柳风'，不错的，像母亲的手抚摸着你。风里带来些新翻的泥土的气息，混着青草味儿，还有各种花的香，都在微微润湿的空气里酝酿。鸟儿将窠巢安在繁花嫩叶当中，高兴起来了，呼朋引伴地卖弄清脆的喉咙，唱出宛转的曲子，与轻风流水应和着。牛背上牧童的短笛，这时候也成天嘹亮地响着。"

他说，朱自清先生的这幅"春风图"是从"视觉、听觉、嗅觉、触觉"的角度去写的。鲁迅先生的小说《社戏》中也有一段是运用这种描写方法去写的："两岸的豆麦和河底的水草所发散出来的清香，夹杂在水气中扑面地吹来；月色便朦胧在这水气里……"由此可以总结出有一种写景方法，即从"五觉"角度写作，接下来，他要求孩子们写一个"夏天的海滩"的小片段，要求运用"五觉"的"多觉"，使用修辞手法，写一篇 50 字左右的小文。

柳明君将这种"五觉"法命名为"朱自清法"。

杨林奇：

夕阳打在海面，海鸥成群飞行。海风轻抚脸颊，咸咸的海风钻进鼻腔。夕阳打在沙滩，沙滩变得一片金黄。沙滩泛起层层白浪，给金黄的沙滩镶上了一道白色的花边。

骆来来：

踩在轻软的沙滩上，如在棉花糖上漫步，每一脚都会凹陷下去，脚下的沙粒又颗颗饱满，走在上面有轻许的麻意。

李学健：

坐在沙滩上看着从地平线涌来的一波又一波的泛着白花的浪，在夕阳的余晖下它并没有懈怠，反而充满斗志，和着前浪退去的声音拍打着海滩与礁石。

柳大看：

卧在沙滩上，沙子像给皮肤按摩一样，细细流动，咸咸的海风缓缓吹来，时不时有几只海鸥在湛蓝的天空下飞翔，海浪轻轻地拍打礁石，宛如一幅浓郁的油彩画。

高韵竹：

细腻的沙子，粒粒分明，一脚踩上去，瞬间将你的脚包围。每走一步，颗颗沙子就像在你脚上跳优美的华尔兹。漫步在沙滩，闭上双眼，静静聆听海浪的声音，仿佛在与沙子举行盛大的歌剧，优美且惬意。

徐嘉慧：

夕阳像一个贪婪的守财奴，在沙滩上捡拾它最后的金子。橘红色的光窝在沙滩的脚印里，感受着夏所留下的疲惫与火的欢腾。灰蓝的天空中，星辰好奇地看着人们狂欢的夜，在海浪拍打着岩石发出的轰鸣声中，缓缓地闭上了眼。

柳明君又列举老舍先生《骆驼祥子》的第十八回的引文："六月十五那天，天热得发了狂……街上的柳树，像病了似的，叶子挂着层灰土在枝上打着卷；枝条一动也懒得动的，无精打采的低垂着。马路上一个水点也没有，干巴巴的发着些白光。便道上尘土飞起多高，与天上的灰气联接起来，结成一片毒恶的灰沙阵，烫着行人的脸。处处干燥，处处烫手，处处憋闷，整个的老城像烧透的砖窑，使人喘不出气。狗爬在地上吐出红舌头，骡马的鼻孔张得特别的大，小贩们不敢吆喝，柏油路化开；甚至于铺户门前的铜牌也好像要被晒化。街上异常的清静，只有铜铁铺里发出使人焦躁的一些单调的丁丁当当。"

他说，老舍先生当年在青岛黄县路3号写的《骆驼祥子》这部传世之作，可谓字字珠玑。第十八回的这段文字通篇写"热"，但只出现一个"热"字。后来，著名作家贾平凹老师在他的《风雨》一文中，更是把这种方法发挥到了极致。试想，1000字的文章，每一句都紧扣"风"和"雨"，又不出现一个"风"字和一个"雨"字，是不是很美、很神奇？他让孩子们也写，写一个"雪"的小片段，运用"五觉"的"多觉"，使用修辞手法，但不得出现"雪"字，40字左右。

柳明君将这种"侧面描写"法命名为"老舍法"。

其实，柳明君备课时是让孩子们写"雨"。讲课时，正逢外面下雪。临时改成写"雪"。

孩子们先是窃窃私语，议论了一番，盯着外面的雪出神，然后相继埋头窸窸窣窣地写了。

尺巷

徐嘉慧：

外面狂风怒吼，白色的群星"噼里啪啦"地撞在窗户上。大地在渐渐变白，像一个人迅速变老。小草扯过一床棉被盖住自己的手脚，大树也像披上了一件斗篷。

李学健：

抬头看窗外，一片白色挤进眼帘，寒风着急地跑来撞了个满怀，每个人的双颊好像被打了两巴掌那般泛着红，风中夹杂着的柳絮状的飞物飘到羽绒服上，开出了一朵朵美丽的小白花。

柳大看：

每朵白花都是天空的一封来信。不一会儿，地面上就铺满了洁白的信笺。男女老少都挥舞着铁铲子开开心心地堆着自己的模样。世界上所有的惊喜和好运，都是累积的人品和善良。

骆来来：

它好似天空对大地的馈赠，一片，两片，三片……在空中，它们好似一个个顽皮的孩子，飞舞着，旋转着，有时过来轻轻地敲打着你的窗户，有时落在手上，邀请你跳一曲优美的舞蹈。

杨林奇：

入冬以来，天就没有洗过头，落得大地到处都是头皮屑。

高韵竹：

路上的行人都穿得很厚，头上蒙了一层纱。那白色的棉絮，抱团落下，毫不羞涩地展现优美的舞姿。路上的行人双脸通红，举着手机，记录眼前这浪漫一幕。

柳明君在讲评的时候，引用了泰戈尔描写风的一句话："树枝在阵风的手掌中挣扎。"他分析道，"这句话就运用了视觉、听觉和拟人的修辞手法，多美！文章就要写短……"

贾平凹老师在他的一部长篇小说《山本》中有这样一段写景描写："突然下起雨。先还是街面的水潭里满是些钉子在跳，后来白茫茫一片，像是雨中的芦苇园子。"

柳明君将这种"抓住一个点写它的变化"的描写方法命名为"贾平凹法"。然后布置小练笔：抓住一个点写它的变化。可以写风中的小草、雨中的小草、雪中的小草等。写景的句子不在长，而在精。写风中的一株草，可以通过草写出风的变化。30字左右。字是越写越少。柳明君教写作提倡短，但孩子们控制不住字数。

李学健：

一开始风并不大，碧绿的小草在风中摇头晃脑，树叶也在树梢窸窸窣窣的；后来风大了，树枝"咔嚓咔嚓"折断了不少，只见小草很快被压弯了身子，但它身上仍有股不服输的劲头在坚持着。风停了，树头稀疏了许多，叶子旅行去了。小草挺直了身子，它终于熬了过去，开始了新的一天。

徐嘉慧：

那雪起初柳絮般静静飘落，纷纷扬扬；后来四周像拉起了白色的帐篷，玫瑰上的红逐渐在消失，但丝毫挡不住它的美丽，在白雪的映衬下那抹红更艳丽了。

柳大看：

蒙蒙的细雨和着微风掉在地面上，没一会儿地面就变了颜色，好似着了一层亮金。后来雨下得大了，它们跳动着汇聚到了一起，着急地向外漫延，似乎铆足了劲儿想把地面揭去一层皮。

高韵竹：

枯黄的落叶躺在冰冷的地上，不久醒来了，像优雅的舞者手拉手在风中翩翩起舞，自由地上升，快乐地下沉。突然，它们当中有几片冲上天去，任凭娇小的身体在空中疾速旋转，翩跹。

骆来来：

雨点一滴两滴时，有点儿低调，像豆粒落下，水面上好似立着一根根钉子，粗壮的树干伸出几架杠杆；后来雨大了，地面已满是碎片的倒影。风也急了，树只剩下几条孤独的动力臂，依旧紧紧握住那粗糙的臂膀。这时，雨如同瀑布遮挡了人们的视线。

杨林奇：

一开始，柳条像秋千摇摆，后来它就与地面平行不动了。云儿在向着天边的希望狂奔。

尺巷

柳明君说，在我们学了"朱自清法""老舍法""贾平凹法"等方法之后，融合汇集成自己的方法，这才叫写作。只有"博取众家"，才能"自成一家"。哪一行哪一业都要遵循这个法子。成功的作家无一不是有意识或无意识地遵循这条写作之路的。

读了《红楼梦》，读了《三国演义》之后，感觉它们其中的某个章节在写作上有相似之处，一定要静下心去研讨、总结，这样书才能被你所用，这样的读书才有价值。所有人都能学好语文！语文很好玩！

加油，孩子们！

这些都是课上的急就章，没有经过加工润色的小练笔，文笔稍显粗糙单薄。不过，孩子们又为自己掌握了一种新的写景方法而感到发自内心的喜悦。

学习小组年前上 10 次课，今天腊月二十九是最后一次。语文课，徐嘉慧要提前 10 分钟走，赶飞机，因为要回江西过年。徐嘉慧的姥姥身体不太好。明天李学健家、柳大看家也要收拾东西回老家过年了。尽管马筱著有些许的不情愿，但他们家肯定是要回老家过年的。年后初三开课。

骆爷爷的生日是阴历的腊月二十九。老一辈的人生日都过阴历。有时候，一楼的没有回老家过年的邻居会凑几个菜在一块儿聚聚。今年，老早就招呼好了，一是给骆爷爷过生日；二是庆祝学习小组的课程圆满结束，上课的老师跟孩子们都辛苦了，各家表示谢意；三是如果春节期间没有时间再聚，今年这届邻居节也就一起过了；四是借此机会安慰一下骆爷爷、姚奶奶。总之一句话，"尺巷"和谐无比。还是老传统，一家一两个菜，聚！徐嘉慧家提前撤离，但菜提前做好了——徐启昌东北老家的特色杀猪菜和灌血肠也来了。

柳明君的书房窗正对着单元门。他听到单元门响，抬头从窗帘的缝隙看外面，天已经有些发亮。他知道这个点有人开始外出晨练了，其中就有他的岳父、岳母。这两位勤劳的老人，晨练结束会逛早市，然后到女儿家择菜，准备中午饭。为了不打搅孩子们上课，这个寒假他们一直按这样的方式生活。

进出楼座的人渐渐多了起来。单元门来回地震颤着楼墙。

伊春路教师大厦有 3 个楼座，每个楼座有 18 层，每层有 6 户，加起来有 300

多户。放寒假了，每天像骆来来、高韵竹这样背着书包进进出出的有几十个学生。因为上课、下课的时间都差不多，渐渐地就成了伊春路上的一道风景线。

听着单元门撞击的声音，柳明君安安心心地给孩子们的作文写着评语，却不知道再过几个小时，他们一楼"尺巷"的学习小组会被取缔。

第十三章

"四老"

　　柳明君的作文课在附近小有名气。他讲作文用加法，一招一式地积累，一词一句地储备。他始终崇尚"读书是写作之源"，坚持"不动笔墨不读书"的理念。他认为读书一定要读好书，读名著。名著不以故事吸引人，而是靠正确的思想、典范的语言、标准的语法潜移默化地塑造读者的人生观、价值观，构建读者完整的知识体系。他觉得"批注、摘抄、仿写"是一个学生学好写作的必经之路，也是一个作家走上文坛的必经之路。

　　柳明君认为，一个"吃货"最容易被培养成高明的厨子。"吃货"尝尽天下美食，稍加指点就能做出一桌子珍馐美馔。语文的"吃货"就是"书虫子"。其实，无论哪行哪业，方法都是死的，都很简单，也就是熟能生巧。著名作家贾平凹说"写作是个功夫活儿"，说的就是这个道理。

　　寒假的第二次作文课上，柳明君让孩子们写写自己的"四老"——爷爷、奶奶、姥姥、姥爷。虽然是写人物，但要把自己的感情通过描写一种具体的事物表现出来，表面上写的是物，实际上表现的是"四老"对自己的感情。这种写作方法就叫"寓情于物"。之所以先选老人来写，是因为每个老人都有故事。俗话说，家有一老，如有一宝。一个老人的处世哲学就如同一部百科全书。再加上老人都疼孩子，与孩子的关系密切，孩子提起其中一个老人都有许多话来说来写。写作就是要写自己最为熟悉的人和事。

　　骆来来问："叔叔，可以虚构吗？"

　　柳明君笑了，说："英国作家笛福从一个水手手上购买了一本日记，日记记载了这名水手与船长发生争吵，被船长遗弃在大西洋中，在荒岛上生活 4 年 4 个月之后，才被人所救的故事。笛福便以这本日记为蓝本，把自己多年来的海上经历和体验倾注在人物身上，并充分运用自己丰富的想象力进行文学加工，把原来的 4 年 4

个月扩写为28年2个月零19天，这才有了流传于世界各地的名著《鲁滨孙漂流记》。鲁迅先生的小说多次提到'迅哥儿'。许多读者误认为他就是鲁迅，曾经还围绕这个名字出过考题，许多人都答错了。记着，'迅哥儿'不是鲁迅，《简·爱》中的主人公'简·爱'也不是英国女作家夏洛蒂·勃朗特。这些作品中的主人公顶多是作者以他们自己为原型，在此基础上艺术加工而提炼出来的。小说是艺术，艺术来自生活，但一定要高于生活。照搬生活不是艺术。其实，每一项艺术的创作都是原创者根据自己的喜好、思想、品味对社会现象做出的一种品评和判断，只是艺术表现的形式不同而已。所以就要强调做人的重要性，做人不及格，做学问就不及格。"

骆来来有些迫不及待地问："叔叔，写作是艺术吗？"

"写作当然是艺术！"

"哦，我明白了。"骆来来挠着脑袋调皮地说，"叔叔，你说这么多，就是告诉我们，写作文可以虚构！"

众人都笑了。

柳明君也笑了，说："不是虚构，是提炼，从生活当中筛选出一些有价值、有意义、有代表性的素材，再加以艺术化加工。"

柳大看他们心领神会地下笔写了起来。骆来来也开始虚构起来。

爷爷的三轮车

骆来来

爷爷有辆三轮车，是爷爷年轻时买的。

爷爷用这辆三轮车，春季时把一袋袋希望送到田间，秋季时又将一袋袋的芳香拉回房仓。风来雨去，爷爷蹬着它，把三个孩子送进了大学，送进了人生的轨道。

小学时，我曾和爷爷一起生活了三年。学校离家有三里远，爷爷便每天用三轮车送我。那时的我迷上了车，特别喜欢奔驰，总觉得坐三轮车委屈，于是离学校很远，我便下车自己走过去。

老家的夏天是个多雨的季节。早晨天端着，到了傍晚雨就会倾盆而下。雨滴敲地，时而一点两点，像不是头顶这方天落下的。雨阻止了我的脚步，只能和几个小伙伴躲在传达室外避雨。

尺巷

闲聊时，我看见雨幕中一辆三轮车艰难地向我驶来，我的脸唰得就红了。果然是我爷爷！风裹着雨，像鞭子似的横斜地抽打着他的身体。他伛着身子，把车停在我面前。爷爷给我披上雨披，在小伙伴的哄笑中，我上了爷爷的三轮车。心里的怨气在蓄积，一路上一句话也没说。到家了，爷爷把我抱下车，拍打着我身上的雨水说："瓜娃子，我知道爷爷的车给你丢脸面了。雨实在太大，爷爷怕你淋湿了感冒。"我有些心酸，低下了头。

第二天一早，我发现三轮车头的正上方，雄赳赳、气昂昂地立着个奔驰的标志，木刻的。我被爷爷的天真逗乐了，轻快地跳上去。爷爷骑着这"山寨奔驰"，身子似乎比以前轻巧了，车速也比往常要快，一路上还哼着小曲儿……在老地方，爷爷把车停下了。我笑着对爷爷说："到学校门口吧！"爷爷也笑了说："将来爷爷给你买辆奔驰车！"就这样，这辆小三轮载了我三年。

后来，我回到了父母的身边。繁重的学业使我没有太多的时间常回老家。一天，我突然接到了爷爷重病的消息，我和父母连夜往回赶。那时的爷爷忘记了所有，可仍记得我的乳名，还念叨着欠我一辆奔驰车。我紧紧地握住爷爷那双布满老茧的手，泪如蚯蚓般爬满了脸："不欠，不欠，你欠我再蹬一次三轮车！"

三轮车依旧停在老家的院子里，再也没人把它骑出这个院子。我将那个木刻的奔驰标志摘下来，抱在胸前。我想您了，爷爷！想再坐一次您的三轮车！我愿坐在您的三轮车里，穿梭在山村的滂沱大雨中。

骆来来写完文章，把它交给柳明君。柳明君一看，这篇文章巧妙地进行了艺术加工。第一，骆爷爷不是农民，而是一个教音乐的高级教师；第二，骆爷爷是有一辆三轮车，他在教学生涯中曾有过一段停薪留职的时期，那时他开了一个鲜花批发部，置下了产业；第三，骆爷爷的三轮车上也有个木刻的奔驰标志，那是骆来来小时候刻好安上的，但三轮车没有顶着它跑过一天。

茶韵

高韵竹

清晨就像一个没睡醒的孩子，盖着一条如纸浸水般透明的毯子。我翻了个身，朦胧中听到姥姥正窸窣穿衣。她是要顶着露水采茶去了。

崂山脚下，姥姥有块茶田。不大，也就一亩，却把姥姥牢牢地拴在了上面。

清明一到，姥姥忙碌的一年就拉开了序幕。茶树最忌招虫。春天有椿象，又叫臭大姐，夏天有千叶蛾，秋天有青虫、蜗牛，她都要一只一只地捉。夏天、秋天都会招蚜虫。有蚜虫就要打药。但姥姥的药是趁着天黑打在地面上的。冬天要扣棚，封冻前要施肥。施肥要用有机肥，鸡粪、狗粪、猪牛粪。这种肥沤熟，能杀死蚜虫及卵。茶地周围，植一些艾蒿，艾蒿的气味能驱走飞虫。再远，姥姥掘开一条沟，灌上水，充当"护城河"，既能驱走蚂蚁和跳虫，又保湿持润。于是，这一亩的茶田成了姥姥的一座王国！

姥姥真的把茶地当成"王国"了！5天一采茶，过快的话茶味会变淡。茶要采一芯一叶的，过两天叶子长大了，茶香也会打折扣。茶最好在露水消失前采完，这样茶好，树也好。采茶的时候，不能摸化妆品。一个人采不完，前街后巷的邻居就互相换工。今天张家，明天李家，永远没有停歇。只是苦了姥姥！长年的劳作让姥姥越来越瘦。她的两块肩胛骨像挂着的两面扇子，两条胳膊就像两根细擀面杖。

茶叶采回来，先要摊开晾干；然后上滚筒，杀青；再在铁锅里揉碾，成卷；最后是加火，提香。茶至少要炒三遍，炒、晾、炒……热气搅着茶叶，揉出茶叶的魂，淡淡苦涩，回味甘香。闻之，已让人心旷，思绪也渐渐明朗而立体。

姥姥年年都炒茶，但从未卖过一斤。她的茶都分给了亲戚朋友，分给我们家的巨多。

周末饭余，泡一壶清茶。姥姥的茶，清得透彻，绿得泼辣，香得奔放，像一幅山水画，潇洒飘逸。姥姥没读许多书，但她把朴实、真诚、勤劳、简单揉进其中，以至我怀疑她把庄重的儒家礼仪、淡泊的老庄意味，还有清寂的佛家禅境，都揉进其中了。

姥姥，请让我为您斟杯茶，您也歇歇吧。茶香氤氲开来，我又看到姥姥那仿佛两面扇子的肩胛骨和那如同细擀面杖的胳膊……

尺巷

记忆中的沙布袋

杨林奇

我的小沙布袋，奶奶缝缝补补好多年，每一针都缝在我的心头，我却不知道沙布袋里都装些什么。

小时候还没等雪花纷飞，老人们就会给孩子缝制一个沙布袋。别人家孩子的沙布袋都像个小胖子，而我的却瘦得皮包骨头。我的奶奶也只能用勉强的笑容来安慰我，从那时起我就感觉跟奶奶之间好像隔着一层无形的东西。是什么东西，我也说不清，反正就是不能开心地大笑、高声地大叫那种。

奶奶的家在青岛即墨的一个小山村。打我记事起，我就跟在奶奶身后。奶奶下地我下地，奶奶上街我上街。奶奶很能干，什么活儿都不让我干，她那骨瘦如柴的小身板似乎可以扛起所有的生活。

可能人都欺生。小朋友常和我打架，无一例外我常落"下风"，常跑着回家找奶奶哭诉。看到我被人欺负，奶奶心疼地把我揽在怀里，轻轻拍着我的背，眼泪默默流下来，轻轻把我抱到凳子上，小心地给我擦拭伤口，生怕一不小心把我弄疼了。每当我皱眉头或不自主地叫出声，我就会看见她全身哆嗦一下，额头挂着的豆大的汗珠顺着她脸上的沟壑滑落，一直落到了我的衣服上，落到我的心里。瘦得皮包骨头的沙布袋常被小朋友摔破，奶奶倒不厌其烦地缝补。我将她常挂在嘴边的一句"善宽"理解为忍气吞声的无能。这时，我就会感觉到那种无形的东西在拉大、加厚。

现在我长大了，回自己家里上学了，回去看她的次数少了很多，直到有一天在我翻找东西时，发现了被我遗忘很久的小沙布袋，那只属于我和奶奶的小沙布袋。一种情愫滑过我的心房……

有一年中秋节，我和爸爸去看望奶奶，我悄悄带上了那只沙布袋。一路上，我的眼前不断地浮现出奶奶瘦弱的背影。

刚到街口就看到了远处头发已经花白、满脸沧桑的奶奶，鼻子一酸竟捏着沙布袋大喊："奶奶！"就在那一刻，我感觉那层无形的东西带着一声响亮飞走了，秋高气爽，风轻云淡！车还没有停稳，我就冲出去紧紧抱住奶奶那骨瘦如柴的身躯。这时，我才发现我的眼泪不知何时已经满面。电光石火间我突然明白了沙布袋里面装的是啥了——那是一种被生活的潮水淘洗了几十年之后留存的体验——"善宽"！

记忆随着时间的琴弦拨动，常常拖着紫色的香气飞入奶奶当年为我缝制的那只瘦瘦的小沙布袋——友善天地宽！

故乡的三蹦子

徐嘉慧

爸爸的老家是东北吉林。去年之前，我们家每年都回东北过年。那是一个偏远的小县城。

爸爸带着妈妈和我坐飞机、倒火车、乘汽车，周转多次终于到车站。刚下公车，扑面而来的是刺骨的寒风，宛如一把把利刃直往人衣领里钻。我不禁裹紧衣袖，环顾四周，惊奇地发现爷爷早已在车站等候着了。他身穿一件大棉袄，头戴厚棉帽，腰杆挺直，身材硬朗，皮肤因连年下田晒得黝黑，若不是脸上厚厚的皱纹，根本猜不出已是70岁的人了。

爷爷脚蹬几下踏板，伴着引擎轰鸣。我坐在这"庞然大物"上，观望着它：前面看像摩托，可后轮处连着个三轮的车厢，上面还罩着御寒用的小棚，发动机几乎完全暴露在驾驶座下，显得有些笨重。驰骋在乡间的公路上，感受着呼啸而过的寒风，两边是大片大片的原野。地平线上，阳光宛如从高炉里倾泻而出的钢水，将天空和大地分离，雪原远远地伸向天边。收割过的麦田覆盖着厚厚的、方格状的雪，如一座巨大的棋盘，望也望不到边，大得让人有些茫然。干燥的空气中夹杂着泥土的气息，仿佛来自更深远的地方。这是北方冬季特有的，身下引擎轰鸣，车身上下摇动，三蹦子的声音回荡在天地间，除此之外，只剩下空旷辽远。

三蹦子的声音是那么与众不同，那里有远隔万里亲人间血脉相承的眷恋，那里有久别重逢的故乡的思念，更有人们对新生活的期盼。这是一种乡音，带着故乡的气息；这是一首合唱，蕴含着亲人的挂念；这是一曲思情，寄托着无数人的乡愁。

"到了！"我急匆匆地跳下车，眺望着那魂牵梦绕的地方，陡然间，瞥见爷爷拖着僵硬的身子从车上挪下来，抖抖身上的冰碴，双颊冻得紫红，发梢、两鬓、胡须到处挂着冰晶。我心中一阵酸楚，在北国刺骨的寒风中，屹立着一尊古稀的雪山！风呼啸而过，没有留下答案，只有那无声的爱。

在繁星与月亮间穿梭的，在心脾血脉间流淌的，永远是思乡的眷恋。

尺巷

垂钓

柳大看

太阳由酡红变得金黄。我走在放学的路上，外公打来电话，邀我周末去垂钓。

上了初中，时间一下子不够用了，作业多，学习任务重，班级的各项事务压得我喘不过气。我回绝的同时，心里盘算写完作业可以和小伙伴出去放松一下。外公还在争取："咱们多久没钓鱼了，周末正是好天气……"啰里啰唆一大堆，我不耐烦地说："我有自己要做的事，哪里有那么多闲暇的时间！"

电话那端沉默了……我立刻为自己刚才的言行后悔，猛然想起年少时最喜欢垂钓的我——

每到春天，草长莺飞，面朝大海可以感受咸风拂面。外公喜爱钓鱼，时常带我一起。纯白T恤，牛仔裤和自行车后座，沿路的野花，青草味儿的风，暖暖的阳光……编织成了属于我的春天回忆。

外公有一个黑色的包，被水洗得发白，长条形，里面鱼竿、滑轮、鱼线、鱼钩应有尽有。当时，它于我就像是机器猫的口袋，只要有了这个背包，就有了一桶鱼的欢跳和一夜畅快的梦。

初春的水还凉，迎着阳光，波光粼粼，像人鱼的裙裾。外公"刺啦"一声拉开背包，拿出滑轮和鱼竿，把两者一对，"啪嗒"就扣上了，轻轻摇几圈试一下润滑度，从小盒子里拿出鱼饵，一弯一弯穿过鱼钩。外公举起鱼竿后退几步，拉下滑轮，猛地一甩，鱼钩带着啸声浸入水中。小小的我就托着大大的鱼竿，满怀欣喜等着鱼咬钩。鱼竿一阵猛地抖动，我赶忙拉滑轮，拖上来就是一沙滩的赞叹！

脸凉凉的，摸一下，满是泪水，潜意识里深刻的记忆，即使现在的我拒绝了钓鱼，也还是能轻易拨动心弦。随着年龄的增长，我很少陪外公垂钓了，但鱼竿还在那里，一头被外公握着，一头系在我心上，偶尔倾斜，提醒着我，那份回忆不可忘……

我携桃花寄书，邀雨煮酒，为此捎来清佳春令。"喂，外公，周末我们去钓鱼吧。"

李学健的作文交上来之后，柳明君拍案叫绝，鼓励李学健放开来写，结果就写成了1600多字。

记忆中的辛与辣

李学健

晚上我家做了拍黄瓜。这是我们家餐桌上五冬六夏都少不了的一道菜。

这道菜的灵魂呢，就是一个"拍"字。黄瓜要拍，大蒜也要拍。试想，一块块被拍成碎末的大蒜，洁白如玉，分布在润绿如翡翠的黄瓜中，散发着一股独特的辛香。还未下筷，口津已经生出来了。

蒜这种东西，可以说于他人之砒霜，于我家之甘饴。我们全家都能接受这个味道。爸爸吃了一口拍黄瓜，忍不住地交口称赞这个蒜"够辣，带劲儿，还是自己家种的好吃"。爸爸虽是青岛"土著"，但秉承了山东人能吃辣的传统。他跟妈妈走到一起，彼此都感叹不是一家人不进一家门。

妈妈的老家临沂兰陵因为盛产大蒜而闻名。"立秋栽葱，白露栽蒜""种蒜不出九，出九蒜独头"，大蒜的文化脉脉相传。一年中的大部分时间，田野里望去都是整片整片翠绿的蒜苗。蒜，陪伴我度过了整个童年。姥姥家种的蒜又大又好，辣劲十足，也难怪妈妈来青岛后每次从老家往回捎的东西必定缺不了大蒜。

每年"五一"，我们全家都要回兰陵老家帮忙抽蒜薹。姥姥是种蒜专家。她用一只手拉住蒜薹的总苞，用另一只手抓住顶叶出薹的地方，轻轻地往上提。这样蒜薹就抽出来了。那蒜薹绿油油的，又细又长，又嫩又脆，令人爱不释手。劳作后的我们就坐在地头上，拿出从家里带来的煎饼和炒好的咸菜，卷上刚抽出的蒜薹，大嚼起来，那感觉就是一个字：爽！蒜薹收过不久，地里的大蒜就长成了，它们被拔出来，扎成一捆一捆，放在家门前，等着时间的洗礼来赋予它们新的活力。

亲朋好友送礼，整头的蒜就可以；但如果作为商品出售，还是白净的蒜瓣更得人心。所以不管有多辛苦，姥姥都会把自己家的蒜剥好再去卖掉，这样价钱就可以高一些。剥蒜要剥晒干的，鲜蒜和浸过水的大蒜虽好剥，但搁不住，不几天就坏了。姥姥的眼睛本来就不太好，但为了省电费，她只开着一盏昏暗的灯，自己蹲在屋里，一点点地剥着蒜。她用一只手捏住蒜瓣，用另一只手的拇指、食指指甲掐住蒜头向后撕，一层层旋转着剥皮；要是比蝉翼还薄的膜贴在蒜瓣上，姥姥就用指肚儿小心翼翼地搓，生怕毁了卖相。即便破不了相，蒜的辛辣冲劲儿还是不可避免，不一会儿姥姥的眼睛上就蒙上一层水雾。我看着十分心疼，几次提出要来帮忙，都被姥姥

尺巷

毫不犹豫地驳回了。姥姥总说我是要上大学的人，不能来干这些粗活，固执得让人无奈。眼看时间不早了，睡觉前我嘱咐姥姥早点休息。她答应得也十分干脆，但当我半夜醒来时，发现屋里那盏灯依然在亮着。

处理过自家的蒜还不算完，为了多赚些钱，姥姥会去帮助别人剪蒜。剪蒜就是对蒜的粗加工，超市卖的都是剪过的，剪一斤一分钱。那刀是真的锋利啊，只是不小心轻轻一划，我的手上就多了一道血口子。好在口子不长不深，贴片创可贴就好了。唉！明明说好要来帮忙，最后却负伤而归。日头正盛，姥姥把她的草帽扣到了我的头上，自己却毫无遮挡地暴露在阳光下，任由额上的汗水随着手中的蒜头一起落下，只一会儿，衣服就湿漉漉贴在后背上。剪完这捆蒜马上换下一捆，周而复始，仿佛不知道热，也不知道累……

现在老家好多地都实行了机械化劳作，姥姥家的新房子也早已盖好，但姥姥的驼背越来越严重了。从背后看，她的背仿佛大陆板块碰撞挤压形成的山系。爸爸、妈妈、小姨、小姨夫都在劝姥姥别那么累了，我也劝，但姥姥依然想着她的地，想着她的大蒜。她还给自己定了个目标，等我上大学时要攒够 3000 元钱，到时候一起给我做学费。这些钱对于很多人来说或许不算什么，甚至对我某些同学来说，过一个春节就能收到这个数的压岁钱，但对于一个种了一辈子地的老人，是一个要准备很久的大工程。要知道一斤大蒜的收购价才 1 元钱，要卖 3 吨才能实现。一亩地能出 2000 斤新蒜，5 斤新蒜才能晒 1 斤干蒜。一亩地能出 400 斤蒜薹，1 斤不到 4 毛钱。刨除蒜种钱、农药钱、耕地钱、浇地钱……哦，还有种地的提留钱！

我们谁都没有把姥姥这个目标当作一个笑谈，没有人敢笑话，因为那是她深沉的爱，因为那是姥姥最质朴、最隆重、最庄严的心意。

我挑了一个还未拍碎的蒜瓣，刚嚼两下，一股辛辣直逼脑门，眼泪哗然而下。晶莹的泪光中，我又看见姥姥暴露在阳光底下剪大蒜的背影，湿漉漉的，仿佛大陆板块挤压碰撞的山系，还有一盏昏暗的灯……

文章写完之后，"四老"都很迫切地想知道孩子们如何写的自己。柳明君把孩子们的名字隐去，拿给"四老"看。

骆爷爷看了骆来来的作文，连声说好。柳明君让他说好在哪里。

骆爷爷说："第一，这个爷爷很能干，把三个孩子都送进城里；第二，这个爷爷很乐观，蹬着三轮车接孙子不丢人；第三，文章最后写得很感人。"

当他知道是骆来来写的后，又捏着他孙子的作品半天没说话。自骆来来出生，骆爷爷就再没骑过三轮车，更不用说接送上学了。真是天马行空！骆爷爷的眉毛拧成了一个疙瘩。

柳大看的外婆张文清也戴着老花镜凑过来看。她看了《茶韵》说："写得很真实、很细腻，没有这种生活体验的人写不出来。我边看边思，咱们一楼没有谁的姥姥是乡下种茶炒茶的呀……"

她的话音未落，孩子们的脸上都露出了笑容。毕竟得到肯定是很幸福的事。

徐嘉慧指着羞涩的高韵竹说："奶奶，这是高韵竹写的！"

张文清从眼镜上面露出了大眼睛："不错，她姥姥家产茶，崂山茶！"

后来骆来来又写了一篇《无声的"新闻联播"》。他写好之后拿给骆爷爷看。骆爷爷戴着老花镜翻来覆去看了许久，最后说："好，这篇文章写得比较真实！"骆来来听了爷爷的话若有所思，看来写作还是要贴近生活的，不能不着边际。那，该如何取舍素材进行艺术加工呢？

无声的"新闻联播"

谁的记忆里不有两三朵娉婷的、披着情绪的花。

——题记

苔痕斑驳，红花燃枝，夏日曳着翩翩裙裾而来，送来了美妙的暑假。

对于小学生来说，暑假最幸福的莫过于吹着空调吃着西瓜看动画片了。那四四方方的、每时每刻都有小人表演的电视机是梦想中的乌托邦。但凡事总有例外，爷爷风雨无阻，每天都要看"新闻联播"。

"新闻联播"太无聊了！我看了几眼便抓起遥控器，三步并两步，窜到沙发上蜷起来，让"新闻联播"与"呼呼"作响的空调一起弥散。爷爷倒也乐呵呵地陪我看，也跟我一起笑。爷爷年轻了，我以为，却不知道他会在夜里10点半看"新闻联播"

尺巷

重播。

夏夜不长，惹人流连，别了"新闻联播"，享安闲与自在。

岁月是一湾淙淙流淌的小溪，什么也阻挡不住它的步伐。渐渐长大，我见识了更广袤的世界，但对"新闻联播"总是敬谢不敏。

夜晚的风在空中盘旋歌唱，昏黄的台灯照亮了一方小小书桌，总算解出了这道题，我闭上眼睛，抻直胳膊，听骨节叫嚣着疲惫。"快11点了，竟这般安静。"我按下门把，想去喝口水。蓦然，爷爷佝偻的身影映进了眼帘，他窝在小小的马扎上，整个人近似于贴在电视机上，若不是画面在流畅转换，我当真以为看到一幅画。爷爷心无旁骛地捏着老花镜时不时摩挲两下松弛的皮肤和花白的胡茬。我看不见他的表情，但我一定能想到那是多么严肃认真的样子，身居"草屋"心系着国家与天下。

那一刻，我只觉似有一根皮筋弹在我身上，抽得我隐隐作痛。突然想起夜夜静谧，想起奶奶压着嗓门拍着爷爷手上的遥控器，想起爷爷无声也要关注的"新闻联播"，不，是新闻"重播"！

我第一次认真追随着"新闻联播"的画面，端详着记者手持话筒播报新闻，将一篇篇新闻牢记于心，只觉暖心与责任。

草在结它的种子，风在摇它的叶子。我们不说话，共同观看着"新闻联播"，就觉得天地间十分美好。

骆来来这篇《无声的"新闻联播"》第一次没有运用"艺术加工"。骆来来不知道，这是骆爷爷最后一次看他的文章。

得到张奶奶的肯定，高韵竹又写了一篇有关姥姥的文章，依然真挚动人。看来有生活，就有创作的源泉。

岁月中的山茶花

树叶托着夕阳，晚风携着碎光，花瓣悄然转身，跃过树梢，把黄昏都翻了个个儿。

树下就是我的童年。院内人影绰绰，偶尔有碗筷碰撞的声音，我窜过树边，坐在屋顶上，喘息着看小镇升起的第一缕炊烟。"姥姥，为啥你不搬到城里和我们一块儿住？"晚霞映衬着一双好奇的眼睛，探到老人跟前。姥姥倾听着我的喘息，只是摇头，牵起我的手来到这棵树边，我指着最茂盛的一朵白花嚷着要。

"这是啥花啊？""山茶花！走，姥姥给你煎汤喝。"

山茶树下，一方矮桌，一把汤壶，一老一小。我就像姥姥的小尾巴，踩着姥姥的脚后跟，一蹦一跳地帮姥姥准备器具。我依偎在姥姥的怀里，只见姥姥高低起伏的手腕在氤氲的热气中慢慢转动，有节奏的咕嘟声此起彼伏，奏成一曲交响乐。几瓣幽香掉落姥姥的肩头，她捻起山茶花瓣，轻放入壶中，一圈一圈的涟漪伴着白色的雾气，给姥姥的老花镜蒙上一层水雾。透亮的笑声撞破了晚风，裹着白色的香气，熨平了姥姥脸上的皱纹。姥姥的汤澄清了我的喘息，却终究没能留住我匆匆长大的步伐。

走在城市的沥青马路上，慢慢适应浓烈的花香、细密的蝉鸣、婆娑的光影。自以为镶嵌在记忆中永不褪色的小女孩似乎被许多琐碎小事磨平了棱角，变得模糊。

当我偶然翻开一本泛黄的书时，愣了很久。姥姥，我终于明白了您不肯离开小镇的原因，也终于知晓您为何每年都给我寄晒干的山茶花！您想守护住专属于我的记忆——"山茶花治血分，理肠风，清肝火，润肺养阴"。

花开满树，幽香袅袅，一方矮桌，一老一小，这便是您与我的旧时光。

第十四章

"双亲"

写"四老"取得巨大的成功，出乎所有人意料。第三次作文课柳明君"乘胜追击"，又让孩子们写自己的"双亲"——爸爸、妈妈。

"无声"的陪伴

骆来来

床头的小闹钟，它已经"无声"陪伴我许多年了。

从小，起床就是纠缠我不休的敌手，也是每天折磨母亲的煎熬。每天清晨，为了让我多睡一秒钟，母亲总是站在我房间门口捏着表等着叫我。她的声音飘进我的梦里，就像和风细雨，后来声音由弱渐强，过渡自然，伴随而来的还有缕缕早饭的清香。每当我赖在床上不起时，母亲依然会耐心地叫我，一层层剥去我的梦的外衣——不耐烦和抱怨——从未生过一次气。

母亲要出差了，我需要自己照顾自己。母亲走前给了我一个闹钟，嘱托我定好闹钟早睡早起。

然而第一次闹钟响起，那"嘀——"的一声尖叫如同正锉的铁锯，我的心脏紧跟着"咯噔"一下，醒来是一身虚汗——吓死宝宝了！我被无情地从梦乡押回现实，就像在大地上豁了一道口子。这声刺耳的尖叫狠劲地折磨我的耳朵，以致再看到闹钟都会心中一悸。

第二天我就关了闹钟，但等待我的是迟到与饥饿。后来几天，天气愈发寒冷，我在闹钟声中挣扎着起床，草草地吃几口自己备的饭——凉的牛奶、面包。吃完饭，我在寒风中瑟缩着上学。关了闹钟就会迟到，权衡再三还是硬着头皮开了。闹钟那兀自孑立的声音就像圆明园废墟上的柱子支撑着我破碎的天空。我便不由自主地想起了母亲。

母亲回来后，闹钟立刻被设置成"无声"状态，连夜里的梦都是无声的香。清早，在"和风细雨"中我被唤醒，发现太阳都被寒风欺负，不敢出来。窗上的冰花挡住了灰蒙蒙的天空和肆意飘飞的雪花。母亲见我起床，脸上立刻挂上了微笑，有条不紊地将热气腾腾的早饭盛出，粥、馅饼、鸡蛋、牛奶……

闹钟的钟盘是一湾淙淙喷涌的小泉，什么也阻挡不住它的步伐，然而时针有声，陪伴无声。"无声"地陪伴着我走过春秋，走过冬夏，给予我力量，激励着我成长。

你脸微红的样子，最美

徐嘉慧

又到了紧张而残酷的 11 月份。每到傍晚，太阳就像个待捕的罪人，在人们打哈欠的那一瞬，就被晚霞囚禁了。

有一天的作业多得令我烦恼，所以一放学我就急急忙忙地跑回家，生怕浪费一分一秒。当我走到家门口，便闻到了一股熟悉的香味儿，再仔细一辨，突然大悟，该不会是我最爱吃的那道菜吧！随即我的脑海里便浮现出了它的画面：深番茄色的酱汁均匀地包裹着每根酥嫩的里脊肉，光看就令人垂涎欲滴。再加上它那酸甜缠绕的香味儿，咬一口，肉香混合酱香立刻在口中绽放开来。简直是完美至极！让人恨不得把盘子都一同吞掉。慢慢溢出来的香味儿不停地撩拨着我的味蕾，感觉满肚子都是口水。我怀着激动的心情以百米赛跑的速度冲向家门。

妈妈就像个万能的魔术师，总是能把最朴素的原料制作成最美味的佳肴。我一进门那盘菜就放在桌子上，果然是我的心头最爱——糖醋里脊。我忍不住了，已经等不及放下书包拿筷子，迫不及待地抓起一根直接塞进嘴里。吃到嘴里的那一瞬，感觉世界都美好了，把一天的烦恼事和压力都抛到了脑后。我美美地咀嚼着里脊肉，生怕把它的丁点儿精彩落下。

妈妈给我拿来筷子，笑着说："慢慢吃，没人和你抢。"她便坐在我对面。我吃得津津有味，妈妈一脸的享受。我每吃一口，妈妈的嘴就微微张一下，可能是小时候她喂我吃饭习惯了吧。每次我抬头看她张口的样子，她总是尴尬地笑笑，然后把微红的脸扭到一旁。这时，我突然想到，这不就是妈妈最美的样子吗？我夹起一块糖醋里脊，趁她不注意塞到她嘴里。我笑了，妈妈眼里闪烁着光也笑了。最终，那

尺巷

一盘糖醋里脊被我和妈妈"分"吃完了。我躺在沙发上抚摸着收获满满的肚子，舌头还在牙缝间来回搜寻"藏匿者"，反复品尝着最后的美味，心里暖暖的。

糖醋里脊这道菜总是陪伴着我。每当吃到它，我总是很开心。每当想到它，我总是能想到妈妈最美的样子和妈妈对我的爱。

最贵的茅台

杨林奇

开门关门的间隙，从家飘出一股酒气，不用问就知道我爸又喝得差不多了。

我爸嗜酒，天天醉。几次晚上出去散步遇到他总是摇摇晃晃的，隔老远就闻到那个酒气熏熏的味道。他常说："人生短暂，我这个人啊，就靠这么点爱好支撑下去，难不成你还能把我怎么样？"

我们家的厨房里，有一个不大的柜子，里面装满了"宝贝"：高的、矮的、胖的、瘦的，塑料的、玻璃的、陶瓷的……酒瓶子各式各样；白的、红的、啤的，黄酒、老酒、米酒……酒的种类各式各样；高度的70多，低度只有几度，酒的度数各式各样；散装的装在塑料桶，精装的还配酒杯、瓶启子，酒的包装各式各样。一打开柜门，就像泡进了酒坛子里一样。

几乎每天晚上，爸爸都会从柜子中挑一位"宝贝"出来，捧着端详，那神情仿佛凝视琼浆玉液。他每回总是先往酒盅里倒一小点儿，一扬脖儿喝下去，啧啧嘴儿，说声："好！"然后生怕怠慢了自己，辜负了好酒那般满满地倒上一杯。他的杯是白瓷杯，二两盅。高兴了就多喝几杯，不高兴了更要多喝几杯！每到这酒喝"到位"了以后，他就开始说一些我似懂非懂的话："孩子，我跟你说啊！这个人呐各有所好……"说完后，不管我听不听得懂，他打个饱嗝，然后就躺床上睡着了。这酒气回荡在房间里，久久不能散去……

但是，记得有一次，正值盛夏，我因为要去参加一个比赛，所以要到少年宫去排练。少年宫停车场旁边恰巧有一家酒馆，爸爸每次都不得不把车停在那家小酒馆旁边。一周下来，爸爸过得很煎熬，每天都强忍着酒虫子的抓挠。有一天，车停稳了之后，我看爸爸把车熄了火，然后那双眼就直勾勾地挂在了那家酒馆门口的酒桶上，眨也不眨一下，口水都快要流下来了的样子。我就用手在他眼前挥了挥，似乎

112

要把他的目光切断，然后对他说："爸，您要是实在想喝两口，您就回家喝吧，等我下了课就自己打车回家。"我的话音刚落，爸爸便立马回了一句："不不不！这可不行，现在打车太不安全了，爸不放心，不喝不喝！"头摇得像拨浪鼓似的快，然后他又揉了揉眼睛，还吞了一口口水。我很感动，笑了笑，然后就下了车。其实我知道，爸爸馋得要命。

下了课之后，我悄悄来到车前，发现爸爸还是待在车上看着手机。他一歪头看到了我，便对我招了招手，示意我上车。我上了车，他对我说的第一句话就是："爸今天忍住了！"我的心突然咯噔一下，是的，他竟然忍住了！

那天，我就许下了承诺：现在您为了我放弃了您的"宝贝"，长大后，我定将为您买最贵的茅台喝！

倾国倾城的陪伴

高韵竹

每个人的成长路上都会有一轮烛曜的太阳。对于我，那太阳便是我的母亲。

记得小时候，我去上舞蹈课，因为下腰时跌仰过去，便赖着不肯进那间恐怖的教室。母亲许尽了天下美食，我都巩固我的韧性。母亲沉吟了很久，答应陪我一起去上课。

第一天，当我在前面站好，果然发现母亲决绝似的捶了一下腿从家长席上站起身，冲我一笑，然后右脚前伸，脚尖点地，挺胸收腹，双手掐腰，头向右上方仰视。其他家长先是一愣，紧接着一阵窃窃，掏手机录拍。母亲笔直洁净地站着，身子拔得如同一朵盛开的莲花。我看着母亲明星般的神采，开始配合老师的要求了。第二天依旧，不同的是那天阳光正好，母亲也刚好剪了头发，是那种既整齐又新潮的短发。灿烂的光芒涂得朦胧，衬着她白白的脸，笔直的鼻子，红润的嘴唇，像油画一样华丽。有赞叹也有乜斜，甚至有家长说母亲"一站倾城，再站倾国"。可从此，每次课母亲都傲然地站在教室的后方。我在她柔纤纤的目光中，在她颤巍巍的摇摆中，我的腰越下越低，嘴巴却越扬越高。母亲注视着正在从丑小鸭变成白天鹅的我，时不时在我回头时递上一个微笑，那微笑像一轮烛曜的太阳，让我倍感温暖。这一站就是一年。那一年改变了我太多！每当遇到困难想放弃时，母亲挺拔的身影总像

尺巷

天安门前的华表支撑着我的天空。

　　然而，就在我捧回市青少年舞蹈金奖的奖杯时，惩罚却出人意料地降临了！母亲在我很小的时候患了乳腺癌，动了手术，本来一直控制得很好，没想到后来转移成了骨癌！翻看她的体检报告，阴影就在陪我的那一年落下的。母亲竟忍痛瞒着我们所有人！

　　自那之后，我再没用任性的取闹去换取约定之外的娇惯与放纵，更多的是我懂得了尊重和体贴他人！

　　现在虽说母亲早已不在了，可她傲然的站姿却经常在我脑海里浮现。她的身姿也许不够优雅、不够诗意，可她用一刻未曾停歇的陪伴，从儿时的守护毅然走到青春的守望，如同冬日的暖阳，不浓烈，却充满着光和热，在我成长的路上，照耀我，温暖我，陪我一路走来……

　　母亲，别人都说您"一站倾城，再站倾国"，可只有我知道您的站是倾尽我的人生！

青春期撞上更年期

李学健

　　我的青春期和妈妈的更年期好像来得都早了一些，就像一场战争，双方都还没有排兵布阵就提前交上了火。

　　我爸爸是棋协的，是一下棋就忘我的人，且隔三岔五就要到外地出差。妈妈一个人把我从小带大。她表面上看起来不苟言笑，其实是个很强势的人，干什么事情都以她的意见为中心，说一不二，大大小小的事情都要插手，对我的照顾虽说是无微不至，但对我来说既是幸福，也是痛苦。

　　有一天我在家练琴，妈妈又来噼里啪啦说我弹得这不好那不好，我的情绪被点燃了，手底下明显重了，什么"贝多芬"，悲多愤！什么"笨鸟先飞"，是笨鸟下个蛋孵出小鸟替它飞！噼噼啪啪弹完我就摔门而去了。妈妈在我背后幽幽地叹口气。我想她的双眼里都是落寞吧，便也有点儿后悔。

　　妈妈这种管理方式，只能产生两种结果——要么顺从，成"乖乖的小绵羊"；要么逆反，成"我行我素的大灰狼"。不幸的是，我是后者。

第一场的硝烟还没有散尽，第二场战役很快又来了。有一次妈妈也没和我商量，就很生硬地安排我上生物辅导班。我知道自己生物有点儿差，也知道该上辅导班，但是我就是不愿被强迫，于是就和妈妈对着干，上课不好好听，作业不好好做。有一天妈妈送我上课，被我气得在教室外大哭，说爱上不上，不管我了。我就真的没有再去，其实挺想上的，但就是不喜欢这种方式，最后妈妈也拿我没办法。

随着我的个子越长越高，我和妈妈的矛盾也越来越多，"战争"一次次升级。如果说初中前半段，她胜多负少，但到后来她就没赢过，每次都以她的妥协告终。到了初三，妈妈突然变了，说什么话都要看我的脸色，在家里更是大气都不敢出。唯有高中学科营那次，她一改唯唯诺诺重拾强硬，毅然决然地给我报了二中的学科测试，丝毫不容我退缩。那份决绝，我想如果她生活在战争年代，她肯定是一个女英雄！我忐忑与不甘交集，第一次没有硬顶。考试结束妈妈带我去石老人海边。记得那天风很大，浪一个接一个地往岸上扑。在海边她大哭了一场，她说她特别怀念小时候我追在她身后妈妈长、妈妈短的样子，她管我还是希望我能越来越好，可能管的方法不对，伤害到我，希望我能理解。望着妈妈抽泣的背影，我有些不知所措，自打上初中以来第一次没有去顶撞她，当时生怕自己考砸了对不起她。就在那时我明白了，不管妈妈是说一不二，还是唯唯诺诺，她都是爱我的，永远都是我的港湾。只是方式不同。

晚上，结果出来了，我获得一等奖！妈妈的眼泪又来了！

都说，知儿莫若母！如果不是爱子至深，哪里能做到知子之切、为子计远？妈妈，我就是您的晴雨表！无论我渴了、饿了，还是困了、惑了，您都看在眼里，挂在心上，第一时间给我助力！妈妈，在这场"青春期撞上更年期"的"战争"中，"更年期"完胜，"青春期"只好默默服从。我会努力地完成妈妈的要求，一步一步向前迈去……

让柳大看写，结果他写了他妈妈。柳明君一看，说这么长下次单独给你点评吧。

第十五章

谁言寸草心

这几篇文章都是柳大看所作，写的是他妈妈。

妈妈的属相

其实在我心目中，妈妈就是属风的。

我从小酷爱篮球，多少次都抱着篮球入睡。妈妈看到我这爱好，1000元的篮球鞋、全套的NBA装备、一年的NBA特刊，眉头都没有皱一下就给我全抱回来了！看着这一大堆的"奢侈品"，我仿佛置身于盛夏从太平洋刮来的暖风中，让我如灼如烤，炎炎赫赫。

在学习上，妈妈看见我哪个字写得不够端庄，哪道题做得偷工减料，或者看见我百无聊赖地玩手机，那就等于启动了她的龙卷风模式，从隆冬的西伯利亚携冰带雨，一眨眼就把我冻成了冰雕，还要如琢如磨，锲而不舍。

但我觉得妈妈就是温暖我一生的春风！

每天晚上数次给我掖被角，让我的梦境都沐浴春风；一年到头早晨那杯温开水，让我觉得四季都春风拂面。

我打小睡觉就不老实，睡前头在床头，早晨醒来常常在床尾，被子更是被无数次地踢落在床下。这就苦了妈妈了。妈妈半夜无数次地起来给我掖被角。听爸爸说，打我出生妈妈就没有睡过一夜的囫囵觉，打我出生妈妈就开始跟温开水耗上了。先倒上半杯热水凉着，待我喝时，总要用手背测一测水温，如果凉就再添点热水，如果热就摇一摇、吹一吹。听了爸爸的话，我一下子释然，怪不得我喝的水始终是不冷不热的。爸爸说，有多少次妈妈的手背被烫红，有多少次她用自己的体温在保温。听到这里，我的眼前模糊了，仿佛看到妈妈跟一杯水在较真的神情！我明白了，为什么我一声细小的咳嗽会引来一杯温牛奶，一个不经意的喷嚏会换来一件披风，原来妈妈就是一股和煦的春风，无时无刻不在我身边"待命"。我曾奢望到幅员辽阔的呼伦贝尔大草原去领略春风，没想到春风就在身边，甚至蔓延到我的梦中。

"有妈的地方就有爱，有妈的地方就是家。妈妈的恩情比天大，最美的女人是妈妈！"妈妈，您就是温润我一生的春风！我在心里说。

一粥一饭思不易

残雪初晴，一缕阳光射进窗里，给桌上的豆浆镀了一圈圈金边，水汽也在碗下结成了一个小圈。一碗豆浆入肚，那时的我只觉得香甜。

上小学的我总不爱吃早饭，觉得米粥太实，馒头太干，可妈妈很忙，的确没时间做什么美味佳肴，考虑好久，才决定要给我打豆浆喝。

刚喝了没几天，我又嚷嚷豆浆太涩，豆腥味太重。妈妈嗔怪我太娇气，可第二天一早，我却发现桌上的豆浆变了样儿。

桌上的豆浆透露出一种迷人的淡紫色，散发出的浓厚的豆香窜进鼻腔，挑逗味蕾，还有几缕热气萦绕回旋，点缀其旁。轻抿一口，清甜香醇，如丝顺滑，豆腥味荡然无存。我立马将这豆浆卷入胃中，只留了个空碗立于桌上。

自那以后，我每天都自觉地享受着那样的美味。

一次闹钟坏掉误事，我没来得及喝豆浆就奔出了家门。因肚子饿得难受，只好在校门口买了杯豆浆。我猛吸一口，只觉得那豆浆又腻又糙，与妈妈做的迥然不同。

第二天我可长记性了，设置了一个老早的闹钟，起来时天边才泛起一丝鱼肚白。因觉得口干便去厨房里倒水喝，抬头低头间，我无意中瞥见了柜台上的小圆盘。盘中装满了豆子，经过了水的滋润后都圆润饱满的，各挨个儿地挤在一起，让人看了便不觉欢喜。

洗漱完，我听到厨房里窸窣的流水声，走近一看，原来是妈妈在过滤豆浆。只见妈妈左手扶着过滤网，右手拿着豆浆杯往里倒，乳白色的豆浆淌过过滤网，淡黄色的豆渣在滤网上慢慢堆积，阳光正好，微风不燥，无一不为这幅温柔的油画加彩。

在那以后，再品味时，豆浆里有香，有甜，还有点酸。

尺巷

半丝半缕念维艰

"咚咚！咚咚咚！"演播厅里，乐曲喷涌着澎湃，鼓槌舞动着旋律；观众席上，铿锵激荡着豪迈，舒缓浸润着心灵；玻璃窗外，滚雷沸腾着云层，烟雨斑驳着街市。

这就是发生在三年级的一个周日晚上的一幕，我正参加省级的架子鼓比赛。排练时，始终没有敲出《波萨诺瓦》荡气回肠的壮阔。为了取得更好的成绩，妈妈中午就陪我去鼓校练习比赛曲目。排练完，我和妈妈匆匆赶到演播厅附近吃饭。

突然，一道金色的利剑劈开了黑云，闷雷打着急切的鼓点，从天边狂奔而来，大雨也踩着鼓点倾盆而下，转瞬间，整个世界笼罩在升腾的迷茫中。我数着鼓点入了神，妈妈望着窗外，困惑地说："这雨来得真干脆！预报没雨啊。"狂风卷着暴雨像鞭子一般抽打着玻璃门，砸在马路上，拧成了一条条小溪流。时间一分一秒地过去，已经快到演出时间了，妈妈握了握拳头，转身把外套脱了下来，用手撑开，罩在我的头顶，推开门说："走！"她一只手撑着衣服，另一只手紧紧揽住我的肩膀，冲进了雨中。我心里一悸，用手紧紧地拽住妈妈那件外套。雨点砸在妈妈的衣服上啪啦啪啦地震响，仿佛《波萨诺瓦》中富有节奏的鼓点，伴随着急促的脚步，绽放着一朵朵跳跃的水花。

当我们气喘吁吁地推开演播厅的大门，演出已经开始。妈妈给了我一个肯定的眼神，也给了我一股无穷的力量。我握了握拳头，投给妈妈一个自信的微笑，飒飒地走上了舞台。伴奏响起，我微微闭眼，仿佛世界上只有我和架子鼓，"咚咚！咚咚咚！"翻飞的鼓槌，先来一阵迅猛敲击，如雷声在云层中翻滚，紧接着细弱延绵的鼓点，如玉珠轻敲树叶，又如雨滴拍打妈妈的衣服，清脆而又富有节奏。我还能感受到妈妈的体温，听到那鼓点般的心跳，仰头一甩，发梢的雨滴连同眼眶的泪水在空中画出一道绚烂的彩虹。台下鸦雀无声，仿佛都沉浸在这时而奔放、时而辽阔、时而灵动、时而轻舒的鼓声之中去了。

雷声、雨声、鼓声、掌声，声声交汇，回荡在演播大厅。演出结束，我和妈妈微笑着伸出拳头对在一起！

妈妈眼中流转着星光告诉我：这是最美的鼓声！

殚竭心力终为子

已经入秋了，微凉的风像个调皮的小天使，一阵一阵抚在身上，舒服极了。这不禁让我想起了刚刚过去的夏天，那个炎热的夜晚。

那是上四年级时八月的一天，天气热得就像下了火。清早起来，红红的太阳已经早早像个大火球挂在了天空，树叶被晒得耷拉了脑袋，贪玩的小狗也不敢跑动，找个阴凉的地方张着嘴，吐着舌头，无精打采地趴着，往日车来人往的马路显得那么宽阔，整个世界就像笼罩在热气腾腾的蒸笼里。到了晚上，天空压得更低了，空气就像要炸了，没有一丝风，往日一到晚上就充满欢声笑语的小广场也沉寂下来，一个人也没有。人们都躲在家里享受着空调送来的凉风。

但是，老天好像故意和人作对，晚上 10 点，正当人们要入睡的时候，突然停电了！妈妈说，可能是因为家家用空调，负荷太大，线路出了问题。没有了空调，没有了风扇，空气顿时凝固了！我躺在床上，就像躺在包子锅里，一会儿工夫，汗水顺着脸淌了下来，沾湿了枕头。这可怎么睡得着啊！我翻来覆去，心中烦躁无比。就在这时，一个人影闪进我的房间，凭借月光，我看出是妈妈，只见她手里拿着一个大蒲扇，慢慢地坐到我的旁边，轻轻地给我扇起风来，一下，两下，三下，随着妈妈的摇扇，清凉的风带走了燥热，我烦躁的心也平静了下来，汗水渐渐消失了，慢慢地，我进入了梦乡……

不知过了多久，我一觉醒来，起身去洗手间，闷热的暑气已经消退，夜色中透出凉爽的气息，弯弯的月亮已经西沉，整个房间沐浴在银色的月光中，朦朦胧胧的，月色好美啊！突然，我发现妈妈在我的房间中，斜靠在床头，睡着了。啊！我想起来昨天晚上发生的事情！原来，我的妈妈一直在给我扇着蒲扇，陪我入睡！此时此刻，月光笼罩下的妈妈轻轻打着鼾，她的额头是多么平阔光滑啊，就像大理石一样泛着银光；鼻梁不高不矮，阿姨们都说妈妈的鼻梁像一位电影明星，今晚看来还真是好看啊！妈妈的嘴唇微微张开，仿佛睡梦中还在微笑。我知道，妈妈是世上最和蔼的人，每当我遇到挫折烦恼向她哭诉时，妈妈总会张开柔弱的臂膀，把我揽在怀中，温声细语地安慰我、鼓励我。妈妈的右手还攥着蒲扇，看来，睡梦中她还在给她的儿子摇扇呢。妈妈，我知道，您是这个世界上最疼爱我的人，每个星期一，我的校服总是被叠得板板整整，放在床边，散发着淡淡的洗衣液的清香。我有低血糖

尺巷

的毛病，无论何时，我的口袋里总是装着一块巧克力或者一袋小饼干……月亮渐渐西沉，月光渐渐暗了下来，看着被暗影包围着的妈妈，我的心情久久不能平静。妈妈，在儿子成长的这些年，您有多少这样陪伴儿子的夜晚？

炎热的夏季已经过去，但是那个夜晚，那个炎热的夜晚，却永远刻在了我的心里。妈妈，等您老了，请让儿子来为您扇蒲扇！

可怜天下父母心

随着步入初中，我的生活像是被打乱的国际象棋的棋盘。白天一下子变得很贪婪，把手伸向两头的睡眠。

每天早上6点，爸爸或妈妈会第一次叫我起床。如果是爸爸，他会悄悄地按下门把手，轻手轻脚地走到我的床边，轻轻地叫着我的乳名，"看看——"或"大看——"后面带着波浪音，悄悄地说该起床了。那份小心好像从睡梦中把我剥离出来。如果是妈妈，她会风风火火地推开门，干脆利索地站在门口，像对着已醒的我那般大声叫着我的大名，"柳大看！"敞着嗓门说，时间到起床了。爸爸有时也直呼"柳大看"，那一定是定闹钟失败要迟到的缘故。我有赖床5分钟的习惯。这5分钟我会抓住梦的尾巴，半清醒半迷糊地构思梦的续集。这5分钟太关键了——它能让我把没答完的试卷做完，能让我把到嘴边的美食吃完，能让我摆脱恶人的追捕……5分钟后，如果梦的续集还有点儿尾声，我会继续。如果是爸爸，他还会用同样的声调叫我。倘若我没有反应，他就再叫，直到我有了动静。如果换成妈妈，第二遍的声调肯定提高，并且分贝一遍比一遍高。我喜欢爸爸叫我。妈妈叫我，爸爸会很无奈，便叹气，妈妈听到叹气会很上火。好像那5分钟于妈妈是炼狱，于爸爸是热锅，于我就像旱地里拔葱——拔得快猛，根白都断在土里；拔得慢匀，根须都洁白完整。

我迷迷瞪瞪地穿衣，迷迷瞪瞪地洗漱，迷迷瞪瞪地吃饭。直到饭菜入肚，大脑才算醒了五分。

摆在饭桌上的饭一年到头永远都是温热的，入口既不会太烫，也不会很凉。我诧异于他们对温度的掌控。直到有一天早上，我被一泡尿憋醒，这才把谜底揭开。

那是去年冬天的一个早晨。

那天，我在卫生间一边稀里哗啦地痛快，一边暗自庆幸多亏梦中找厕所未果。说实话，儿时尿床都是因为梦中找厕所太容易了！痛快淋漓之后走出卫生间，看见妈妈在厨房背对着我，面向窗户一只手上下舞动，在比画着什么。我很好奇，想探个究竟。刚走两步，我突然感到一股寒流像冰刀一样源源不断地刺来，再往前走两步就顿觉周围的空气都被冷却，迈进厨房就如同走到室外。我不由得双手交叉，抓住身体两侧的衣襟，把手和脖子使劲往里缩。我看到厨房的窗户是开着的！妈妈只穿一件单薄的衬衣，把棉衣披在身上，正一个个在风口上放盘子。也许是一个盘子没放好，赶紧伸手扶，盘子扶好了，棉衣却滑落到地上。她又去拿抹布擦洒出的一点汤，竟无暇去把棉衣捡起来披上了。她把稀饭放在窗台上，不停地用勺子舀起稀饭，再倒入碗中。不停地重复，不停地搅拌。稀饭的白气被吸到窗外，窗外的冷就是一块无穷的大硬盘，存储了稀饭的热，也存储了妈妈身上的热。我分明看到妈妈打了一个冷战。

霎时，世界仿佛静止了！

我突然明白了为什么每天的早饭可以如此温度适中地被放在餐桌上，为什么我起床就可以不烫不凉地吃到嘴里。望着妈妈瘦弱单薄的背影，我仿佛看到每天晚上，我放学回家，桌上已摆好了饭菜，我像一只饥饿的狼一样张口狂吞，妈妈只在旁边笑；我仿佛看到妈妈下班后，匆忙穿梭在菜市的身影，什么新鲜买什么，哪管什么讨价还价；我仿佛看到妈妈晚上克服一天的疲倦辅导我学习，我学到10点，妈妈也到10点，我去睡了，她还在忙着什么……突然，一件棉衣披到了我身上。原来是爸爸早就察觉到我醒了。我赶紧用棉衣在脸上抹了一把，趁妈妈还没回头的时机，一步跨过去，弯腰捡起地上的棉衣，随手披在了她身上，爸爸进来把窗户关上。仿佛高兴空降，他们齐声表扬我。妈妈说："你醒了啊，正好稀饭凉好了，快吃吧。"我想责备他们太痴心，可是开不了口，只怕一张嘴声音就会变成哽咽。记得那天的饭是小米粥，粒粒饱满的小米细细密密地挤在一起，散发着淡淡的米香，在空气中飘绕，稀饭的热气徐徐地向上冒，跑到空气中，失去了踪影。这不就像妈妈给我的爱吗？总是细细小小，却总是散发着香气，有着暖心的温度，合成一碗暖心的粥。

一生一世的爱，或许都藏在这一碗暖暖的粥里吧。

第十六章

一切物语皆情语

　　写完亲情类的，第四次作文课柳明君就开始引导他的学生练习写景状物类的作文。写人叙事和写景状物是初中作文的两大主流。孩子们快初中毕业了，他想利用这个寒假好好带他们写几篇作文。

梧桐树

杨林奇

　　小区的广场上，有棵梧桐树，它像个魔术师，神奇地卖弄着魔法。

　　春天，寒冷刚消，梧桐树的枝条上就迫不及待地窜出了新芽，鼓着个小脑袋好奇地张望着这个新奇的世界，在带着凉意的微风中肆意地穿着绿裙舞蹈。几场春风，几度春雨，它尽情吮吸着春天的甘霖。几只小鸟落下，叽叽喳喳就如何安家讨论个不停，也和梧桐树交了朋友。

　　太阳东升西落，天空斗转星移。在夏季，梧桐树精力旺盛，它的根牢牢抓住地面，叶子磅礴地向四周扩展；那叶子比蒲扇都大，任何一片都可抵御夏日暴雨的袭击。这酷热仿佛是魔术的催化剂，树叶越变越浓，小区的居民也越聚越多。在大梧桐树下，人们免受毒辣太阳的侵袭。儿童嬉戏，笑声伴着蝉鸣荡个不停，奏出一曲交响乐。

　　时间是贪婪的，匆忙的，仿佛蝉仅鸣了几声，秋就来把它收走了。秋也带走了梧桐树的一切，让它变成了一个寂寞的思考者——灰黑色的狂风无情地将树叶掠走，如利刃般划过树干，驱散了逗留的人和安家的鸟，留下一地狼藉。冬天到了，但它像个光杆司令挺起雪与生命的压力，变得伟岸、悲壮起来。阳光钻过空气，而出现在地上的，是被分割得四分五裂的残阳。

　　只待春的抚摸！

　　我突然感觉，我像极梧桐树——小时候，背着书包，每天快快乐乐；有过烦恼，也有过彷徨；用魔法的力量将朋友聚拢，朋友来了，笑声来了，画出快乐的弧线，像个巨大的二次函数图像，无限蔓延，仿佛能感染全世界。上了初中，整日在题海中潜游；有过迷茫，也有过炫丽；有人说迷茫是才能配不上梦想，我要说，自信才是梦想飞翔的翅膀。也许，我现在的低谷正是梧桐树的秋冬，它现在的埋头，是为了来年的抬头！我想，待阳光再普照大地，地上变出的定是个巨人般的身影，比往日更加磅礴，轮廓像雄伟的万里长城，撑起一片壮丽天空，绵延千里！

　　我也在心里寻到了壮丽的天空：梧桐树立于自然，衰于自然，本源之道才是人与自然和谐共生的自然答案啊。

竹子

李学健

　　隆冬的夜晚，是不宁静的。喧嚣的西北风，夹杂着那流俗的、令人迷乱的光芒，以及那些聒噪的、令人烦闷的树枝的拍打声音，在城市中肆意地汹涌。这城市，竟连一隅能容纳些许静谧的地方都没有了吗？

　　我独自一人漫无目的地在错埠岭小区中徘徊。烦闷，已占据我的心神，而背后无止境的喧闹似一只大手，想把我拉进无底的深渊。我只好一直朝着前方，无休止地行进，不想，也不敢停下。不知心底的茫然与烦闷究竟在一起发酵了多久，更不知自己究竟在这座城市中迷失了多少，周围的一切仍旧令我厌烦。然而，转机不总是会在此时出现的吗？在一条路的那个小小的拐角里，一根竹子冒出了头。我对这条路略感陌生，自己也未进去探看过，而恰逢今夜内心烦闷，倒不如现在去细细观摩一番。于是乎，我向路的另一头走去。

　　啊，原来，这拐角的里面竟别有洞天！在清冷的月光下，一片竹林展现在我的眼前。这竹林起初有些许稀疏，但每一根竹子都焕发着一种盎然的生命力。这种生命力融入竹子的腰骨中、脸色上。那笔挺的身板，那翠绿的色泽，便是最好的印证啊。

　　这些竹子旺盛的生命力使我愈发对这片竹林感到好奇，本着刨根问底的精神，我继续向竹林深处探索。

　　越往里走，便越会发现，竹林愈发茂密，渐渐把城市的喧嚣阻挡在外面。远望

尺巷

处在另一头的城市，已无法看清它具体的样貌，只有点点灯光在每一个窄窄的缝隙中，艰难地探出头。这片竹林长得真是太茂密了啊！那令人烦闷的喧嚣，即使在城市中无人能敌，面对这里，也还是望而却步，无法侵入。毕竟，这是一个独属于竹子的世界。

里面的这些竹子，比外围的那些还要翠绿，还要挺拔，它们在用这种方式，展示着自己更加热烈而富有活力的生命。只不过，我居然在它们酣睡的时刻初来乍到，显得有些不合时宜，便只能轻轻地、慢慢地踱着步，静静地端详着它们。竹子的叶子是很柔滑的。我趁它们不注意，便轻轻摸了一下，指尖划过叶面，似在水中漾起一道清波般流畅。而竹子的睡姿也是千奇百怪。它们有的垂着手，一个挨一个地酣睡；有的抱着双臂，倚在墙边，闭目养神；还有的竟互相抱着，就这样甜甜地睡了。习习微风拂过面颊，荡起阵阵竹波，这是竹子与风的呢喃细语，还是风为这群小精灵奏响的摇篮曲呢？其实，我多想再在这里多待一会儿，倚着这片竹林，做一场甜甜的美梦，甚至还想成为它们中的一员，一同守着这一隅的安详与静谧。

罢了，罢了，竹子在做它的梦，风在摇它的叶子，我就这样静静地看着，守着自己内心的一隅静谧，也是足够美好了。

光的原理

骆来来

上了初二，我明白了光的原理。

光透过小孔，会被光屏承接，形成一个倒立的实像。光透过玻璃，不会被光屏承接，形成一个正立的虚像……物理课上老师讲授的光的知识浮现在我脑海中。笔飞快地在单元检测卷上舞动，回想当初怎样也寻不到光，如今光终于洒满了我的心房。

那时年少懵懂的我对光一窍不通，光的知识在别人身上都发生了清晰、明亮的镜面反射，而对我只产生了漫反射后的昏暗、模糊。我在如未化开的浓墨般的黑暗中苦苦寻找，可无论怎样寻寻觅觅，始终没有理解光。学了光的原理之后，欣喜之余，我问自己这就是光吗？

地面坚硬，冷风瑟瑟，我独自踩着夕阳的余晖回到家，拿出书本，摆出卷子。卷子上的题看着我，执着一块黑暗的布，企图将我包裹。我放下书本，两手托腮，望向窗外。盛夏已随秋风散去，只留下一片片枯黄的叶片随风摇曳。这倏忽一瞥间，我发现窗台角落里竟隐藏着一盆小"肉肉"植物，头上顶着一个未开的花苞。小小的它好奇地打量着这个世界，坚强地向黑夜发出挑战。我不禁为之动容，一股暖意在心脾间冲荡。打开灯，光瞬间填满了整个屋子，有一缕竟也映亮了小"肉肉"胖墩墩的身躯。灯下，奋笔疾书的身影清晰可见，光浮现在我的眼前。

光是什么？仅是物理成像吗？

我伏案不语，默默地搓捻着书本，无意间向外一瞥，一抹鲜艳映入我的眼帘，那不是小"肉肉"的花苞吗？它绽放了，迎着灯光绽放了！小"肉肉"，选择了在炎炎夏日积蓄力量，沉默着看着自己的姐妹们争奇斗艳，待到秋日，绽放出自己生命的火花。光是什么？光是首屈一指的画师，在它的色彩浓艳的笔下，一切东西都变得自信飞扬！只要"光机"一到，就能绽出芳香！

"光机！"现在形势大好，不就是我大梦化蝶的"光机"吗？！在那一刻，一束光凿开了心中的迷茫，我终于寻到了属于我自己的光！

有那样一抹健康绿

柳大看

疫情期初，我养过一盆绿萝，但随着网课的开始，它就被渐渐淡忘了……

网课，是个新兴事物。它快捷迅速，包罗万象。时而漫步在语文诗词歌赋的丛林，时而徜徉在数学加减乘除的迷宫，时而转换到英语过去将来的时空……每天微信收藏在一个又一个地更新，每天电脑文件在一个又一个地积攒，每天的熄灯号吹响在一个又一个的"已提交"……起床吃饭，上床睡觉，中间省略了许多环节，早晚之间填充的是一节接着一节的网课！网课！网课！

当一抹微绿突然映入我的眼帘时，我还是震撼了——我的绿萝！

不，它已经不能算是"绿"萝了。它的叶片就像被时间置换到了秋天，原本的深绿只剩下了黄白。想起已经有一个月没有给它浇水了，惊得我眼大、嘴大，大大地倒吸一口凉气。

它看起来已经枯萎，但竟顽强地没有瘫倒，蔫蔫的，像一个病了睡着的小孩。我心里一悸，赶紧冲进厨房，接了一盆水，轻轻地给它浇上。看着水一点一点滋润下去，我的心底涌起了一团希望，期待会有奇迹发生。

接下来的几天，我又忙得跟个陀螺似的。再想起它，竟是一周之后。

那绿萝变得神气多了，褪去了黄色的外衣，就在原地重新冒出一个小嫩芽，就像一个稚嫩的小脑袋！这小脑袋是怎样的绿啊！经历了 30 多个滴水未进的日日夜夜，仍然不屈服，顽强地坚持着，最终重获新生后迸发出生命之绿！虽然只是一抹小芽，却刺得我似乎无法张开双眼。

我想到了当下的这场疫情，它不就跟眼前的这盆绿萝一样吗？只要我们每人手执一个绿色的健康码，就一定能拼接出一个灿烂的春天！

那一抹微绿的色彩，被我种在了心中，它时时刻刻提醒我："没有一个冬天不可逾越，没有一个春天不会来临。"

以柔克刚

高韵竹

一声邈远而沉厚的船笛中，岛城打了个呵欠，揉了揉惺忪的睡眼，渐渐地苏醒过来，繁忙而安适的一天便开始了。

船笛声中，我会迎着海风晨跑。黎明的海潮低吟着，缓缓地推送着洁白的浪花；清晨的轻风浅唱着，悄悄地搅动着碧绿的树丛。抬腿摆臂，大口吸纳着海风带咸味的鲜怡，每一根筋肉都震颤，每一条神经都舒畅。跑罢漫步海边，信手拾起一枚精巧的贝壳，渐一道口子送小鱼回家……这些，都是我每天的功课。

一天，见一只海星软软地趴在岩石上，我把它拿回家，丢在鱼缸里。鱼缸里养着三只蛤蜊、两只贻贝，还有两只小螃蟹。晚上再看时，其中一只蛤蜊变成了空壳。海星呢？它舒适地依偎在缸角，就像依偎在母亲怀里的孩儿，中间撑得鼓鼓的肚子仿佛也随着它的一呼一吸而一起一伏的。

我好奇，蛤蜊、贻贝和螃蟹已经养了很久，一直相安无事。隔了一天，一只贻贝的"牺牲"才引起我的警觉。难道"肇事者"是新来的海星？我悄悄扭转屋檐下的探头，欲查个水落石出。晚上回家时，一只蛤蜊又成空壳，我赶紧放回放。上午，岁月静好。中午，蛤蜊铆足了劲，吐着沙子，摩擦，踩蹦，刺痛了海星细小绵软的吸盘。海星一激灵，吸盘一缩，腕足拨动着细水，轻颤着。不久它把吸盘附上去，一点点摩挲着，款款地抹去蛤蜊的气力。蛤蜊"嘴"松动了，身体在壳里焦躁地蠕动着。而海星，悠然地与静默的水磨合着，与沉睡的时光交织着，网住了蛤蜊的世界。终于，开口了……

月光如水，晕开了窗边吊兰的新绿。海星在缸底慢慢蠕动，让水一丝一缕地浸润每一寸肌肤，抚顺每一簇根毛。它没有锋利的牙齿，却能攻陷坚硬的堡垒。忽想起孔子问道于老子"齿亡舌存"和"以柔克刚"的典故，劲风折树而小草泰然存之，细流遇石而滴水万年穿石，不正是如此吗？

读书亦是如此，慢慢读，细细品，让文字一点一滴地过滤时光，留下充实与芬芳，若是"一日曝"便也难免"十日寒"了。我愿做细嫩的小草、轻微的水滴和那沉默的海星，是它们带给我以柔克刚的智慧，走向人生的远方！

天主教堂前的婚纱

徐嘉慧

那日我又来到了天主教堂前，我的心再一次战栗了。

小学时，我游顾过这里。当看到那高耸入云的钟塔，矗立在尖顶的十字架，我的心确确实实震颤了一下。总觉得它伟岸高大，是巍峨的象征。拱形的窗户，金黄色的墙壁，朱红色的屋顶，这一切多少次在我的脑海中浮现。朦胧中，似乎还有那或红或白的一抹鲜艳的颜色在它前面飘过。那是婚纱的颜色。

然而，我现在是中学生了，再从这里走过，内心竟会掠过一阵惊悸，鼻腔满是酸楚。因为我知道顺着时间轴回溯到清朝的青岛，那是一段无比屈辱的历史。

1897年，德国从胶州湾入侵，用枪炮逼迫清王朝签订不平等条约，青岛就这样沦为殖民地，落入了日耳曼之鹰的爪中，从此开启了一段影响深远的历史。1932年，德国传教士在此建立这座天主教堂。扯下宏伟的外衣，他们为的不就是大肆宣扬他们曾侵略过我们吗？想将我们牢牢禁锢于他们的统治之下？想把天主教根深蒂固地植入我们的思想？这是何其悲惨的事！

想着，那一抹鲜艳的颜色又闪了过去，我的思绪被拉回了现在。数以千计的人在这里绽放着欢声笑语，摆着各种造型。嬉笑声淹没了我的叹息，更淹没了历史的足迹。我的心中火辣辣的！天主教堂，明明是被德军侵略后他们的得意之作，为何

尺巷

现在却变成了人们尽情享乐的地方？还有，当初德日侵略青岛后建造的炮台山、八大关，如今也成了旅游胜地！要知道那炮台山上的炮口可是指向我们的大地的！

"咔嚓！"又一对情侣在拍他们的婚纱照。那高高的十字架、那尖尖的顶端，像一根钢刺深深扎入我的心坎！

土地，我恳求你，能否让人们铭记那段屈辱的历史？青岛，我恳求你，能否让人们铭记那段屈辱的历史？

第十七章

立志宜思真品格

孩子上了九年级，中考进入了倒计时。柳明君务实，让孩子们开始为中考做准备。他要求孩子们写一篇励志类的作文。励志是一门学问，现在都发展成了一个独立学科——"励志学"。励志，能让一个人焕发力量，让弱者成为强者，拥有和实力相当的生命力和创造力。广义上，纵观古今中外的成功人士，无一不拥有从内心深处展开的力量，用心灵体验总结出的精华。狭义上，学生写励志类的作文，不但能陶冶情操，而且极易出高分。

下面是第五次作文课的文章。徐嘉慧的文采真的没得说——

蓝莓中的青春

我买了两株蓝莓，一株养在阳台上，另一株种在窗外的园子里。

清晨就像一个没睡醒的孩子，盖着一条如纸浸水般透明的毯子，翻了个身。一缕阳光钻了进来，舒服地依偎在阳台的蓝莓叶上。光影在层层叠叠的叶子间律动，在横横斜斜的枝条间萦绕，掀起了一阵耀眼的碧浪，又奏出一阵悦耳的名曲。而园子里的那一株，叶片就像撅起的翠唇，嘴角淌着口水，仿佛还浸在那灰蒙蒙的梦中呓语。

不久，阳台的蓝莓率先开了花，白白的，嫩嫩的，挂在枝头，如一串串小小的灯笼。窗外那株蓝莓踩着脚也有了花，萼片也似绿眉轻舒，娇嫩轻柔，引得巧蜂环绕，妙蝶起舞。

那天下午蜂蝶不见，继之一场细雨连绵。掌灯时，雨声愈演愈烈，夜风急急火火地卷着雨乱窜，摔在水泥墙上，摔在玻璃窗上，噼噼啪啪四处飞溅。我仿佛听到窗外蓝莓花在风雨中被无情扯掉的呻吟声、沉重落地的叹息声……阳台上的那一株，我分明看见它躲在无风无雨的摇篮中，却露出一双惊恐的眼。

尺巷

终是雨后天晴。园子里，被打掉的枝叶铺了一地。掠过周围东倒西歪的杂草，牵起我视线的，是散在那株蓝莓枝头的几盏"小白灯"。它沾着细细的水珠，犹如缀着繁星的晨暮，驱散了我心中的迷雾。

太阳东升西落，月亮由圆而缺，蓝莓终于从青绿的"小米粒"变成绛紫的"大豆粒"。各摘一颗，含在口中。轻轻一咬，窗外的蓝莓携着清爽、裹着甘甜袭来，宛若一汪碧水，清澈平静，非庸脂俗粉般浓腻，却如花香未染、晨露初干般清怡；似垂眸含笑，如梦似醉，夜风乍起状浅吟。窗台的蓝莓则酸酸涩涩，像根鱼刺久久横在喉口，欲咽不得。

人生不是赛场，青春不容退场！我仿佛看到了另一个我，站在阳光下，立在风雨中。阳光让我绽放青春，狂风让我涅槃重生，骤雨让我斗破苍穹！

柳明君说："徐嘉慧的这篇《蓝莓中的青春》，构思非常巧妙，一株养在阳台上，另一株种在窗外的园子里。正是这样的安排，才导致了最后不同的结局，从而也告诉我们人生如果不经过风雨的洗礼，很难绽放出光彩！"

接下来讲评骆来来的，他写了一篇有关紫茉莉的文章——

两丛紫茉莉

我家的楼前，长着两丛紫茉莉。一丛在前，一丛在后。

紫茉莉是我最喜欢的花，它的花开得热烈而奔放，沁人心脾。看到这两丛花就想起了我跟我的一个同学。用别人的话来说，我俩都是"霸哥霸姐"！但我知道她更像前面那丛紫茉莉，茂盛而茁壮，而我却是屈从背阴处花苞迟迟不肯绽放的那丛紫茉莉。

我是个极其要强的男孩子。上了小学，处处要强，事事争先。可是，上天似乎并不眷顾我，考试总是以1分之差输给她。都说状元之位轮流坐，无奈榜眼只落我一家。而各种比赛、竞选总是以几票之差屈居第二。家里摆满了第二名、二等奖的奖状，同学们也因此称我为"万年老二"。随着我的长大，我的棱角也渐渐地被打磨去了。

时常地，我觉得我就像那一丛长在背阴处的紫茉莉，虽然长得又高又直，却迟迟开不出令人满意的花朵。有时候，我看着它在风中凌乱，却依然坚挺着，向前方努力地生长着。我会想：何苦呢？最终人们赞扬的只会是阳光下的那一丛花，而你，只会是它的陪衬。

那一天，我下了楼，不知道为什么，就是想看看它怎么样了。远远的，望着阴影下它孤零零的身影。忽然，我发现它那一支最长的枝条跨越了阴影，在阳光下冲我招着手。湛蓝的天空宛若晶莹的蓝宝石，太阳就像金子一样，在天上闪耀着，光芒万丈。它沐浴着阳光，贪婪地享受着阳光独有的温暖，它的花骨朵也在阳光的见证下盛开了，在微风里摇曳着。霎时间，我仰望长空，世界上最美丽的花在我的心里怒放了。

耐住寂寞，才能守住繁华；懂得蛰伏，才能羽化成蝶！此后，我的心中有了信念，我的努力有了方向。我开始比以往更加坚韧，我也成功地超越了自我。父母、老师开始肯定我，同学们开始认可我。进入初中后，我从原来的陪衬变成了人生舞台上名副其实的主角。我，完成了我的蜕变！

夕阳为地平线勾勒出了一条金边，夕阳的余晖铺洒在大地上。我背着书包经过它身边的时候，发现它的枝条比以往粗壮了许多，无意间流露出卓然成材的渴望，依然在微风中故作矜持地一动不动。云虽浅淡，风却轻暖。我突然感觉到一股沉稳的力量！

坚韧！沉稳！谢谢你，紫茉莉！谢谢你一直萦绕在我的心间，像一汪清泉，让我的心灵不再干涸。此生有你，青春无憾！

寻寻觅觅，不知何时方得此物？嫣然回首，原来榜样就在身旁。

柳明君说："骆来来的这篇《两丛紫茉莉》与徐嘉慧的《蓝莓中的青春》，构思上有异曲同工之妙。徐嘉慧的是'一室内一室外'，骆来来的是'一前一后'。但就是这'一前一后'，映射出竞争中的'一前一后'。我们知道写景状物其实就是在写人。骆来来通过后一株紫茉莉的华丽胜出，极好地诠释了青少年要想'羽化成蝶'就要'耐住寂寞''懂得蛰伏'的道理。"

尺巷

杨林奇写了一篇《窗外》，柳明君认为写得真不错——

窗外

我家书房的窗外有一棵梧桐树，梧桐树身后掩映着一丛迎春花。

傍晚放学回家，我坐在书桌前，拿出书本，打开台灯，明亮的光瞬间洒满房间，划破了窗外的朦胧。我抬头望向窗外。初春的黄昏坐在梧桐树光秃秃的枝干上，枝干下躲藏着那丛从泥泞的土壤中挣扎出的迎春花。虽已至春天，但大地依然是一片颓然荒凉。也就在这倏忽一瞥间，我惊喜于眼前的一幕，昨日光秃秃的迎春花枝条上竟挂着一个被深褐色萼片包裹住的花苞，它不畏初春的凉风，调皮地扒开寒冬的外衣，好奇地打量着这个即将红花燃枝的世界！

这初春的天气变化比翻书还快，白天还艳阳高照、好鸟相鸣、嘤嘤成韵，到了深夜却寒风凛冽、北风呼啸、刺骨如冬。我的内心好似被揪了一下，窗外脆弱的小灯笼会不会被这寒风吹灭呢？我怀着忐忑不安的心焦急地抹去玻璃上的水汽，望向窗外，婆娑的枝条在呼啸的寒风中摇曳，一抹淡黄随即刺破了朦胧，映入了我的眼帘。台灯的橘光缀在小小的迎春使者上，为它镀上一层金边。小小的它战胜了严寒，正骄傲地立在枝头开放。

清晨，天像一个还没有睡醒的孩子一样朦朦胧胧，阵阵寒气涌进屋内，一片水雾弥漫在玻璃上。啊！小小的迎春花一朵朵迫不及待地冲破萼片，露出如火一般的花苞，如火一般的激情，如火一般的美丽。迎春花终于怒放，春天终于来到。一丛丛"朝阳"满窗外，如同舞者，穿着鲜艳的舞裙，随风舞动；如同星火，燃烧青春的激情，星星燎原；如同蜡烛，照亮周遭的事物，光明坦荡。幽幽花香随风飘荡，迎来了春天第一缕曙光。

寂寞梧桐，追梦迎春。电光石火间，我明白了为什么迎春花率先开放了，她推开的是春天的大门！"迎得春来非自足，百花千卉共芬芳。"朵朵金黄迎春开放，阵阵花香飘向远方。我愿做一朵小小的迎春花，做迎春使者，披满曙光。

柳大看写了一篇《土豆》。那年疫情在家里上网课的时候，柳明君亲眼看着儿子如何种下土豆。没想到他会以此写一篇文章，于是就表扬他了。柳明君很少表扬自己的儿子。

土豆

簇拥的鲜花，摇曳的柳树，本应伴着布谷鸟和小溪的歌声融入孩子们的笑容。可一时间，口罩竟成了我们与春天最大的隔阂。

今年的超长假期，让我在家里竟把自己的业余时间运用得淋漓尽致。从来不在意花花草草的我，竟在花盆里种下了第一棵属于自己的植物——土豆。

年前，它安静地躺在塑料袋中，等待着油锅的洗礼。可能是等的时间太久，一过年，它就开始蠢蠢欲动，这样一来，它又回到了它生长的地方——土壤中。

初生的小芽，只有不到1厘米的身高，靠近泥土的部分粗壮，并且浑身散发着黛紫色的清香。那更靠近天空的一端，又细又小，甚至有点绿里透黑，像被打肿的脸，又像被烧黑的草，可怜兮兮地垂着头。太阳不知是第几次从海平面冒出了头，土豆两边各长出了一个芽，从远处瞧，像牛魔王的角；拉进镜头看，鼓起的土豆像海平面上的落日，两边的小芽像引路的灯塔，共同托起了整片天空的光辉。

两周过后，我的土豆没有长高，那被烧黑的延伸到了根部，细长的白根蔓延到土壤，没有履行它该履行的职责。没它吸收和输送营养，土豆浑身散发着枯萎的味道，和窗外湛蓝的天空、茂盛的大树、含苞待放的花朵一点都不搭。也许是室内太闷，它缺乏大自然的清新；也许是窗户太小，它缺乏阳光的沐浴；也许是伙伴太少，它缺乏生长的活力。我把土豆移栽到了花园里，有了大树的阴凉、蜜蜂的歌声、太阳的照耀，土豆又有了生长的活力。原本烧黑的部位如今已抽出精致的叶，叶片有蒲扇形的，上面的叶脉错落有致；有条形的，上面的叶脉排列整齐；还有星星形的，上面的条纹由中间呈辐射状向四周延伸……它们组合在一起，叶之间的空隙似乎又是刻意安排，构成了一幅精妙绝伦的微雕作品，也可以说是无人能比的插花作品。

春天给予植物的不只是春风和大雨，更多的是空间和温暖。微风拂过脸庞，土豆的枝芽又长高了一点；花瓣落到肩膀上，我想学校了。

李学健写的是一篇有关金鱼的文章，文采飞扬——

我不该这么茫然

都说鱼儿是水中的琴师，我家的尤甚。

家养的几条金鱼，通体金黄，体态雍容，华贵端庄。它们游起来有仪仗队般的凝重，折扇似的尾巴流光溢彩，在水面上奏起嘹亮军歌；它们嬉戏时，肆意粲然，在缸中荡起圆号似的丝丝波浪；它们闲暇时，黑宝石般的大眼睛骨碌碌地转，好奇地打量着周遭的环境，大尾巴间或一扫，在水面漾着涟漪。

不久前，一条金鱼染了病，浑身长着白斑，金黄的体色变得暗淡，雍容的身体消瘦下来，潇洒拉风的大尾巴慢慢溃烂，想游动都困难，它病恹恹地独栖在鱼缸一角。鱼缸一下子安静下来。

每次喂食，都是一次生与死的煎熬。那条病鱼看到我手中的食，竟会一改无精打采的模样，转动黑溜溜的大眼睛，里面蕴藏着对生命的执着与渴望。我抛出食后，它拼命翻腾，努力用残缺的尾根翅鳍保持着平衡，挣扎着游向食物，仿佛冒着枪林弹雨匍匐前进的士兵。其他的鱼儿也停止了争食，游到病鱼身边给它一口一口地啄去身上的白斑，撕掉溃烂的尾部，直至剩下短短的一截……终于，"涅槃浴火"中，鱼儿得到重生！现在，它又游在"乐队"的身后，那怯怯的小尾巴的摆动，真像一个小乐手在伴奏！

一条朝不保夕的金鱼，从绝望中寻找希望，鼓足勇气与命运博弈。它既自我救赎，又有团队的帮助。我又有什么理由在美好年华里彷徨不前呢？

童年时的幸福时光就像夹在书页中鲜活的花瓣，再翻开已变成干枯的回忆。初中生活的紧张、题海的广阔让我茫然。我留恋童年时无拘无束的欢笑，但那份美好无法辗转到现在。曾几何时，我轻叹时光无情，现在的日子枯燥乏味，不知何去何从……

然而我现在心中豁然，那份茫然无措已随着金鱼的生命之舞散尽。哪怕前方坎坷重重，迎着风，向前冲，我要做我自己的英雄；每滴泪，每次痛，终会化成最美的彩虹！

鱼儿是水中的琴师，亦是我的良师。

最后，柳明君让大家看高韵竹的文章，她感情细腻——

发现暮春的美

繁花落尽，我心中仍有花落的声音，一朵朵花在无人的山间飘落……

某日清晨，我实在无聊，便想起到小区的公园里顺顺心。漫无目的地走着，踩在片片飘落的花瓣上，似乎已感受不到一丝春意。暮春时节，似乎是所有花儿的谢幕之时，它们似乎只能任凭春风吹落"衣裳"，等待着枯败的结局。脚步不禁沉重了几分，我的心头也涌上几分寒凉。

忽然，我看到一个奇特的景象——一个小男孩粗拙地趴在地上，一腿弯曲，一腿伸直，双手紧扒着地面，将耳朵紧贴在地上，就这样久久地静卧在那儿，让我不禁心生不解。

我碾着脚底的花瓣走向他，轻声问道："你在做什么？""我在闻花香呢！我在听花瓣落地的声音呢！"他猛地从地上爬起来，露出春风一般的笑容，弯着眼角答道。我才注意到他已经白了的眉毛和头发，不禁想起了某种疾病——这么小的孩子，竟也到"暮春时节"！可那男孩的眼睛却明静得如一潭水，活乱跳着地享受着他的暮春时节。

我忽然心头一亮，驻足闻起樱花香来。春风含笑而来，把缕缕花香吹进鼻翼。片片花瓣摇曳着在空中飘落，轻柔落地，奏出一曲春的交响乐。泛红的花瓣在眼前织起绸缎，馥郁的花香氤氲开来，在我心头激起圈圈涟漪。香霭流玉，悠悠花香，暮春之美融合在这芳香中，伴着繁花落地的鼓点飘进我的心间——美得一塌糊涂的暮春啊！

有时，我们会因对春天即将逝去的惋惜而忽略暮春的美。何不放下心头的悲凉，平静地迎接暮春、感受暮春？那时，我们才能真正发现暮春那动人心魄的美。

柳明君说："从感情上来讲，高韵竹的这篇《发现暮春的美》写得很真挚、很细腻。中学生正处在成长的黄金时期，特别需要一些正能量的思想来引领走好人生的这一步。思想会通过文学作品传递出来。中学生的作文一定要写生活中阳光的一面。当然，悲剧有悲剧的美。"

第十八章

中国传统文化征文

只说不练假把式。

《青岛晚报》每周四的《教育周刊》的"作文课"栏目刊登了这样一则征文启事:"面向全市中小学生,围绕传统文化主题,欢迎大家踊跃投稿。本次的主题是'_____让我爱上传统文化',发掘背后故事,抒发对中国传统文化的赞美。投稿邮箱为 wanbaojizhetuan@163.com,800 字以内。所有投稿邮件标题为"题目 + 学校班级姓名 + 联系电话",内容直接发在邮件正文里,无需附件,截稿时间为 × 月 ×× 日。"

征文的优秀稿件,会在《青岛晚报》每周四《教育周刊》的"作文课"专版刊发。参与今年"微作文"投稿和征文的学生,有机会参加本年度现场作文决赛。"青晚小记者团"公众号(qdwbxyjzt)将同步刊发登报的作文,并全程发布晚报本年度现场作文决赛的相关通知。

这则启事,寒假前柳明君就看到了。既然寒假学习小组已成立,他就组织 6 个孩子写了,各自提出修改意见,然后集体投稿。没想到 6 人的作品都被选中了,并且都刊登在了同一天的报纸上!那天的晚报共登载了 7 篇文章,竟有 6 篇出自柳明君的作文课。"尺巷"沸腾了!教师大厦听说的人都去买当日的《青岛晚报》。杨秋山一下子买了 100 份晚报,见人就分发。他说,天天读报,没想到有一天能读到自己孩子的文章。在他的心目中,只有神一样的人物才能当作家,才能把文字变成铅字。列位请看孩子们的作品。

我明白了剪纸的三重奥秘

徐嘉慧

剪纸是我最大的乐趣。

从儿时起，我就常看别人剪纸。但在那时，我只喜爱剪出的一个个精美的图案，对剪纸那冗长乏味的过程却无兴趣。直到一天，小学开设剪纸课程，我才第一次极不情愿地拿起剪刀来。

剪纸确如我想象般无聊。最后剪出的作品，边缘毛毛刺刺的，与老师的相比，就像丑小鸭站到了白天鹅跟前。老师似乎注意到了我的闷闷不乐，走过来，拿起我的剪纸端详了一阵，摇了摇头说："你剪纸时太心急了，不要浮躁，慢慢剪。"我不得不再次拿起剪刀来。

这次我沉下心来，感觉心中萦绕着静气，不再像刚刚那样急功近利了，反而更能感受到藏匿在剪纸中的一些趣味。看来，做任何事都不能轻浮急躁，沉静下来、全神贯注地对待你想要完成的事情，无论结果如何，其过程也是一种磨炼与享受。

自那以后，我常常独自在闲暇时间，随手拿起剪刀，开始剪纸。伴随着剪纸的"咔嚓"声，我的心也静下来了。剪纸带给我的不仅是完成作品的喜悦，更多的是精神上的思考。剪纸时，每一剪刀都要剪实，只有这样，剪出的线条才能流畅，没有毛刺。做人也是如此，只有踏踏实实地走好每一步，才能减少人生路上的磕磕绊绊。

在剪纸的过程中，只有剪去多余的部分，才能构成美丽的图案。有时，舍弃也是一种智慧。一只青蛙舍弃了井底的舒适，才能获得更广阔的天空；一条小溪舍弃了源头的安逸，才能迎来更壮阔的江面；一匹千里马舍弃了跑姿的隽永，才能到达更辽阔的草原……舍弃并不意味着失去，反而意味着得到。人生不也如此吗？只有懂得取舍，才能充满活力，勾画出清晰的蓝图！

小小的剪纸中蕴含如此多的哲理，这使我无数次静心探索剪纸的奥秘。

京剧，让我爱上传统文化

高韵竹

中国传统文化博大精深，无边无际。我却钟情于京剧。

我第一次接触京剧是小学二年级的时候，那时候我们学校一直在弘扬京剧文化，比如学习京韵操、置办京剧手抄报、学习京剧文化，等等。而最有意义的，就是京剧社团了，学校的领导和老师正挑选学生参加社团。我误打误撞地进了社团，那时候还不懂什么是京剧，所以充满了好奇心。

第一次上课时，当听到老师铿锵有力的唱腔，看到那坚定的眼神，我的鸡皮疙瘩起来了，感觉全身的血液都沸腾起来，就像置身于数百年前北京的街道上。从此，我爱上了京剧。

我学会的第一个京剧是《梨花颂》，我们京剧社团的成员都很喜欢。《梨花颂》以《大唐贵妃》中唐明皇和杨贵妃的爱情为主题，唱腔设计以京剧二黄调式为主调，加入了梅派唱腔特色，个人主唱与合唱相辅相成，委婉与大气相结合。且其旋律多有创新，从整体上体现了梅派神韵和精髓，而且结构严谨、词曲典雅、意境深远、回味悠长、感人肺腑，让我爱上了京剧，爱上了传统文化。

从此，我"越爱越深"，最终京剧成为我生活中不可缺少的一部分。生、旦、净、丑，每一个角儿都蕴含着中国传统文化。

通过日积月累的学习，京剧已深深地刻在了我的骨子里，印在我的心里，让我对京剧和中国传统文化产生了不可替代的崇拜与爱意。

春节让我爱上了传统文化

柳大看

"爆竹声中一岁除，春风送暖入屠苏。"这就是春节——一个让人期盼整年的传统节日。

临近春节，奶奶总喜欢带我去买年货。灯笼，"福"字，春联……琳琅满目。"日出江花红胜火，春来江水绿如蓝"是奶奶最喜欢的一副春联，寓意着春天鸟语花香，万物复苏。红红火火是我对春节的第一印象。

饺子也是春节不可缺少的，韭菜馅、白菜馅……里面还包着硬币。奶奶"嗒嗒嗒嗒"剁馅，亲手擀皮，包饺子，放硬币。爷爷就负责煮饺子。年三十晚上，一家人其乐融融，厨房里的欢声笑语让春节的气氛更浓了。"爷爷爷爷，为什么一定要吃饺子呢？"我最喜欢追着爷爷问。他总是笑着说："这是春节的习俗啊，吃了饺子，明年就有好运。"包饺子的步骤、吃饺子的习俗，都让我好奇，想要继续探索。这是我第一次了解传统文化。

大年初一早上，我们会穿着新衣服走亲访友。拜年是我小时候最喜欢的一个习俗。"过年好！""过年好！"这是大家见面后的第一句话，长辈会拿出一个精致的红包，在背面写上新年祝福，送给来拜年的小朋友。我们手里拿着厚厚的红包，吃五颜六色的糖果，看着重播的春节联欢晚会……这都是中国的传统文化带来的幸福经历。我在享受着这个传统节日的同时，也更深地了解了传统文化。

我对传统文化的了解，从春节的各种习俗开始。我喜欢春节各式各样的美食，喜欢春节照亮夜空的烟花，喜欢春节辞旧迎新的钟声，喜欢春节大街小巷都张灯结彩，喜欢人们笑语欢腾的气氛。我对传统文化的热爱，开始于对春节各种习俗的来历和意义的好奇，后来深入探索，感受到五千年传统文化的源远流长、博大精深，像天上的星星照耀着祖国，影响着世界。

筷子让我爱上了传统文化

杨林奇

筷子一双，奥秘无穷。

或许，在了解筷子之前，我们关于筷子的认识，大概只有"一根筷子易折断，十根筷子折不弯"这句耳熟能详的俗语了吧。

可殊不知，这筷子中竟包含了千千万万文人志士所寄予的情感。拜读李白的《行路难》，感叹"停杯投箸不能食"丢官离京的境遇，同情"拔剑四顾心茫然"迷茫落魄的心理；吟诵杜甫《丽人行》中"犀筋厌饮久未下，鸾刀缕切空纷纶"，借杨氏兄妹奢靡，讽当今统治腐败；品味"红艳诗人"朱淑真的《咏箸》"两个娘子小身材，捏着腰儿脚便开。若要尝中滋味好，除非伸出舌头来"，展生活情趣，道心中疾苦；明代诗人程良规《咏竹箸》诗中有"殷勤向竹箸，甘苦尔先尝。滋味他人好，尔空来去忙"，借箸喻人，亦别有一番意味。我看，竹箸像极了天下的父母，为儿女操碎了心……

一双筷子，左右两根，你说此他道彼，就像人的两脚，左一脚右一脚，总会有偏颇，只要同筷子那般头顶蓝天，脚踏实地，扎实走好每一步，不愁走不出灿烂的人生。

尺巷

一双筷子，七寸六分，代表人有七情六欲，本身说明了人与动物有本质的不同，而现在，它已成为我们中华民族的独特象征！

中国是一个礼仪之邦，关于筷子的使用早已形成了成熟的礼仪常规，比如，长辈没动筷子小孩是不能先动的，这是对长辈的尊敬。这不，又要开饭了，我坐下顺手提起筷子，刚伸进了盘中，转念一想，不对，爸爸还没有夹菜呢，于是便悄悄地缩回了手。

一双筷子握在手中，我心潮澎湃：原来传统文化就在我们身边呀，它时刻影响我们，以各种无形、有形的方式滋润着我们的心田。处处留心皆学问，爱上传统文化，爱上生活。

围棋让我爱上了传统文化

骆来来

一次偶遇，我认识了围棋。

那时我5岁，还不识字，但棋盘上黑白分明，错落有致，让我一下子喜欢上了它，从此便踏上了漫漫的"南征北战"。在济南时由于紧张突发高烧，到最后一盘棋时高烧到了39度，但我一直咬牙坚持落完最后一粒子，高烧煅红了我的意志，也煅高我的段位；在北京时因为大雨路上堵车，迟到了15分钟而被取消了一盘棋，结果影响了我的进段，北京的雨与我的泪落满长安街，同为悼念那盘棋而倾；烟台、威海、诸城……许多地方都留下了我的足迹、汗水和泪水。其中烟台我就光顾了5次，一次是一路哭着回来的。我最好的成绩是省赛升段组第二名，至今已到围棋业余9段。由于我酷爱围棋，暑期我还专门去北京的马晓春围棋道场跟国道高手们过招，探讨围棋奥秘。

学棋的同时，我还收集有关围棋的诗歌，加强自己的修养。《烂柯石》诗曰："仙界一日内，人间千载穷。双棋未遍局，万物皆为空。"杜甫《别房太尉墓》里："对棋陪谢傅，把剑觅徐君。"赵师秀《约客》："有约不来过夜半，闲敲棋子落灯花。"

学棋之余，我还以棋评为闲逸，发现对弈之中更蕴含了无穷的智慧和凝重的艰辛。对弈时泾渭分明，黑白子错落有致，表面上只是黑白拼力角逐，内在的却是两个人心灵的交锋；对弈时讲究攻守得到，统观全局，把握主动，攻心为上；对弈时常灵感忽至，信手拈来，从错综变幻中找出一举制胜的契机，继而徜徉在心骛八极、神游万仞之中；巅峰对决时的紧张刺激更令人我遐思、神迷、回味……

围棋让我明白了人生亦如棋，其博大精深，犹过之而不及。谨慎从事，纵然这盘棋再诡异变化，亦能如履平夷。

有围棋相伴，我的路会越走越长！

国画让我爱上传统文化

李学健

还记得我第一次接触国画，是在一个天热得发了狂的上午。那天，蝉在树枝上切割阳光，狗在树荫里舔舐阳光，蜜蜂在花朵上针灸阳光，我背着书包跟着妈妈走在去画室的路上，在眉宇间抓挠阳光。

走进画室，一开始我还坐立不安，可是后来我就被鲜艳的色彩和舒缓的笔韵牢牢地抓住了。

国画老师说：墨画是国画中的一种，光是墨画就有很多技巧。焦浓重淡清，每一种墨色都是一种不同的体验，用笔不能太轻，否则就太轻描淡写了，也不能太重，否则就太生硬……墨画的用笔是一种刚柔结合、恰到好处的体验。如果静下心来看每一幅国画，会发现国画和诗词一样，抒发着画家的心情，有激情澎湃的，有细水长流的，有悲哀思痛的……国画还传承了中国五千年间的沧桑轮回，让人回味无穷。

经过老师的一番讲解，我马上就产生了现在就大画一幅作品的冲动。

可是老师让我先画线条，我只好听老师的。后来我可以画山、画水……可我觉得太麻烦了想放弃。后来，老师跟我说："锲而不舍，金石可镂；锲而舍之，朽木不折。"这让我有了继续学下去的信念。过了许久，我终于可以画出一幅作品，发现窗外已是火红的秋天了。从此我就深深地爱上了国画。

国画，让我感觉那个夏天不再热；国画，让我爱上了传统文化。

我爱国画！

星期四《青岛晚报》刊登一楼6个孩子的文章后，柳明君就感觉背后有人开始对他指指点点。第二天的作文课，一个中年女人跟在高韵竹身后走了进来，大眼睛，

尺巷

衣着挺时髦。她一进门就对柳明君说："柳老师，我孩子能不能参加你们这个作文班学习？"

原来这个女人是四楼杨老师的姐姐。孩子跟舅舅上课天经地义。柳明君跟杨老师虽然不熟但都认识。女人说，他小舅能把孩子讲睡了，学了很久语文不升反降。杨老师却说，他外甥好吃懒做。大概每个人看人的出发点不同吧。柳明君耐心地向家长解释不收的原因："一呢，我们这个学习小组都是邻居家的孩子，不对外；二呢，上课的老师都是内部挖掘，各尽其才；三，我们这些孩子从小开始熏陶，已经上了很久了，从没有收过一分钱。因此对不起大姐了！请见谅！"

这位家长目不转睛地看着他，听着他像背熟了腹稿似的从容不迫、滴水不漏的声明，笑了说："你是不是这样拒绝过许多人了！"

柳明君也笑了。

事后，这个家长又找过柳明君几次，还说她可以掏一对一的钱参加大班的课，都被柳明君婉言谢绝了。她见加入无望，又说："柳老师，孩子如果写了作文，您能帮忙给指导指导吧。"柳明君苦笑着答应了。后来听说，她孩子转到了楼上另一个老师那里有了进步，这事就算翻过一页去了。听说那个老师是培训机构的，"双减"之后培训机构关闭了，他就自己单干。后来，又有几个家长闻声也提出要报班，找柳明君，找马筱茗，也有找一楼其他邻居的。为此，马筱茗还给一楼邻居开了个会，会上统一口径坚决不对外，坚决不触碰"双减"政策的红线。

第十九章
黑白谁能用入玄

骆来来发表在《青岛晚报》的那篇《围棋让我爱上了传统文化》，其实也跟前面徐嘉慧写《尺巷的说明书》的情景一样。他围绕着"围棋"也写过一篇4000字左右的散文。他也像徐嘉慧那样把它的开头交上去了，没想到还真发表了。他的经历再次印证了"写作关键还是要靠平时的积累"和"厚积薄发"。下文是骆来来写的那篇记叙性的散文。

　　一次偶遇，我认识了围棋。

　　那时我5岁，还不识字，但棋盘的黑白分明、错落有致，让我一下子喜欢上了它。我跟多数的孩子一样，一上手都迅速，很快就掌握了基本的下棋规则。在教练"夸大其词"的怂恿下，我的妈妈顿生"耽误天才"的惶恐，也跟多数的家长一样，抱着"全面撒网、重点捕鱼"的原则，给我报了班。

　　报班前，妈妈曾征求李学健爸爸的意见。她见他们家摆过围棋。李叔叔是棋协的，妈妈当时并不知道。李叔叔戏谑说，等我考到6段，就收我做关门弟子。后来，我在围棋方面高歌猛进，李叔叔还真没有食言，很爽快地收下了我这个徒弟。这是后话。

　　跟我商量？似乎商量了一下，大概是趁我玩得高兴的时候吧。我有许多回这样稀里糊涂就上当的经历。反正上当后我会吃到许多的美食，于是也就像包裹在入口的食物中的一粒药片顺着咽和食管就滑进了胃里，从此便踏上了漫漫的"征途"。

　　在济南时由于紧张突发高烧，到最后一盘棋时高烧到了39度，但我一直咬牙坚持落完最后一粒子。那盘棋我输了！高烧煅红了我的意志，也煅高我的段位。对手是个胖乎乎的小男孩，情绪一波动就爱揪鼻子，高兴也揪，紧张也揪。赛后，我哭鼻子他自然不知道，但我想他肯定会知道，因为凡事都有预兆，就像有时候人们

尺巷

判断天恐怕要下雨，不久还真下起来了。许多等候在场外的家长调侃，看赛手从赛场走出时的脸色就知道输和赢。那天，我出来的样子把妈妈吓着了。不是因为输，而是高烧通红的脸。妈妈一见我摇摇晃晃的样子就赶紧上前扶住我，我"哇"的一声哭了出来……

到北京比赛适逢大雨，那雨下得又大又急，雨水就像从天上往下倒，雨刷"咣当咣当"的根本不起什么作用。北京的车平时就像蜗牛出行，一下雨再堵车，那情形想想就行了。好在首都的排水系统一流，要不车抛锚了还真危险。这样到了比赛场地就迟到了15分钟，就被取消了一盘棋，结果影响了我的进段。第二天天放晴，妈妈拽着我去天安门，我一路闷闷不乐，看什么都是黑和白。北京的雨与我的泪落满长安街，同为悼念那盘棋而倾。

烟台、威海、诸城……许多地方都留下了我的足迹、汗水和泪水。其中烟台我就光顾了5次，一次是一路哭着回来的。我最好的成绩是省赛升段组第二名，至今已到围棋业余9段。由于我酷爱围棋，暑期我还专门去北京的马晓春围棋道场跟国道高手们过招，探讨围棋奥秘。

有围棋相伴，我的路越走越长！

为了加强自己的修养，学棋同时，妈妈还听了李叔叔的建议帮我收集了有关围棋的诗歌。《烂柯石》诗曰："仙界一日内，人间千载穷。双棋未遍局，万物皆为空。"在围棋文化史上，"观棋烂柯"是一个最引人遐想和最令人感叹的传说。这首诗将围棋变幻无穷、神秘莫测的特点和弈者殚精竭虑、欲穷造化的特点，生动而夸张地表现出来。当时我读得懵懵懂懂的，后来越想越觉得奇妙。有时感觉为了一时的快乐需要付出千倍的努力；有时感觉人在棋中，又在棋外；有时感觉棋局瞬息万变，人生也是变化莫测。当我读到杜甫《别房太尉墓》"对棋陪谢傅，把剑觅徐君"这句诗，更是加深我先前的那种思考。当然也有一些闲情逸致的诗可以舒缓神经，比如赵师秀的《约客》："黄梅时节家家雨，青草池塘处处蛙。有约不来过夜半，闲敲棋子落灯花。"当我约的棋友前来切磋姗姗来迟时，也有"闲敲棋子"的期盼。于是棋友约我，我总是提前到达，免得人家久等。杜牧《重送绝句》："绝艺如君天下少，闲人似我世间无。别后竹窗风雪夜，一灯明暗覆吴图。"这里的"吴图"指的就是棋谱。诗中生动地描绘了一位围棋的痴迷者在风雪之夜，借着昏暗的灯光照谱摆棋的意境，可以说别有一番情趣。

我把能找到有关围棋的诗句全摘抄到了语文的材料积累本上，可谓一举两得，既完成了一项语文作业，又加强了围棋的个人素养。例如，"百千家似围棋局，十二街如种菜畦。""偶无公事客休时，席上谈兵校两棋。""一局输赢料不真，香销茶尽尚逡巡。""莫将戏事扰真情，且可随缘道我赢。""白头灯影凉宵里，一局残棋见六朝。"不下一百句。

我取得围棋6段之后，转师李叔叔。妈妈这才知道李叔叔是市棋协的。李叔叔一直想把李学健往围棋路上引，无奈李学健根本不"感冒"。李叔叔很空落，遇到我这才好受些。李叔叔每周陪我下两盘棋。学棋之余，他还跟我以棋评为闲逸，这让我发现对弈之中更蕴含了无穷的智慧和凝重的艰辛。对弈时泾渭分明，黑白子错落有致，表面上只是黑白拼力角逐，内在的却是两个人心灵的交锋；对弈时讲究攻守得到，统观全局，把握主动，攻心为上；对弈时常灵感忽至，信手拈来，从错综变幻中找出一举制胜的契机，继而徜徉在心骛八极、神游万仞之中；巅峰对决时的紧张刺激更令人我遐思、神迷、回味……

下棋让我收获颇多。有时，我想生活就似下棋，落一子要多考虑几子，万不能下一颗算一颗，现实生活中也要走一步多思几步。棋子黑白分明地落在盘中，如同做过的每一件事，想要赢得人生棋局，不能模棱两可，只有脚踏实地走好每一步，步步为营、稳打稳扎，方能走出无悔的人生之路。人生规划同样需要长远的目标，看得远，方能想得远，才能成为最终的赢家。"善弈者谋势，不善弈者谋子"说的便是如此。

相信每一个下棋的人都有过这种痛彻深悟的体验：在局势一片大好的情况下，只因一招不慎，落错一子，局势便急转直下，千里之堤溃于蚁穴。棋局亦是人生格局，关键时刻如果一步走错，从此步步受牵制，最终结果满盘皆输。"一失足成千古恨"这样的例子不胜枚举。

千百年来，会下棋的人不少，而真正懂得棋局的人又有几个呢？人生亦是如此，谁都能走完一生，而真正明白其中格局、懂得人生真正含义的人，大概占不了几成。

而总有人忽略人生的格局，就如同忽略棋局一般，下棋忽略棋局，那何谈会下棋呢？人生忽略格局，又怎么算得上人生呢？有人说整天想那么多有什么用呢？过

尺巷

一天算一天，是时候打破这句话了，你的人生沉睡了太多年，只有重新规划，才能重新开始；也有人说人生不能一板一眼，要打破格局，说这句话的人没有理解我要说的格局。格局不代表一板一眼，就如棋局，只有在长远的考虑上方能稳操胜券，方能算得上好的棋局。人生又何尝只顾眼前而急功近利！人生在世要像棋局一般平淡方正，又要像棋子一样稳打稳扎，只有这样，方为人生。

人生如棋，棋品便是人品。悔棋不行，人生也没有后悔药，只有做错以后改过来。跌倒了，爬起来。无法改变的就是经验，就是教训。围棋博大精深，人生变幻莫测。无论下棋还是人生，纵然再诡异变化，只要弈者谨慎从事，总能如履平地。所谓的出其不意，不过是量变促成质变的灵感迸发罢了。

棋在局外，分在考场外。李叔叔经常这么说。每次读到这句至理名言，总会让我不由自主地想起我围棋之旅的那次"收官"之战，也是我十年围棋生涯中的最为激烈的一场赛事。

那是青岛围棋协会9段组的最后一场比赛。

坐在第一台的我已是心潮澎湃——在前面几盘棋中我已经取得了四连胜的好成绩，如果能拿下这盘棋，毋庸置疑我将会登上本届冠军宝座，也给我的十年博弈画上一个圆满的句号！

比赛开始了，我执白。执黑先行的又恰是一个胖乎乎的男生，一着急也爱揪鼻子。是不是胖人都有这爱好？一遇到胖乎乎的对手，我就有压力。因为胖人给人泰山压顶之感。果然，他给我的感觉非同凡响，一上来就发动了潮水般的攻击，企图抢夺中腹要地。我也不甘示弱，不断地派出棋子冲进对方的"根据地"。胜利的天平始终摇摆不定。我们两个棋手更是针锋相对，步步紧逼。一场争霸大战轰轰烈烈地爆发了。

这真是一场异常精彩的绝地大厮杀，开局就险象环生。我们俩就像久经沙场的大将军，在棋盘这块阵地上斗智斗勇。我屏住呼吸，沉着应对，尽管手心早已满是湿漉漉的汗水，心里依然不停地念叨着王安石的《莫将戏事扰》："莫将戏事扰真情，且可随缘道我赢。战罢两奁分白黑，一枰何处有亏成。"

我不断地搜寻着对手的弱点，却始终无机可乘。这时，对手还是领先一些的，我听见他长长地呼出了一口气。而我则不同了，明显处于劣势，如果再不尽快想办法突破一下，那我就将输掉这场比赛！他已经开始以一副胜利者的姿态饶有兴趣地抖了一下腿，看来他似乎要站起来提前欢呼庆祝胜利了。我步步紧跟，坦然应对。此时，如果从旁观者角度看，胜利的天平倾向于他。但《淮南子》中说"行一棋不足以见智，弹一弦不足以见悲"，我知道对手肯定输。下棋最忌心浮气躁，这会让棋手失去理性和判断，不能做出正确的布局。对手想趁优势迅速拿下这盘棋，就是他的弱点。他已经输了！"酒以不劝为饮，棋以不争为胜。"我的长处在于中盘连"气"。那盘棋看似我处于劣势，但我同时埋下了几条线，只要我连接成功，形势就会快速变化。

对手有些坐不住了，手指都抖了起来。我知道他在盘算几步之后的胜果。就在这时，只听"啪"的一声，我拈落一子。这一子看似波澜不惊，然而棋盘上的局势顿时改变。拈落的这一子让我连"气"成功！胜利的天平倾斜了……对手立刻呆若木鸡，继而抓耳挠腮、青筋暴露，绞尽脑汁地想办法补救，却又啥法子也想不出来。这局马上就要到时间了，秒表"咔咔"响着，对手的脸煞白，汗一下子就变成蚯蚓蠕动。

"有志者，事竟成，破釜沉舟，百二秦关终属楚；苦心人，天不负，卧薪尝胆，三千越甲可吞吴！"

"时间到！"裁判拿着小旗子来判定结果了。我与对手屏息以待，气氛紧张到了极点。终于，裁判铿锵有力、一字一句、掷地有声地宣布了结果——"9段组第一台，黑一百八十四目，半目负，白棋胜！"

现场沸腾了！妈妈在观众席兴奋地朝我攥紧拳头挥了挥。但我心静如水，反思，复盘……"名利似纸张张轻，世事如棋局局新。"十年当中，当我为名声所累，棋势便走下坡路；当我静下心来为棋而战，胜利的天平却向我倾斜。关键时刻，还是围棋的修养拯救了我。

颁奖了，我接过那闪耀着刺眼光芒的冠军奖杯，已是热泪盈眶——是啊，十年过去了，当初一起学棋的棋友大都因为一次次的失败放弃了学棋之路，而我却越挫越勇，始终坚持着，跌倒了，爬起来，再前进，只因我坚信当年明月说的那句话："比我有才华的人没我努力，比我努力的人没我有才华，既比我努力又比我有才华的人没我能熬！"最终，十年的拼搏，换来了鲜花和掌声，还有让我人生

尺巷

更坚实的基石！

我的围棋！我的至爱！我的人生指南针！

感谢你，围棋！

第二十章

斯拉夫舞曲

腊月二十九这天，柳大看也起得比较早。起床简单洗漱后，就抬脚去了外公家。

今天是年前最后一次课，只上半天，学数学和语文。下午教英语的乔双燕回江西，中午赶上邻居节和为骆爷爷庆祝生日，都想好好放松放松，因此连同姚奶奶的物理课也停了。不上课，孩子们都很高兴。

柳大看掏钥匙敲开了外公家的门。外公、外婆都去晨练了。这个时候，他脸上的水还没干。他想起外婆嗔怪他的话了："柳大看洗脸——糊弄。手指头蘸点水只摸脸腮！"想着想着，他就笑了。隔壁传来弹钢琴的声音。那声音尽管很轻，又隔着一道墙，柳大看还是听出是莫扎特的《d小调幻想曲》。这首曲子创作于1782年，是莫扎特的晚期作品，也是莫扎特三首幻想曲中最重要的一首。在这首曲子中，莫扎特开始运用了钢琴的琶音、和声的变化，让人产生一种梦幻的感觉。这也是骆爷爷最喜欢弹的曲子。他一听那流畅的声音，就知道骆来来昨晚上肯定回人民路自己家住了。昨晚上，姚奶奶叫他去做物理题时，他见骆来来的那间房紧闭房门，还以为骆来来闭门学习呢。现在想可能是误解骆来来了。他和骆来来都弹不来。柳大看想等今天作文课结束了，跟骆爷爷合奏一曲《斯拉夫舞曲》。他有很久没跟骆爷爷合奏钢琴了。骆爷爷也很喜欢这首曲子。中午，邻居节暨骆爷爷的寿宴上，他想跟骆爷爷合奏，跟骆来来合奏也行，但就怕骆来来出错。骆来来也取得了10级证书，但现在考级水分太大。

小荷才露尖尖角

我和骆来来刚会坐，骆爷爷就把我们俩抱到钢琴前。

我们不开心，骆爷爷就弹流畅动听的曲子，欢快的音符会冲刷掉我们的眼泪；我们开心，骆爷爷就弹铿锵有力的曲子，响亮的声音会"拉伸"我们的笑容。虽然

尺巷

我不知道那是什么曲子，但我知道爷爷用琴声装扮了我的童年，那时我就产生一个念头——将来我也要弹钢琴。

于是，我和骆来来便缠着骆爷爷教我们弹琴。

我刚开始学的头几年里热情高涨，逢年过节或有客人登门，家人便让我弹一曲助兴，我就跟多数的小孩儿一样收获了过多的赞誉。其实哪里是什么神童，我只不过是一个普通的小孩儿罢了。于是，我就跟多数的孩子一样，弹几年就开始厌倦，或骄傲自满，或懒惰懈怠，不想再继续学下去了。当时的我正是贪玩儿的年纪，看到窗外小奇和李学健玩得热闹，我却在这里一遍遍地重复着单调而枯燥的指法练习，一股无名火便冲上我的心头。我开始拍打钢琴，使钢琴发出刺耳的噪音。妈妈闻声赶来，看见我的行为，立刻气得满脸通红，拿起书追着要打我。我哭着满屋子跑，边跑边喊："我也是小孩，我也要和其他小朋友一起玩游戏！"骆爷爷听了这话慢慢放下了手中的书，绕到我身边柔声说："宝贝，你还记得为什么要学琴吗？"随着骆爷爷的话，我慢慢地想起第一次拜骆爷爷为师，保证不会半途而废的情景……想着想着，我便羞红了脸。骆爷爷柔声对我说："宝贝，因为你的承诺，我教你弹琴，如今你也要遵守承诺，学好它，不能失信。人生会遇到若干像学琴一样的难题，如果每次遇到困难就放弃了，那你的一生将一事无成。爷爷相信你能行！"

骆爷爷的这番话，我当时听得懵懵懂懂。但我一直记在心间，后来渐渐长大，我懂得了其中滋味。做人和学琴一样，贵在坚持和拥有一颗勇敢的心。

等我克服了心理障碍，安心坐在琴凳上之后，接下来遇到的困难又让我始料不及。

骆来来从小就听话。骆爷爷让他弹5遍，他就弹5遍；骆爷爷让他弹10分钟，他就弹10分钟。骆爷爷就摇头，说骆来来没有灵气。骆来来可以一个人蹲在墙角玩蚂蚁，一玩就是个把小时。后来骆爷爷做过一个测验，让我们几个孩子照着一大堆无规则的图案画。结果小奇和李学健画了几个就出错，说没意思，搁下笔玩去了；我坚持画，画得头昏脑涨，也扔下笔不画了；而骆来来却画得津津有味，到最后一个都没错。我以为骆爷爷会表扬他，没想到骆爷爷竟说，骆来来适合去射击。有一次，我们在公园用气枪打气球，每人10发子弹。我打爆8个气球，可骆来来才打爆7个。

镌刻在节拍器上的约定

"树枝，敲出来的是噪音。你这样弹连窗外的麻雀都躲之不及，又怎么能与琴键碰撞出柔曼的溪水声、清脆的滴泉声，来俘获评委的心呢？"骆爷爷耐心地开导我。

节奏对于一首乐曲来说就像是灵魂，它像鱼儿离不开水、万物离不开阳光那样，是一首曲子最重要的部分。节奏一直令我畏葸。骆爷爷又看出苗头来了，及时捧回一个节拍器。真是雪中送炭！我把节拍器的速度调整到120，节拍器开始摇晃了，发出了"嗒嗒，嗒嗒"的声音，那声音不大，但无论多么铿锵的琴声都掩盖不住它的声音。节拍器上有一根指针，指针上有一个银色的梯形，很小，但如果没有它，整个节拍器就会凌乱，指针也会东倒西歪。我望着节拍器陷入了沉思，人生何尝不是这样呢？我就像那根指针一样，当心浮气躁时，总会有那么一个人来提醒；当自矜功伐时，总会有那么一个人来抑制；当怅然若失时，也总会有那么一个人来鼓励。这是节拍器镌刻在人生的约定。一瞬间，我的内心燃起了一团火，这团火温暖着我的心，温暖着我的手，"树枝"重获了春天，它开始柔软起来……

雨点伴我成长

从简谱走入五线谱，从7个简单的阿拉伯数字到一个个爬满五条横线的"蝌蚪"，我有点儿手、脚、脑、眼都脱节的惶恐。这时候，手总是哆哆嗦嗦的，连节奏都按不准。每当这个时候，总会听到楼上夸张的关窗户的声响。"咣当"一声把我的自信禁锢在五指山下。尽管听着难受，但骆爷爷满眼的渴望还是让我心里一热。于是，我便硬着头皮再弹一遍。说实在的，那一遍直弹得我虚汗淋漓、心底淌血！我的人生字典中从此多了"无奈"的一页。

一个阴天，我一个人在家练琴。不久乌云布满了天空，天色渐渐暗了下来，下雨了。楼上又传来"咣当！咣当！"夸张的关窗户的声响，我竟条件反射地认为是他们听到了我的琴声做出的反应，于是便没有心情再练下去，索性站起身把琴谱丢到一边，呆呆地望着窗外出神。那天雨下得特别大！只见一个个铜钱般大小的雨点直往水泥地上砸，虽然最后被无情地击成碎片，但它们丝毫没有停止，前赴后继。

电光石火间我被震撼了！雨点那么柔弱，它却敢于同钢筋混凝土抗衡，凭它们的坚持不懈，硬是在石阶上冲刷出印记。我似乎感到一种力量，促使我拿起琴谱，

尺巷

又坐到钢琴前开始练习。一曲一曲，伴随着雨水敲打着窗户的声音，雨声急，我则弹得急；雨声高，我则按键重而短促；雨声小，我则按键轻而舒缓……我从未体验过的一种自信、一种愉悦在全身流淌，那滋味真是"无一个毛孔不贴切，无一根血管不顺畅"！又一曲终了，身后传来掌声——是妈妈！只见她早已泪流满面，掩饰不住一脸的幸福！

从此以后，我便喜欢上了倾听雨点敲打的声音，喜欢在下雨天弹琴。雨点细小，声音琐屑，用心倾听真有一股"嘈嘈切切错杂弹，大珠小珠落玉盘"的滋味，我的手指便轻扣再轻扣——"嘀嘀嘀"！雨点急骤，声音响亮，夜晚侵入，竟也会产生一种"铁马冰河入梦来"和"风萧萧兮易水寒"的豪情！

随着时间的流逝，我成长为一名中学生。现在的我坚始终信，无论前面的书山有多高，题海有多深，只要有雨点的精神相伴，我都能攀到最高峰！

一次精彩的演出

我和骆来来学琴都只是一个业余爱好，从没妄想弹到那种人心大快的程度。骆爷爷也没有在我俩身上寄托什么愿望，我妈妈和骆来来妈妈宋新云阿姨也没有在此望子成龙的想法。于是我俩学得很轻松。从最初学琴的懵懵懂懂，到偶尔爸爸、妈妈带我去听音乐会，从吕思清到傅聪。上小学时我还登上央视的舞台，和几十个孩子合奏。每个假期妈妈陪着我练琴，练好了有好吃好喝的，于是就坚持了好几年时间。

再后来，我和骆来来便踏上了漫漫的考级之旅。虽然我不知道骆爷爷用多少个激昂的手势和多少个昼夜，陪伴我取得一个又一个的证书，但我知道我要用一支又一支的曲子去陪骆爷爷颐养天年！

我第一次参加由市电视台组织的钢琴大赛，记得是在那个让窗户流汗、让房门唱歌、让太阳偷懒的季节。整个寒假我都坐在一间狭窄的钢琴室里，背琴谱，拨弄琴键。手指像窗外的树枝寒冷并且僵硬，一遍又一遍地弹着琴。

大赛中，我用行云流水般的指法、一泻千里的节奏，把《悲怆奏鸣曲第三乐章》和《小狗圆舞曲》演奏得几乎完美，本来已经瘫在椅子上的评委，竟正襟危坐地开始为我打分。通过评委会的审核和激烈讨论，我获得了这次大赛的金奖。颁奖时，观众席的妈妈早已泪雨滂沱。我心中一悸，妈妈就是我人生的节拍器！当全场响起震耳欲聋的掌声时，我隐约听见了节拍器的"嗒嗒"声和妈妈的唠叨。这声音早已镌刻在我的心中，镌刻在我今后的人生道路上！

这是我学琴之旅的唯一一次感觉比较出彩的表演。

斯拉夫舞曲

当我和骆来来终于捧回了十级证书，一转身便求骆爷爷教我们弹《斯拉夫舞曲》。骆爷爷曾经说他最大的心愿是，有一天，他能看着我和骆来来一起合奏德沃夏克的这支曲子。

《斯拉夫舞曲》不是一支考级的曲子，但特别适合四手联弹。我和骆来来第一次接触这支曲子，是去年冬天。我俩一遍遍地弹奏，骆爷爷的眉头却越皱越深。窗外呼啸的北风伴随着骆爷爷的咳嗽好像要宣告什么似的……

时间真的不经弹，一指下去就过了三月。

三月过后，我要求骆爷爷和我一起合奏《斯拉夫舞曲》。那天是正午，阳光正好。

我坐在钢琴前，打开琴盖，侧首看看坐在身旁的骆爷爷。骆爷爷真的老了：布满褐斑的容颜，早已花白的头发，瘦骨嶙峋的手指亦都不如当年——这些可是骆爷爷最引以为傲的啊。恍然想起当初骆爷爷教我时的情景，一种物是人非的感觉顿时涌上心头。

骆爷爷深呼一口气，顿了顿，双手微微有些颤抖："起！"随着第一声的落下，骆爷爷的双手竟如两只脱笼之兔那般在黑白间跳跃，我踩着琴踏，赶紧合奏。骆爷爷的琴声清脆悦耳，一个个音符流泻，一下子震颤了我的心。啊！音乐竟如此美妙！我仿佛一株小草植入无边的森林，又如一条小溪汇入浩渺的大海！一个个琴键划过虽都是熟悉的声音，骆爷爷却赋予它绚丽、青春和抒情……一曲终罢，我早已泪雨滂沱。是骆爷爷用琴声陪伴了我、塑造了我，又用琴声带我走到了一个更高的天阶！而我却分明感觉时日无多。从不流泪的骆爷爷，眼角也湿润了。那琴声，那眼泪，有太多太多不舍……

医生那些事儿

人生，难免会遇到大大小小的事，我要做的是尽可能地相信别人的人品。

尺巷

　　我的生日是 11 月 14 日，每年青岛来暖气的日子。于是我的生日就有冷暖两季一说，前半夜冷后半夜暖。骆爷爷犯病是在我生日的这一天。那几天气温骤降，寒风刺骨。花草树木都覆盖着一层白霜。就是在家里，也难免缩手缩脖。于是李志鹏叔叔和徐启昌叔叔开玩笑说都盼着我的生日，盼着来暖气。

　　过生日那天，爸爸在客厅与外公、骆爷爷聊天，当时外婆、姚奶奶和妈妈在厨房做晚饭，而我正在书房写作业，突然，我听见一个盘子打碎的声音、一声尖叫，爸爸不成声地喊"骆老师！骆老师！"外公也焦急地叫："老骆！老骆！"——几种声音几乎同时钻入我的耳膜。我连忙冲出书房——骆爷爷患有心脏病，突然就倒下了。我当时吓得手脚忙乱，不知所措，长这么大还是头一次遇到在电视剧里才会发生的事。

　　爸爸抓起手机拨打 120 急救电话，按了两次开机密码才开了锁。120 的医生问明情况，告诉我们先徒手按压，然后触摸左、右的颈动脉搏动，如果动脉搏动比较弱或没有搏动，再进行心脏按压。在按压患者胸口时，一定要按照 5 ~ 6 cm 深度按压，并且每分钟的速度尽量控制在 100 ~ 120 次。不要随意移动病人，救护车正在往这儿赶的途中。

　　于是，爸爸充当了临时救护医生……不知是过于紧张，还是觉得累，爸爸的呼吸有些急促，按压了一小会儿，汗珠子就布满整个脸庞，继而顺着两颊往下淌，最后汇集到鼻尖、下巴"吧嗒""吧嗒"滴落在罗叠的手背上。妈妈给他用干毛巾擦了，可一眨眼汗就又冒出来了。姚奶奶的一只手握住骆爷爷的一只手，另一只手轻轻地顺着手臂往上捋，嘴里一遍一遍喃喃地唤着："老骆——老骆——"她的声音都颤抖了。外公、外婆插不上手，外公给他的当医生的学生打电话咨询，外婆一遍遍地向外面张望救护车的踪迹，一会儿又侧耳倾听救护车的鸣笛。

　　等救护车来的那几分钟我感觉时间真的可以放慢，明明感觉过了很久，抬眼看表才过了十几秒！

　　救护车闪着灯、鸣着笛，终于停在楼下。李叔叔、徐叔叔听说后都过来帮忙，来香蕾阿姨擎着两只沾满面粉的手来了，乔双燕阿姨也来了，徐嘉慧、李学健也来了。楼上的邻居都从窗户里探出脑袋往下看……

　　妈妈在收拾东西，我只见爸爸拿了一沓钱放进信封里。我心里一悸，似乎明白了什么，但为骆爷爷我拿出了我的压岁钱。爸爸接过去，没说什么，但分明很深情地看了我一眼。姚奶奶岁数大了，爸爸就给骆来来的爸爸骆敬东打电话，妈妈给骆来来的妈妈宋新云打电话，让他们直接去医院。骆叔叔和宋阿姨开了一家物流公司，专跑海南线，平时比较忙。

　　到了医院，骆叔叔和宋阿姨他们还没到。爸爸说，抢救病人要紧。果不其然，爸爸在医生让他左一个签字右一个签字的时候，悄悄地把信封塞进医生白大褂的大口袋。我一直诧异医生白大褂的口袋为何那么大，原来还有此用途。我从虚掩的门缝看见那个医生矮胖敦实，我分明看见他很深情地看了爸爸一眼，见爸爸眼圈都红了，就没推辞，也没说什么。签完字，那医生进了手术室。然后爸爸便出来了，很轻松的样子。大概他觉得只有医生接受了那些钱，他才放心。我的心脏骤然停跳一拍，仿佛也有点异样，怎么也感觉轻松不起来。这里是医院，在这里工作的是医生啊。医生的天职是救死扶伤！何况现在医生收入都很高，技术越高超的收入越高。爸爸为什么还要给他塞钱？医生在我心里是一个多么神圣的职业，我还一直把这一职业规划在我的理想职业表中呢。我望了望墙上那几个大字——"不收红包，诚信就医"，顿时觉得这一切是多么的虚伪！

　　骆叔叔和宋阿姨满头大汗地来了。骆叔叔听说骆爷爷正在抢救，摸了摸上衣口袋说："送了吗？"

　　"送了。"爸爸呼出了一口气。

　　骆叔叔再没有说什么。我看见他们的眼睛潮潮的。他们仨不时地盯着手术室门上的灯看。

　　我不由自主地喘了一口粗气。爸爸扭头见我不高兴，也没说什么，只是轻轻地在我手背上按了按。

　　手术室门上的灯熄灭之后，那位医生从手术室出来说："手术非常成功，放心吧。"他说着把爸爸手术前给他的红包又还了回来，"我们医院有规定，不收红包。"我一愣，原来这位医生没有我想得那么糟。他收下红包，只不过是为了让家属放心罢了。

　　爸爸的眼睛湿润了，真诚地往外推。骆叔叔的眼睛也潮潮的。那医生的神情变得严肃起来，爸爸这才作罢，跟着骆叔叔一起又作揖又鞠躬的。爸爸和骆叔叔的个

尺巷

头本来都高过那个医生许多，但就在那一刻我突然感觉那个医生在弯腰曲背的爸爸和骆叔叔面前显得很高大、很正直！也就在那一刻，我告诉自己，好好学习，将来也当个好医生！

从那以后，我对待事情便不再那么盲目断言，而是以善意的眼光看待事情，发现并不是所有事情都是你想的那样。这样久了之后，你就会发现，原来世界也可以变得如此美好。你身边的朋友就会变得很多，爱你的人也会越来越多……

第二十一章

绿植那些事儿

柳大看外公外婆家的绿植有点多，大的有橡皮树、凤尾竹，小的有各式各样的多肉植物。中间一张大的书画案板，现在是孩子们上课的书桌。柳大看习惯性地去提喷壶，喷壶有水，便开始浇起水来。他想起他写的那篇《绿植那些事儿》了。

绿植那些事儿

外公家的绿植以兰花为主。

客厅墙角的那盆吊兰把自己长成树。主茎已经木化，粗的地方有杯口粗，枝枝叶叶婆婆缠卷，算起来也有小几年了。它是我的专属。一开始，我将它当成弟弟妹妹般照顾，后来学业渐忙，得空才去浇水。总是一次浇足，因为不知下次何时才浇。它倒也不怪，默默地蹲坐在墙角的木架上郁郁葱葱，隔几日便吐出一两个新芽，抽出一两片绿叶，嗅到春风便开出清秀洁白的小花。来外公家的人，一进门就看见它，感叹它的长势，临走也必携走它的一两个"徒子徒孙"回家繁衍。

近来我的事务越发多了，我连休息都掐头去尾，终于趁着一会儿小憩，忆起浇水一事，便兴冲冲跑去浇花。浇得甚急，竟连花土原来是否湿润都未曾看清，只顾浇到平时的水量，却见这水很快就溢出来了。我赶忙找拖布来擦地板上的水渍。只是边擦边生疑惑：这花因何未曾干涸？

这时便听得门响，回头一望，原来是我外婆买菜回来了。长的大葱，圆的茄子，白的萝卜，绿的黄瓜，红的西红柿，满满一篮子。

外婆一见我站在花前便明白了，呼吸有些粗重："前几日我看这些花干得厉害，便帮着浇了些水，你总是无暇打理这些，我便做了。"

顿时有一种如沐春风般的释然，旋即忆起每日披星戴月、顶风冒雨，哪一次不是有外婆的陪伴？外婆在我困惑时露出一抹微笑，成功时透出一丝不安，点点滴滴，

尺巷

哪一处不是外婆爱的甘泉滋养？

我盯着吊兰愣了神儿。繁茂的绿叶中间，抽出一根修长的枝条，顶端开满了一簇簇白色的小花，如同冰雕玉器般精致。花在一片片边缘镶着银边的绿叶簇拥下，更加显得洁白清秀。我即兰，外婆即叶，外婆用她的一双手，撑起了我与兰的一片天空。

透过吊兰修长的一丛丛垂下的叶片，我看见外婆歪在沙发上，胸口一起一伏，心有些疼，就像针扎，轻轻地摘下一片枯叶，然后默默地进房间拿床被单给外婆盖上……

有人说，润物细无声的，是甘霖。我要说，甘霖不足以表达外婆伟大的爱。外婆的爱，如一股不断涌出的清泉，永不枯涸。这爱，滋润了兰的花土，滋养着我的心灵，以至于吊兰都长成树……

和吊兰同时开花的还有书房那盆绿油油的幽兰。幽兰又名春兰。它没有茉莉的清幽怡人，没有牡丹的雍容华贵，也没有桂花的十里飘香。因为没有气味儿，我甚至忽略它的存在。幽兰就像行云流水，简单安宁，不引人注目。

平日夜色静谧，外婆会端着一盘水灵灵的水果轻轻走进书房，放在书桌上，又默默走出去。盘里切好的各色新鲜水果自然是诱人，苹果、香蕉、猕猴桃、梨……在台灯的映照下显得晶莹剔透。外婆总会把它们搭配得赏心悦目。但我只顾奋笔疾书，竟全然不知其味。

周日阳光普照，外婆又会拿着喷壶走进来，将水均匀地喷洒在没有一点香味儿的幽兰上，并细细整理它的茎叶。幽兰既不艳丽又不张扬，就像谦谦君子，一片片叶子却傲然挺立。但我浑然无觉。

一日，我放下手中的笔对外婆说："为什么在我房间放一盆幽兰呢？"外婆抬起头说："幽兰可以吸附房间里的甲醛和灰尘，对你的鼻炎有好处；幽兰可以治神经衰弱，治劳累咳嗽……"

"可是它们一点香味儿也没有。"

外婆摆弄着幽兰细长的叶子，笑了："你虽然闻不到它的芬芳，但它能保护你的健康。"我听了，似懂非懂地点了点头。

外婆随手拿走了空盘，轻轻走了出去。我凝视着那盆幽兰发了呆。它的叶子是带状的，像一把把长长的宝剑，像一个个绿色的卫士，护卫着娇嫩的兰花。那花从远处看，如同一朵朵盛开的淡黄色的玉兰花，只不过花要小很多；从近处看，花蕊恰似张开的鸟嘴，里面仿佛还有一个舌头，就像嗷嗷待哺的雏鸟在说："我饿！我饿！"它没有什么馥郁的香气，也没有多么华丽绚烂的身姿，只是自顾自地默默生长，悄悄绽放。我想：虽然它没有沁人心脾的清香，但它的味道早已化作外婆对我的爱。无论是厨房中飘出的饭菜香味儿，还是刚晒的被褥上熟悉的阳光的味道，一丝一缕，都化作浓浓的爱，将我紧紧包裹，就像小时候外婆温柔甜蜜的怀抱。一杯牛奶、一碗粥、一声叮咛、一把雨伞……外婆的爱就是这样简单朴实，又是这样无私伟大，像涓涓细流，无声地滋润着我的心田。在不知不觉中充满了我的世界，我几乎忽略了它的味道，只因为我没有真正在意罢了。

眼前的幽兰正默默地散发着淡淡而温暖的清香，那嗷嗷待哺的"雏鸟"提醒我——不能忽略那爱的味道！

说完吊兰、幽兰，接下来就要说说外公的那三盆君子兰了。那三盆君子兰，皆出自同门。

去年，外公购得精致陶瓷花盆两个，将两株品相旺盛的君子兰移于其中，另一株仍置于泥盆。

今冬一日，阳光洒满阳台。一家三口坐于阳台饮茶，赏花草。外公指着陶瓷花盆道："最近叶子长得分外快，而且分叉又大，说不定要开花，得用心照料照料！"

太阳一出，外婆就把这"兄弟仨"搬到阳台上享受日光浴，没等口渴，便有清水送上；夕阳西下，外公就立刻把它们抱回屋里，温度稍低，便有暖风吹过。陶瓷花盆中的"两兄弟""劲头十足"，叶子皆浓郁茂密，挺拔伸展，其中盆上有行书墨迹"吉祥如意"的更是"霸气外露"，中间两片叶子直插云天，犹如留了个"冲锋头"，尽显"大哥风范"。而泥盆中的却像个"小弟"，不温不火。外公、外婆对陶瓷花盆中的"两兄弟"倍加喜爱。白天，陶瓷花盆中的"两兄弟"总能在阳台上占据有利位置；晚上，总是泥盆中的那位离暖气远一些。外婆还常给陶瓷花盆中的"两兄弟"加餐。一日，外婆用淘米水给它们浇水，我见它们被"呛"得要命，问外婆为何不给泥盆来一些，答曰："没了。"又一日，外公将沤好的黄豆给它们做肥料，而泥盆中的那位居然没有份。只有我给它们浇水时，泥盆中的那个才肯晃晃叶子，似在向

尺巷

我点头致谢。

上周的一场冬雨，让气温降得很低，窗外光秃秃的树枝在寒风中瑟瑟发抖。今天一起床，就听见外公兴奋地喊道："开花骨朵儿了！"我和外婆立即奔过去。外婆围着陶瓷花盆中的"两兄弟"转了半天没见动静，待其向旁一瞥，立即张大了嘴——开花的竟是泥盆中的那位！初露的花骨朵儿红绿两色相间，微微张着小嘴，送给家人一个最甜美的微笑。

望着"哭丧着脸"的陶瓷花盆中的"两兄弟"，我思索良久，最后终于明白其中的缘故：它们已有了无尽的厚遇，为何还要煞费心机地开花呢？而泥盆中的君子兰，则要靠奋斗来证明自己的价值，从而挑战成功。

这时，我想起那首歌："胸怀致远／温和谦谦／身落谷底不诉哀怨／居高而不狂言／多自然／那如风轻云淡／也经得起莫测变换／浩瀚天地间……"是啊！荣华如梦，梦就迷人脾。富贵如酒，酒酣醉人心。唯有风雨磨意志，艰难生英才。

"从未寂寞的君子兰，面向灿烂，一直勇敢！"

我们一楼家家爱养花，这全得益于我的外公、外婆。许多花都是他们的花的后代。外公生性喜花爱草，他养花都养出精来了，几个月前竟抱回来一盆濒临死亡的蝴蝶兰。叶子已经发黄，几朵枯萎的花瓣依稀能辨出红、橘、白三色，无一例外都耷拉着脑袋，如做错事的小孩。我讶然，这便是那"兰花之后""兰花贵宾"？外公拿着剪刀剪去了所有的叶、花和长枝。看着光秃秃的枝干，我以为这是要放弃。外婆每天小心呵护，就像蹑手蹑脚地给我掖被角，可它们没我这般乖，一个个如恃宠而骄的大小姐，丝毫不见起色。我渐生失望。外公说，要欣赏它的美，就要学会等待。

几个周后，枝干上鼓起几个小芽苞，苞缝间隐约透着一点绿。经过一晚雨水，几根嫩绿的小细芽长了出来，芽身还长着几片暗绿的小叶鞘，摸上去尖尖、软软、痒痒的。它为什么要先长叶鞘？是想把自己包裹？还是探寻这个世界？我把想法告诉外公，外公一脸泰然，说继续等待。

某日清晨，一阵缥缈的馨香萦绕鼻翼。寻香觅去，迎接我的竟是一抹艳丽——红的娇羞，橘的柔顺，白的娴雅。有的才吐出两三片，有的全舒展开了；有的犹抱琵琶，像害羞的新娘；有的昂首挺胸，如热情的新郎；有的层层叠叠，守护鹅黄的花蕊，恰似忠诚的卫兵。一阵微风吹过，我看见在一根纤纤的枝头顶着一个葱绿的花苞，花萼初裂，透出粉嫩粉嫩的一点儿黛色，就像青涩少女的脸蛋，迎着风正害羞地笑呢!

望着那期盼已久的倾城姿色，咀嚼着等待，才懂得欣赏。电光火石间，我突然想到花和人何其相似! 蝴蝶兰因胸有芳香，故能静静等待绽放，何况我们? 学习期间懂得蛰伏，才能凤凰涅槃! 怀揣美丽，才能永不放弃! 在困境中坚持，就会等到最美的花朵!

凭窗远眺，我的眼前一片姹紫嫣红的景象;清风送爽，我的心里绽放属于自己的人生不老花!

外公、外婆爱养花，但以前没养那么多。后来搬到教师大厦，楼前又有个独立的小院，即将退休的他们便安心养起花来。刚搬进新居的那些日子，为了去除房间的钢筋混凝土味儿、家具的甲醛味儿和油漆味儿，全家人可谓煞费苦心。外婆到花卉市场去打听，爸爸去图书室查资料，妈妈挖空心思去咨询……一时间我们家涌进了许多"新成员"——绿植:绿萝、芦荟、橡皮树、龟背竹，还有许多叫不上名字的;还有各种设备，如空气净化器;还有各色的除味剂，如进口的、国产的，凝膏状的、喷雾状的，柠檬味儿的、橙子味儿的……

但香味儿只是暂时性的，不一会儿便烟消云散。妈妈陷入沉思。

小学实践课上，老师要求每人带一支百合。为了完成任务，妈妈第一次捧着一束百合打开家门。百合尚未开放，枝条上挺着几个骨朵儿，跃跃欲试的样子。刚开始，我看它就是一个教具，没有特殊之处。生物课后，见枝条上仍残留着两三个花蕾，妈妈决定将它水养，毕竟欣赏百合的美貌也是一种享受。

两天后，一个骨朵的六个花瓣渐渐舒展开来，伸了个懒腰，一点点向外翻，打着卷儿地向下压，推出根根花蕊，袒露胸襟的样子。向里面看，花瓣的基部卧着数十颗滚圆的水珠，都是百合争取绽放而努力吸取的水分。香味儿随之而来，空气中多了一份清新淡雅，多了一份静谧专注，多了一份温暖舒心，感觉像是稚童闻着母亲的爱，肺腑像是被温柔地抚摸。花香邂逅书香，融出了鼻腔的盛宴，隐者的恬淡心态注入了家人的心田。陆放翁吟:"更乞两丛香百合，老翁七十尚童心。"沁人心脾的味道让我像贪玩的孩子一样，在书房中流连忘返。妈妈的嘴角最近似乎一直是

尺巷

一钩弯月，和百合同样温馨。在它肆无忌惮的绽放中，三朵百合用生命释放一阵香气、一份执着，战胜了千百罐喷雾剂。

妈妈盯着经她的手"复活"的百合有些感慨："化学比不了自然。化学的力量是短暂的、突兀的；自然的力量是持久的、永恒的。自然不单纯是在户外，也可以将它"招呼"到家中。混凝土钢筋并不是人与自然的鸿沟，只是一个阻断自然的幌子。百合开得多么努力啊，让无根的生命发挥最大的潜力。人生多一份百合精神，该是多么有意义啊！"从那以后，妈妈也开始踏足花市，选购绿植，为了寻找自然，寻觅第二次鲜花奇缘。

现在置身绿色丛林，每日与花草相伴，它们既是我的良师又是我的益友。古人云："与善人居，如入芝兰之室，久而不闻其香。"花草陶冶着我的情操，又为我的健康保驾护航。但我更知道家人的良苦用心，如果它是一朵花，他们就是培育它的土壤，滋养它的甘露，默默陪护的根、茎、叶！

花开无忌，皆因后援团强大，故能一直勇敢。

我即花！

第二十二章
约定俗成

柳大看边听琴声边给绿植浇水，嘴里还哼出了声。这时，李学健推门进来了。这家伙因为家离得近穿着单衣就跑过来了，一进门就唏嘘："真冷！"

柳大看毕竟还披着件棉衣来的，他说："外人一看就知道咱们是内部人员！"

"对！约定俗成。"李学健用力地点了一下头，又说，"说实在的，从小学开始到初中，我遇到许多语文老师。但，我觉得还是你爸爸对我影响最大。"现在他们都是当代中学的了。

"你爸说，学校最好的地方是图书馆，图书馆里最好的东西是书。书是史上最好的财富，没有之一。"李学健的眼前又浮现出柳明君上课时的情景——说到这里，柳明君总会补充一句，世上最好的一个字是"看"，手眼通天，手在上，眼在下，而不是"眼高手低"。手比眼高，就是看书的时候要多记，不动笔墨不读书，这是学好语文的正道。说这话的时候，柳明君的神情会很陶醉，视线在教室上空扫着，好像画彩虹。

"一辈子能看透一本书也是值得的！你爸说。嗨！我现在才知道你爸为什么用这个'看'字给了你起名了——'柳大看'，多好！"

柳明君说，所有的人都能学好语文，所有的人都能写出好作文，只要一个量。读万卷书，行万里路。巴金先生曾说他不会写文章，但看过200篇文章之后，他知道写文章是怎么一回事了。把茅盾文学奖历届获奖作品读个遍，虽说不一定能写出茅盾文学奖那样的获奖作品，但起码知道什么样的作品能获奖。这个时候，他想起他那摞《百年清苦》的手稿。

柳明君翻来覆去地强调，读书要读好书，读名著。名著不是靠故事吸引人，而是靠正确的语法、标准的语言、规范的思想立足。批注，摘抄，仿写，然后创新是

尺巷

一个初学写作的人的必经之路。

柳明君说，写作好比做饭。做饭之前要先会吃饭。一个"吃货"很容易成为一个厨师。语文的"吃货"就是书虫子。过去跟师傅学艺，徒弟先要在师傅家端茶送水干杂活，甚至要倒马桶，帮师母带孩子，这个过程其实就是阅读。隔行如隔山，只有耳濡目染、浸润熏陶才能更快地掌握技艺。比如，某一天大师兄问，师傅"绗棉"怎么"绗"？啊，还有"绗棉"一说！师傅说，"绗棉"就是一针下去穿透两层面料中间填充的一层棉，针脚要均匀、整齐。这要不要先熟悉一些行业术语？写作的术语有铺垫、渲染、烘托等。请问，什么是"铺"，什么是"垫"？"铺"和"垫"有什么区别？"铺"的时候，如何去"铺"？"垫"的时候，如何去"垫"？"铺垫"与"伏笔"有什么区别？这些弄不明白，做阅读题都是胡做！学艺要先学基本功。木匠要学刨斧锯凿，裁缝要学针缝裁剪。一天下来，学裁缝的说会做旗袍了，学木工的说会做大衣柜了，全是糊弄外行。可是就是有这样的作文培训机构，胡吹10课时提高写作能力。家长不懂，唯恐落下埋怨，争着去给人家塞钱。10课时，做个小板凳都歪歪扭扭的，做件小马褂都皱皱巴巴的。可能小板凳的面都刨不平，缝制的针脚都不均匀。为啥？基本功没练扎实。无论做什么，基本功要天天练。写作的基本功就是描写。描写一个人，描写一种景。人都是有故事、有性格、有学识、有身份、有地位、有状态的。一句话能把人物的故事、性格、学识、身份、地位、状态写出来，人物就写活了。比如，一个小女孩"泥"在外婆的怀里听故事。一个"泥"字，就把小女孩爱听故事的天真和赖、外婆的慈祥和爱、祖孙的关系融洽和谐以及故事的吸引力及趣味性等都写出来了《红楼梦》第二十四回中有一句"宝玉猴上身去"，"猴"就是名词活用，活灵活现地写出了贾宝玉的淘气。语文多好玩儿！写人物有"五描"——语言、动作、外貌（肖像）、神态、心理；写景物有"五觉"——视觉、听觉、嗅觉（味觉）、触觉、感觉……

说到这里，柳明君就显出很陶醉、很享受的神情！

李学健和柳明君是一个学校的，不过只在初二时柳明君给他们班带过一个月的课。马筱著组织这个寒假学习小组，李学健一听语文是柳明君上课，马上就答应来。他是很少参加学习小组的。

下面是李学健写的一篇作文的第一稿。题目当然是柳明君在课上布置的，半命题作文——"哦，原来这才是＿＿＿＿＿＿＿"。

哦，原来这才是　语文

饱经风霜的花儿，不会想到周围环境的美好。

我是个严重偏科的理科生。语文、地理、历史统统不好。不过和这三科比起来，其他课还有"一线生机"，只语文可以说是无可救药了。上了初中，语文成绩一直在 92 分徘徊，从来没有达到 96 分，现在中考只考语文、数学和英语，家长和老师都对我很是担忧，我的压力陡增。"要报考重点高中可不能被语文拖后腿。"他们这样想。道理我知道，但我有一种"老鼠咬天，无处下口"的感觉。语文这枯燥无味的学科能有什么趣味呢？更何况如此烦琐的答题技巧谁能记得住呢？

母亲可不管那么多，不由分说就把我送去了辅导班。唉！学海无涯苦作舟，坚持一下吧！于是我便一周七天不间断地起早贪黑。"考这个语文干什么！"我暗自抱怨。去上课时，老师总是做卷子做卷子，直做得我头昏脑涨、不见日月，一个学期下来还是收效甚微。无奈还是要回归课堂。从辅导班回到课堂，我倒是发现其实自己的老师还是很和善的，循循善诱地一步一步地让我学着走。这时我觉得语文还是挺有趣的嘛。我跟着老师的指引，渐渐学会了跑。

正当我对语文有一丝兴趣的时候，我们班的语文老师病倒了。这让我稍有的希望成了泡影。不过，学校很快派来了一个新老师。这个老师一走进教室我就乐坏了！为啥？因为他是我的邻居，我的发小的爸爸——柳明君老师。我小时候还跟着他学过一段时间的小练笔呢。柳老师身高一米八，皮肤稍黑，相貌也没有什么特别之处，但有一双列夫·托尔斯泰般炯炯有神的锐利眼睛。眼镜仿佛是为了保护这对"宝石"似的，好像什么事物都躲不过这双眼睛。柳老师并没有像其他的语文老师那样按部就班地带我们复习文言文、做阅读题，而是从写作和语言运用下手，每节课都上得生动有趣。这让我这个对语文望而却步的人有了几分向往，竟盼着上语文课了。柳老师总是能神奇地将一个个枯燥乏味的语文知识讲得生动有趣，把我送入了一个个充满诗情画意的卷轴。啊，原来语文这么有趣！

我好像一个种果树的人，只知道照料果树的艰苦，却从未意识到果实的鲜美；我好像一朵开在峭壁上的兰花，饱经风霜，却没有意识到风景这边独好。但从那天

尺巷

起我领略到了不一样的语文，体会到不一样的风景。哦，原来语文也可以妙趣横生，语文也可以形象生动。哦，原来这才是语文！

李学健把作文交上去之后，就像把一件宝贝送给行家去鉴别、估价。两天后放学时，柳明君把他叫到办公室。柳明君就坐在他们原来的语文老师的位置上。柳明君先指出李学健文中的优点，但李学健急于听缺点。许多老师跟学生谈话都是开始先说进步，最近取得哪些成绩，一二三，然后再来个但是如何如何，学生就很紧张。因此时间长了，学生就会迫不及待地追着说，老师您快说"但是"吧。果然，柳明君开始说了。他说的话竟让李学健大吃一惊："但是，你知道'约定俗成'吗？"

李学健说，他当时愣住了，那时，在办公室的老师都抬起头看着他们。

"约定俗成"是看不见的、没有明文规定的，是经过长期实践而确定或形成的，是广泛认同、起实际作用的约束。比如，男人要野蛮一点，女人要羸弱一些。"约定俗成"不露在表面，并且它总也露不出来。现在学校考场作文相对还比较公平，历来得高分的都是经得住推敲的。要是改变读者群对这些好文章就不公平了，所以学生对投稿、对征文就并不热衷。还有，有的老师说理科学不好就学文科，英语听不懂就听语文，这应该也是"约定俗成"。其实语文是最讲艺术的一门学科。美术还能看得见，音乐还能听得见，而语文既看不见也听不见，只能从一大堆文字中用心去品味。这是一种抽象的感知过程。而写作是复杂的过程。虽然李学健还没有迈进这座艺术的殿堂，但他已经能感觉到这种艺术魅力无穷、博大精深。那一刻，他心里暗暗下定决心，一定要像柳大看一样去博览群书……

李学健说，他正在胡思乱想，这时办公室一个叫糖糖的小女孩哭闹着不让她妈妈岑璐老师走。岑老师抱着一摞书不说一句话，一副干练的样子。她就是一个干练的人，话不多，一句是一句，句句戳中要害。这样的老师出成绩。其他老师见状都没有心情听柳明君阐述"约定俗成"了，不约而同地起身，有拿着包装精美的小零食，有拿着小玩具、小人书什么的，都围上去逗引糖糖。糖糖是一个单纯的小女孩，看着花花绿绿的一下拥过来那么多的东西，有点儿目不暇接，暂时把注意力从她妈妈身上移开。岑老师赶紧抽身走了。围上去的老师又跟糖糖玩了一会儿，见糖糖安心玩起来，这才散了，各干各的。

"这就叫'约定俗成'！"其他老师见柳明君指着他们刚才的举动都笑了。"'约定俗成'就是不必摆在桌面上大讲特讲的，而大家都默认的东西。比如，学生作文有几个不能触碰：贬低自己形象的不能触碰，贬低老师、家长形象的不能触碰……你回去改一下，把文中的主人公换了，不能写我，不能写自己的老师，要写自己的亲人，最好是'四老'，否则很难得高分。文学是艺术，艺术就可以虚构、加工、提炼。"

其他老师听了都默默地点点头。于是李学健便写了下面的这篇文章，他早已去世根本没见过一面的爷爷在他的笔下不但"复活"，而且摇身一变从一个村大队会计变成了一个饱读诗书的人——

有爷爷相伴滋味长

我的家庭教师就是我的爷爷。

爷爷曾经是岛城一位小有名气的语文老师。他中等身高，相貌也没有什么特别之处，但有非常犀利的眼睛。学过《列夫·托尔斯泰》之后，我觉得用托翁的眼睛来形容我爷爷，并不为过。那真的好像什么事物都躲不过这双眼睛。

在爷爷的眼睛的监督下，我的童年、少年，从未撒过一次谎，只要这双眼睛一瞥，我就好像一匹小马驹一样有了力量。我真得感谢爷爷的这双眼睛！

最令我佩服的是爷爷的学识。爷爷能把所有的东西讲得栩栩如生。一个个生动形象的文学人物如同在我面前展开了一幅幅充满诗情画意的卷轴。让我这个对语文望而却步的人，有了几分向往，竟盼着上语文课了。

爷爷告诉我，学语文就是学习"语文味儿"。"腹有诗书气自华。"一个老师文化底蕴越深厚，语文素养越高，他的语言感染力越强，越会评价、鼓励学生，越能激起学生的情感，他的课堂越有语文味儿。如在学《背影》时，爷爷先让我背诵孟郊的《游子吟》，然后说："这首诗写的是母子情深，把爱比作春日的暖阳，其实父爱一点也不比母爱逊色，可以比作沉默的火山。《背影》就是表达父子之情的。"一席话拨动了我的心弦，打开了感情的闸门，为学习课文做好了良好的心理准备。

记得学《从百草园到三味书屋》一文，总忘不了爷爷模仿文中的先生读书的样子："铁如意，指挥倜傥，一坐皆惊呢；金叵罗，颠倒淋漓噫，千杯未醉嗬……"

尺巷

爷爷可真的把语文味儿十足地读出来了。不,不是读,是吟。依字行腔,情通古人。这让我从声到形,从形到境,因境生情,缘情动声,感受语言中蕴含着的丰富思想感情。

爷爷无疑是一个天才的演说家,澎湃时,情绪激昂;情深处,热泪两行,他身边的人都被他鼓动得如同早晨八九点钟的太阳。

有爷爷相伴,我领略到了不一样的语文,体会到不一样的风景。哦,原来语文也有妙趣横生,语文也有形象生动。哦,原来这才是语文!

这篇文章在期中考试时得了40分! 40分对李学健来说简直是史无前例!他有些兴奋地说,他的作文之门有了开启一道缝的感觉!

李志鹏和栾香蕾听说,李学健在作文里写了他爷爷,得了高分,要过来看了,看完撇着嘴说,胡编乱造!李学健的爷爷去世好多年了!

柳明君解释说:"李学健写的这个语文老师是我,学生写自己的语文老师肯定得不了高分。这是目前作文批阅中发现的一个弊端。但改写成'爷爷奶奶'或'姥姥姥爷'就能让人产生一种出自书香门第的感觉,一种浓浓的儒家气息扑面而来。这种家风让人羡慕!文采还是那种文采,句子还是一样的句子,但这样一改就会得高分!鲁迅先生说人物的模特儿,他没有专用过一个人,往往嘴在浙江,脸在北京,衣服在山西,是一个拼凑起来的角色……"

"那是小说,是艺术!"

"学生写作文不是艺术?"

"那要求真情实感,怎么说?"

"所谓的真情实感,是指贴近生活。没有生活基础的艺术才是胡编乱造的。艺术要给人享受或鞭策,肯定要高于一般的生活。"

懂了"约定俗成",李学健的作文成绩一下子向前跨了一大步。他知道军训的作文不能写,下雨送伞、生病住院、学工学农、运动会、体能检测、请假补课等都不能写,因为这都是司空见惯的;蝉、蝴蝶、蜘蛛不能写,梅花、竹子、松树也不能写,这些都是别人写烂了的。写作要考虑读者。不同的征文都有不同的评委,写文章其实是写给评委看的。评委不认可,就过不了关,过不了关怎么拥有读者?有句话说，作文是指导者与批阅者之间的较量。

当然，也有例外。比如，徐嘉慧就写了篇"补课"的，让柳明君当作了范文。

感谢有您

"蝉鸣是窗外渐渐倒数的钟声，考卷的分数是往上爬的树藤。"每每响起这首歌，脑海里都是最感激的您。

悦耳的上课铃挂上了沉重的脚步，令人想起藤蔓上的瓜。教室里的我们早已正襟危坐。听说初三要换成您，世界就静止了，连班上最闹的人都瞠目结舌"冻"成了冰雕。

一座山挤了进来。说实话，您是我见过的最胖的人！咚咚的脚步让整个楼都跟着抖。

课上出奇地安静。我们在琢磨您的气场。是什么一下子镇住了让全校老师最挠头的班级！是胖得骇人？是不苟言笑？还是那双手术刀一般的眼睛？

课下出奇地平静。我们好像提前立了一个止约。是什么一下子封住了全校最饶舌的班级！是业务精良？是善于引导？还是从死记硬背中把我们释放？

我们越来越好，我心里的疑团却越来越重。直到有一天……

由于我被抽调去参加"上合"演出，落下了几天课，等我心急如焚地回来，考了个"史上最低"。放学后，您把我叫到了办公室。

一进办公室我就惊呆了——桌子上堆满了瓶瓶罐罐，半敞的抽屉全是大大小小的药盒，最令人心悸的是办公桌旁边竟还有一台氧气机！空气里弥漫着药房的气息。对！这里简直就是病房！

您的呼吸有些粗重，喉咙仿佛被东西卡住一样，发出沙沙的响声，硕大的头颅随着胸脯的起伏俯仰着。吸了几口氧，您的脸色稍显红润，便摊开卷子说："开始吧。"随着您的娓娓道来，我就像一株小草找到了依傍的大树。看着您在卷子上一丝不苟的笔迹，听着您粗重的呼吸，我的眼泪却不争气地掉了下来。"亦余心之所善兮，虽九死其犹未悔！"醍醐灌顶般我明白了您的气场：您是在用生命同病魔搏斗，您是在用意志同教育逐跑！

"白云是蓝天正在放的风筝，青春是操场奔跑的我们。"歌声中我又记起您的呼

尺巷

吸、您的笔迹，还有您办公室的模样。感谢有您！

　　徐嘉慧从小就泡在书堆里。高手自然是高手！金庸《射雕英雄传》中有一段洪七公对黄蓉厨艺评价的话，其中一句是这样说的："洪七公品味之精，世间稀有，深知真正的烹调高手，愈是在最平常的菜肴之中，愈能显出奇妙功夫，这道理与武学一般，能在平淡之中现神奇，才说得上是大宗匠的手段。"徐嘉慧这篇文章选了别人已经"写烂"的素材——补课，结果却写得前无古人、后无来者！有一种约定俗成的规则，就是不能贬斥自己。现在是竞争时代，展示自己风采尚且来不及，还要贬低自己的形象，自毁长城，真是不划算。

　　深受约定俗成的规则的启发，李学健又写了一篇，在考场上得了高分，结果李志鹏看了直摇头，栾香蕾看了直撇嘴。但摇头、撇嘴之后，俩人不得不佩服柳明君的指导让李学健的作文上了一个台阶。

行走的语文

　　我是带着一双"语文"的眼睛走进浙大的。

　　自上初中以来，我走过十几所中外著名的大学。每走一处，我就会记下它的校训。我觉得校训是一所大学办学理念、治校精神的集中反映。

　　美国斯坦福大学的校训是"Die Luft der Freiheit weht"（让自由之风吹拂），清华大学的校训是"自强不息，厚德载物"。说实在的，他们的校训无可挑剔，但若不是斯坦福大学"自由"的垃圾漫天飞舞，若不是清华校园的乌鸦弄脏了我的衣服，我还是很喜欢这两所大学的。

　　走进浙大，是去年暑假。老早我就知道浙大在我国高校中排名前三，是一所中外驰名的高等学府。但当我第一眼看到她，我还是被她迷人的风姿深深地吸引住了。如果说，清华、北大以"厚重庄严"著称，哈佛、斯坦福以"自由张扬"闻名，那么浙大就是"清新自然"。她掩映在优雅的西子湖畔，西湖淘洗了她的儒雅；她陶醉在一大片开得正胜的花海中，纯净疏淡的清香滋养了她的气质。

　　爸爸、妈妈去参加一个学术会议了，我就满校园转，寻找"语文"。

　　这里不仅风景优雅，而且人才辈出，是莘莘学子向往的殿堂。爸爸、妈妈经常说，浙大的学术氛围堪称"东方的剑桥"。竺可桢、马寅初、钱三强、李政道、胡乔木……霍金在中国唯一的学生是浙大吴忠超教授，一个个耳熟能详的名字仿佛一次次的电击在我心头撞出石火！

漫步在宜人的校园，发现开得正盛的是海棠花。那花白里透粉，润泽鲜嫩，像玛瑙雕成的一样，很有点婀娜多姿的韵致。曾在西子湖畔生活多年的苏东坡诗云："东风袅袅泛崇光，香雾空蒙月转廊。只恐夜深花睡去，故烧高烛照红妆。"浙大的学哥学姐们"恐花睡"，在华灯下徜徉，轻轻漫步，喁喁私语……"此景只应天上有，岂知身在妙高峰？"

一瞥眼，我看见了她的校训——"求是创新"，我知道我的"语文"行走在这里了！我的梦也行走在这里了！

李志鹏是棋协的普通职员，栾香蕾是普通的数学教师，他们一家都没踏出国门半步。浙大，他们倒是领着李学健在暑假时去过。没想到李学健会这样去写那次浙大之旅！不过，从文学的角度去欣赏这篇《行走的语文》还是"高大上"的。可能这就是艺术吧。

第二十三章

最思念的人

柳大看正跟李学健探讨约定俗成的规则，隐隐听见门外有人说话。他正想凝神聚力听听是谁，徐嘉慧围着条粉色围巾背着书包笑着进来了。

"刚才跟谁说话？"

"小石头。"徐嘉慧边说边摘书包。书包鼓囊囊的，一看就要出远门。"小石头吵着找妈妈。姚奶奶给她穿戴得很严实，说带她到外面去转转。"

柳大看脑海中闪过小石头一家的形象。他管小石头的妈妈骆晓莺叫姑姑，管小石头的爸爸叫叔叔，只知道他姓魏，名字叫啥不知道，文雅自律，不苟言笑，但又不失热情的一个人。骆姑姑更是正直、善良。他们怎么能被"双规"呢？

徐嘉慧摘了书包，围巾却舍不得摘，粉红的围巾映照脸上的灿烂，她今天要回老家。

"几点的飞机？"柳大看问。

"哈哈！昨天你不是问过了吗？"

李学健也笑了。

"哦。"柳大看明天才能回老家，听他妈妈的意思很不情愿，一想心里就酸酸的。稍后，柳大看才幽幽地说："你真幸福！"

"谢谢！"

这24小时是多么漫长！他仿佛闻到了奶奶做的面条的芳香——送行饺子迎风面——奶奶一直坚持这个古老的传统。奶奶擀的面条劲道、有咬头，浇上卤，他能吃三大碗。他仿佛听到了回响在山村上空的鞭炮声——城市禁放爆竹很多年了——老家一进小年鞭炮声就不断，一直能响到元宵节！

说话的空，骆来来、杨林奇走了进来。骆来来包裹得很严实，帽子边的霜还没有化，脸露在外面的部分冻得通红。杨林奇赤脚穿着双棉拖鞋。真是冷暖有别！他们一来就乒乒乓乓地拖椅子、放书包。

柳大看特意盯着骆来来问："外面冷吗？"

"零下8℃！"骆来来向双手呵口热气紧搓几下，"冻死了！"

"快到暖气边暖和暖和。"柳大看替骆来来摘下书包。

高韵竹也进来了，她包裹得只剩下两只眼露在外面了。杨林奇赶紧过来帮忙。高韵竹说："今天上完课我爸来接我去姥姥家，年前也只有今天一点时间了。你今天就别过去了。"

杨林奇听了皱了一下眉，轻声说："好。"

李学健见不得他们二人的"暧昧"，赶紧打趣："小奇，现在你最想谁？"杨林奇瞪了李学健一眼，高韵竹的脸飞上一朵红云。

"现在我最想爷爷、奶奶！"柳大看赶紧打圆场，然后煞有介事地扭头问徐嘉慧，"你最想谁？"

"当然是我姥姥！"

与其说徐嘉慧带着笑意来，不如说她带着故事来。

我的姥姥

小时候，我在姥姥身边生活了几年。姥姥在江西的一个小山村。

我爱吃姥姥做的饭，爱吃姥姥买的零食。后来，我渐渐懂事，才知道姥姥是一个极俭朴的人。炎炎夏日，只要我不在家，她就任凭汗流浃背也不让开空调。零食那更是与她无缘。她抿着干裂的嘴唇，却给我买最好的奶、最好的水果。这种情形一直延续到我到上学的年龄。当爸爸、妈妈把我拖上车，摁到车后座上，古朴的小楼渐渐在我眼前消失，姥姥的身影越来越模糊，我这才意识到幸福的童年渐行渐远了。

姥姥那俊朗与挺拔的身影从此开始出现在我的梦里。

回到青岛，我上学了。自从上了小学，我的胃口就出奇得好。

什么烤肉筋、爆牛肚的我都喜欢。看着油刷轻轻地在鲜嫩肉上扫了几下，那肉从红色变为焦黄酥脆，顿时食欲爆棚、口舌生津。俗话说，物极必反。我胖了，胖到了爸爸、妈妈每天都唠叨、自己也无法忍受的地步。"好，我减肥！"一句话打破了所有的顾虑，瘦身的道路便在眼前展开。

尺巷

但事情并非我想得那么简单。

首先是早晚节食。一开始可能是脂肪多的缘故吧,我真的不饿。当然在我"成功"的道路上难免有一些让我动摇的话语。为此我还作了一首小诗以资鼓励:"前不见胖者,后不见肥者,念减肥之计划,独我能笑傲!"其次是吩咐妈妈做素菜、素面。什么"美味佳肴""珍馐美馔""炊金馔玉"从此在我家的饭桌上消失。

一开始,爸爸、妈妈倒配合。姥姥知道后痛批他们。他们后来大概也考虑到我正在长身体和学业负担重,竟不约而同地投到"敌人的阵营"。一边是给我所有我想要的,而另一边是把我面前的一切都偷走了,就像永远都不会平衡的天平一样。我受不了姥姥每天的隔空"喊话",应该干什么,不应该干什么,也受不了爸爸、妈妈恳切的目光,一口否决似乎是残忍的拒绝。终于我输了,输得很惨,于是我"前不见古人的减肥"便胎死腹中。

姥姥得知这一切,电话才渐渐消停下来。减肥过后是反弹,几天下来的暴饮暴食让我又回到了先前。我并未猜错,但用"成事不足,败事有余"来形容我,却是冤枉了我。因为学习上无论什么样的难题我都能坚持自己做下来。通过减肥,我变得坦然,我不想苛刻自己、委屈自己。"任凭弱水三千,我只取一瓢饮。"我有我的追求!

减肥就像一支画笔,勾勒出人生最美的线条。也许我的追求不再是什么婀娜多姿,我只希望自己现在所做的所有努力和决定不让将来的自己后悔,让我的未来不再只是说说而已。

按照中国习惯,春节我都要跟着爸爸、妈妈到吉林爷爷家过年,从没有跟姥姥一起过过中秋节、春节。都说"八月十五月儿圆",可我感觉我的月儿并不圆。

去年中秋,本来也没有时间安排"北上南下",毕竟就三天假期,全折腾在路上了。不料,妈妈临时替她们英语组组长去南昌参加一个全国英语研讨会,一家人紧急商量了一下,便决定腾出一晚看姥姥。

一路上没少颠簸,又是火车,又是巴士,终于来到镇里。到了镇上,妈妈事先拜托镇上的同学联系了一辆载人三轮车。等爸爸把行李箱扛上三轮车时,已经是晚上8点23分了。从镇上到姥姥家还要两个小时的车程。

给足车费,三轮车像匹兴奋的小兽,抖着脊梁上的铁栏杆,"嘚嘚嘚"一路小跳着向前奔去。镇上的灯光渐渐远了，黑暗包裹上来。

三轮车在树林与田野中穿梭，除了车灯照亮的眼前那一小块地方，四周便黑漆漆的，伸手不见五指。

妈妈在车上跟司机唠着嗑儿。他俩都说，现在路都修成柏油路了，这要是过去，即使白天车都很少往这边跑。

我归心似箭，三轮车虽颠簸得厉害，但我一门心思全在姥姥身上，只是感觉路长车慢。我就像钻进了黑暗的隧道，向前向前向前。四周除去近处的树、路边的草就什么也看不见。偶尔飘过来一阵水汽夹杂着荷花的清香，这是我童年闻惯了的，我现在切实感觉回到姥姥的家乡了，便更想早点见到姥姥，见到那座小楼，这样想着越发觉得车开得慢了。

终于，三轮车在一个村子前慢了下来。我知道到姥姥村了。乡下的夜是睡得比较早的。三轮车穿过睡着的村庄，声音显得格外响亮。路边的狗机警地看着这些不速之客，跑前跑后，忠诚地履行自己看家护院的职责，一只赛一只高声地狂吠着。

远远地，一束光出现在黑暗中，一扇大大的方形门向外投射出一道淡黄的光影，映在门前的平地上，一道剪影出现在门口，是姥姥！

她迈着细碎的步子，颤颤地却又快速地向车这边走来。车灯打在几根扬起的银丝上，黝黑的脸在灯光里泛着光亮，瘦而结实的手麻利地一把抓住我手中的包。我一头扑在姥姥的怀里，眼泪无声地流了下来。

三轮车司机急着往回赶，爸爸、妈妈忙着卸行李，说感谢的话。等三轮车"嗵嗵嗵"的声音响得远了，爸爸、妈妈才听到我啜泣的声音。这才发现我一直跟姥姥相拥，姥爷不知何时也站到了旁边。

姥姥赶紧张罗碗筷。尽是些我挂在嘴边的菜，都放足了红辣椒。爸爸也爱吃辣，但各种各样的辣椒他也叫不上名字。妈妈一开始还给爸爸和我介绍菜品，但说着说着声音就没有了。她的眼泪控制不住了。

姥姥端上一锅鸡汤，给我盛了满满一碗，说："乌鸡子，补。"

爸爸开了一罐青岛啤酒，与我姥爷对饮。姥爷几口下去，从脖子红到了耳根，说话声也嘹亮起来。姥姥不断地笑，笑得咧着嘴包不住牙。妈妈不停地给这个夹菜，给那个夹菜，就是不说一句话。爸爸知道妈妈的情绪来了，轻轻地捏了捏她的腰。

尺巷

姥姥很健谈，说着街坊邻居最近发生的事。这些家长里短的故事，拉近了妈妈与家的距离，也拉近了我与姥姥的距离。爸爸想在遥远的吉林的老家，两位老人此时也都该睡下了吧。两位老人今天也吃月饼了吧。

清晨，在睡了4个小时之后，我们又该动身了。在村头浓浓的雾气中一切成了蓝色的。我坐在邻居的车上，手里捧着一兜热乎乎的鸡蛋，与伫立在村头雾气中的姥姥、姥爷挥手告别。太阳还没有出来，月亮自然也看不到，但在我的心中，八月十五的月亮从此圆了。

去年冬天，因为姥姥有高血压，妈妈便把姥姥接来住。那日，姥姥身上只有一个小包、几件单薄的衣服，原来乌黑的头发早已染上了岁月的颜色，背也驼了，不知怎的，我的心忽然抽痛了一下，这个让我日夜牵挂的人竟这样出现在眼前。

姥姥安顿下来好几天，妈妈陪着姥姥到处看医生。我忙着期末复习。

上了八年级要面临生物、地理、信息技术的结业考，数学又一直是我的弱势学科，突如其来的压力让我显得力不从心。回到家，卸下沉重的书包，瘫坐在书桌前。被捏进汗渍的试卷像烂泥一样瘫在眼前。老师夜以继日的辛勤辅导令我愧疚伤感，我唉声叹气，搔着头发，望着窗外的树影，一窗的婆娑令我提不起神。

姥姥看到连日颓唐的我，笑着拍了拍我的肩膀，说让我跟她学织围巾。

姥姥取出针线盒，从盒子里取出一根长长的铁针，一边缠着粉红色毛线一边笑吟吟地让我照着做。我百思不得其解，只好学着姥姥的样子笨拙地缠上线，起双边。姥姥的手法娴熟。我看见她左手拿着针，不停地向前推，向左拨，把左手针上的线全挑到右手上，整个动作如行云流水般迅捷连贯，一气呵成。细细的毛线在她的手中翻来覆去、迅疾穿梭，不一会儿针就空了，姥姥又把空的针移到另一只手上继续织，只见线团在逐渐变小。我起初感觉良好，而不一会儿就无从下手，即使努力而生硬地进行着，织出来的围巾也是一塌糊涂。它像是我内心的真实写照。

我很失望，一筹莫展。姥姥没说话。面对不得要领的我，心平气和地帮助我把不合适的地方拆开，一针一式地演示给我看，见我稍一蹙眉就再拆掉重来。她神色平静，不急不躁，仿佛她的手下流淌的不是密实的针脚，而是一针一线编织出的一冬的温暖，缝补着我内心的伤痕。我很受触动，深吸一口气，平复心情，循序渐进地进行着。终于在不懈努力下，一针一线任由摆布，我找到了织围巾的不二法门。

　　向前推、向左拨，就是这简单的动作，昏黄了姥姥的双眼，花白了姥姥的头发，褶皱了姥姥的手。但姥姥以这简单的动作，缝补出了对生活的感激，缝补出了对困难的思考。它像是一粒种子，在我的心中生根，发芽，肆意地生长着。是啊，若不是对生活怀有感激之心，报之以歌，谁会知晓那流动的一针一线就是生活回以的凝视？又有谁知晓围巾在寒冬中给我的温暖呢？

　　杂乱无章的线团在我的指间流过，最终有条不紊地勾勒出围巾的样子。我感觉织的不是一件饰品，而是织出了承受挫折的韧劲，织出了一个更强大的自己。

　　织好围巾后，我仿佛有些迫不及待，只要西风乍凉，我就急着将那条粉红色围巾围在脖颈，那欢喜在阳光下"嘭"就开了花，在小伙伴眼中"嘭"就开了花，"嘭"就在我的人生路上开了花！

　　星期天，刮大风。我坐车去上数学课，本已说定我自己去就可，姥姥在家里等我，但是那天风刮得特别凶，天色阴沉，只恨天公不作美。吃完饭，姥姥再三嘱咐终是不放心，还是决定亲自送我。我再三劝她不必去，她只说："看不见你我不放心。"

　　那风遏制住我的鼻腔，毫无回旋的余地，我和姥姥互相搀扶，弯着腰，顶着风，走到了南京路。车站在对面，我终于劝定了姥姥，自己过了马路，站定后，回头，依稀瞧见有一个人伛偻着腰，带着灰色小帽，穿着灰红色外套，双腿在风中冻得发抖，向我招手又倏忽将手放下。就这样我和姥姥面对面站了许久，一辆巴士来了，挡住了姥姥的身影，再看姥姥时，帽子在草地上翻滚。姥姥似乎有些手忙脚乱，一直追着帽子跑，却一直难以追上。看着那帽子，似乎就是小时候的我，一直不想让她追上……我鼻头发酸，酸得我的嗓子有些疼。

　　我的车终是来了。我打上了卡，把手插在口袋里取暖，透过玻璃只见姥姥手扶栅栏，伸着脖子，向车开动的方向望去，将许久未挺直的腰挺直，用瘦小无力的胳膊朝我摆手。我的眼泪终是掉了下来，难以想象，一个在地里忙里忙外的老人竟变得这般瘦弱，那座我日思夜想的小楼，是否也变了模样？

　　进了腊月门，姥姥的血压恢复了正常，看着春节的脚步一天天近了，就有些坐立不安，出来进去，唠叨的话也多了起来。我忙于学业，也没细听。一日，放学回家，家安静得出奇。我妈妈说，姥姥回老家了。我的眼泪立刻就来了。因为我意识到我与姥姥见面的次数一次比一次少！

尺巷

唉，谁也没想到，那个日夜在田间地头思念我的人成了我最思念的人。

冬天里的春天

青岛的冬天总是冷得不够纯粹，蔚蓝的天空绣上一轮红彤彤的太阳，让人错觉春天一直藏在大街小巷。走在叶子凋零的花坛边，虽然哈出的白雾也像被候在嘴边的一只手一把偷走，但只要没有风便是一个小阳春。

我走入一家面馆，看到一对母子在吃一碗热气腾腾的牛肉面。孩子两三岁，坐在宽大的木椅上，显得小小的。身前放着一个碗，也是小小的。母亲将面盛进小碗中，一下一下挑拨着。我注视着面条氤氲的热气，温润在心中流转。

面是贯穿我14年生命的一种吃食。

两岁的我坐在老式木椅上，面前摆着小碗，碗的左边摆着一大碗面，姥姥坐在对面。那时的姥姥，岁月还未在她的额上扎根，头发也仍是黑色的。姥姥将面拨一部分到我碗里，又推了一下碗中那唯一的荷包蛋，那蛋就像一个顽皮的孩子，滑入我的小碗中。姥姥挑起几根面，轻轻撮口吹开热气，说了一声"啊——"，便送入我嘴中。"正是长身体的时候，来，再吃一口！"麦香弥漫，雾气缭绕……

雾气散去，一个小女生坐在椅子上，这是12岁的我。旁边是姥姥。岁月在她的额上刻下了深深的印记，头上已是凌凌白发。两个相同的碗，碗中相同的西红柿鸡蛋面。姥姥刚想动筷，却被我抓住。我夹起几根面，递到姥姥面前，撮口吹了，说了一声"啊——"，就像姥姥待小时候的我那般。"正是长身体的时候，减什么肥呢！"眼眸漾着嗔怪，话里话外缠绕的却是满满的柔情……

很多时候生活不需要理性，理性会让人产生犹豫，会错失所爱。那天我并没有吃面。出了饭店，蓝蓝的大花布上，金色的线团将丝线蔓延开来，编织着整个画布。我身处画中，身上满是金色的丝线所编织的暖春。尽管叶子凋零了，但只要树芯藏着绿，就能叩开春天的大门。我想起已有两年没有与姥姥吃面了，不禁掏出电话，拨通了那个熟悉的号码：

"姥姥，我想你了，我要和你一起吃面！一大碗！"说完两眼已满是泪花。

今年放寒假后，乔双燕天天跟徐嘉慧姥姥通电话，动员她跟徐嘉慧姥爷一起来青岛过年。徐嘉慧姥姥终没答应。徐启昌知道乔双燕的心思，就跟东北的父母商量，今年春节回江西过年。最后一次课，徐嘉慧围着姥姥织的围巾，把鼓囊囊的书包都背来了，浑身上下流淌着满满的喜悦。

栾香蕾拿着一摞试卷来了。大家都安静下来，等她发试卷。他们家明天回兰陵老家。柳大看愈发觉得时间过得慢了。

第二十四章

带着飞向太阳的翅膀上路

卷子摊在桌子上，徐嘉慧一道题也不会做。她不是不会做，是一道题也没有走进她的眼。许多老师不懂学生心理，以为多讲多练就能出成绩。其实所有的学生都认为拖堂的老师不是好老师。那时学生的心早飞了！现在徐嘉慧的心就飞了——此刻令她掩饰不住高兴的不单单是回老家见姥姥，还有她这趟江西之旅又可以走不少的地方。她最爱出去旅游了。"读万卷书"的同时，"行万里路"是不是别有一番滋味呢？

（一）带着飞向太阳的翅膀上路

"点一盏灯，把温暖传给每个人，这土地有你，才能够叫我们。"每次响起这首歌，我都有一种带着飞向太阳的翅膀上路的感觉，脑海里都是我去参加贵州助教的情景。

去年暑假，我跟随青岛电视台组织的"贵州助教，因爱黔行"助教团，一行12人历经30多个小时，终于来到贵州省安顺市紫云苗族布依族自治县宗地镇湾塘小学。

这是贵州大山深处的一所小学。

走进校园，首先映入眼帘的是仅有的一个布满铁锈的篮球架，兀自孑立在斑驳的水泥操场上。教学楼是简易的二层楼。教室空间狭小，挤满了掉皮的桌子和短腿缺背的椅子。黑板上的斑斑点点折射着学校岁月的沧桑，支撑着山区几代人的希望。

吃饭的时候，我们这些来自岛城的"温室花朵"一看饭菜就皱眉头。湾塘小学的校长说，学校的粮食由国家捐赠，因此学生吃饭免费，但几乎所有的学生都会把大部分的饭菜带回家，他们只吃自个儿带的菜团子——他们的家庭连饭都吃不饱。听到这里，我们这些"花朵"一个个的心都往下沉，默默地坐在了饭桌前。

次日早晨，学生们陆续到校。我看见他们的"书包"竟然是用藤条编的筐子，里面的课本都卷了边了，好像窝着一条沙皮狗；他们的衣服缀满了补丁，少有几个穿着过膝的裤子。

上课时，我面对的是 26 个学生，竟然来自四、五、六三个年级。他们一个个坐得笔直，屏息静气，眼睛里都有一种看一眼就会铭记终生的那份渴望。我把所掌握的知识倾囊相授，从语文到数学，再到英语……直到自己口干舌燥，嗓子沙哑。我想知识是他们走出大山最好的桥梁。走的时候，"师生"都抱成一团，每一个人都哭成了泪人。我把带去的书籍和学习用品，连同身上所有的钱都给了他们。看到他们的笑脸，我的心里好像升起了一轮太阳！"贵州助教，因爱黔行！"我的人生从此有了飞向太阳的翅膀！

"把手敞开，让需要爱的都进来。牵起手，不会孤单一起走！"歌声中我又记起那些山区孩子的呼吸、校长的话语，还有那所小学的模样。

（二）苗寨的夜暖

苗寨的天黑得有些快。

我拖着行李往山下走，夜当头罩了过来。夕阳明明还在西山顶上老高，转到山东暮色就降临了。几十户居住的宅子被南方这稀有的寒气笼罩，停电了，只见山口前面一点漂浮的亮光。走近了看，是一家旅游品店。店里一对苗家的母女，都穿着苗家的特有的服装。小女孩六七岁，拿着根细铁丝挑拨着油灯的灯芯，灯旁坐着她的妈妈。女人手拿针线飞快地穿着，小女孩瞪着大眼睛盯着布上密密的针脚。

我走进店，女人用又惊又喜的眼光迎接我。我笑了笑，往里走。这是一间古色古香的屋子，用几幅鲜艳的壁挂装饰，玻璃展示柜里摆满了花花绿绿的油纸伞、木镯、银簪、结绳、项链……一条银白色的项链闯入了我的视线。项链用蜡染的技术制成，银晃晃的碎片整齐细腻，挂着纤细的银穗，典雅、诗意。我脑海里不禁浮现，清风拂过，项链在苗家女孩脖子上闪闪烁烁，叮叮作响。

和女人商定了价格，85 元。我全身没寻到零钱，店里也没有二维码可以支付。无奈，我掏出一张 100 元钞票给她。她在柜台搜寻了一番，面露一丝为难。"小姑弄，等我一下。"她转身奔入黑夜，叮叮作响的声音消失在青石巷的尽头。

尺巷

手表的指针不停向前走着，小巷尽头始终不再见她的身影，连小女孩不知何时也离开了。撇下我，独独守着店。店并不大，却琳琅满目。随便一件物品，也值15元。但我没有拿。油灯燃尽了，屋外的石巷越发的清冷。我忽然醒悟，女人是猜到我赶时间，定不会等她，装作去换钱的吧。我无奈地继续下山，拖着行李箱，打开手机当手电筒，缓慢地行走。

路上的游客三三两两的，说说笑笑，并不感到寂寞。可怕的是半个小时过后，风卷着大朵大朵的乌云飘来。之前听说贵州有"天无三日晴"的说法，没想到这寨子在我临走之前，给了我这么个惊喜。我只好飞跑着窜进附近的风雨桥里躲雨。

身上并没有湿多少，我却为如何走完剩下的路发愁。正踌躇间，路灯亮了，上上下下，曲曲折折，时隐时现，又飘飘摇摇，活像一条长龙缠绕在山的身体上。虽是黑夜，却也清清楚楚地看到那雨水似千军万马要朝我杀过来，又重重地砸在泥里，闪电光下，地上像是千万只钉子在跳。倘若不在店铺耽误那么长时间，我可能就赶回山下的旅馆了。心里责怪着女人，叹着天公的不解人意，想着如何离开，时间就慢了。

过了很久，却又像没过多久，风雨桥的另一头传来一阵银片碰撞的声音。透过薄雾看过去，一个撑着油纸伞的身影向我走来，是那女人！她走近了些，我看到她的眼角像开出了一朵花。她来不及拂去脸上的汗水，急忙伸出紧紧攥着零钱的手："小姑弄，别的店铺关门了，回家给你找了零钱，回来见你离开了。"我接过那一叠钱，汗渍渍的还带着温热。她那纯真的眼眸，透出了寨子里最朴素的诚意。

突然她把伞塞给我，自己快速地奔出风雨桥。"自己做的，我还有一把。"只听见声音穿过小巷，温暖着寒冷的夜。她哪里还有一把！追不上那身影，此刻她已经被淋透了吧。也许那连绵的竹楼檐下就是伞，为每一个归家的人遮挡风雨。

要踏出寨门的那一刻，我竟对这寨子产生了几分不舍，下次再来，定不忘带着零散的纸钞了。

（三）一段别样的旅程

刚到黄果树还没下车，就听见瀑布的歌声。那声音好像来自天上，缥缈而又深邃。我的心一下子就激动起来。

　　下了车，立刻围上一群兜售草鞋的小贩。这才发现草鞋是当地的一大特色，无论是当地人还是游客，无不着草鞋。穿草鞋的多了，修草鞋的也多。出于好奇，我也想尝试一下别样的滋味，便买下一双金黄色的稻草编织的草鞋。厚厚的鞋底，简单利落的几个草绳编织出了鞋的灵魂。初上脚，那鞋轻若无物，凉爽无比，感觉黄果树的风都被踩在脚底下了！趟着涓涓的溪水，一条条可爱的小鱼儿在脚边翕忽。远处山峦重重，近处百花盛开，多么惬意的一幅画！

　　快到瀑布了，我感觉脚底有些异样。脱鞋细瞧，原来是个草头凸起，把我的脚磨出了一片红痕。我的脚虽不娇生惯养，但毕竟常年裹在舒适的鞋里，早已踩不得硬物。现在一个小小的草头竟然折磨得我龇牙咧嘴。正想放弃，突然瞥见路边一位老人正在给一个游客修鞋。我等候着，让老人也给修整修整。老人找到那个凸起的草头，用黑瘦的手指一按一揉，又用木杖捣了几下，便将鞋子扔了过来。我要给老人钱，老人却执意不要。再蹬鞋上路，果然舒适如初。

　　终于站在了瀑布跟前，山崩地裂的巨响震荡着我的耳膜，感觉四周都是无形的墙。每个人都好像在表演哑剧！层层叠叠的巨流如万箭齐射，那气势真的撼天地吞山河！"飞流直下三千尺，疑是银河落九天！"贵州，真的来对了！

　　我又瞥见脚上的草鞋，它朴素无华，走得过硬石，也能经过软土，趟得过溪水，也能迈过沟渠；它的草茎细长柔软，却结实坚韧，犹如从地下挖掘出的明珠，带着泥土的芬芳而又闪耀着金子一般的光泽。它与大起大落的瀑布确有云泥之别，但它正是靠着朴素、坚韧将我渡到了辉煌前——托尔斯泰说：哪里有朴素哪里就有伟大！

　　草鞋让我尝试一段别样的人生旅程！

（四）韭菜坪之旅

　　韭菜坪是贵州第一险峰。今日一见，果然名不虚传。

　　贵州屋脊是韭菜坪，海拔2900.6米。峰上有峰，岭上有岭。峰群林立，从而将主峰衬映得更加挺拔雄伟，可谓"山海之上耸巨峰，巨岭脊上挺危峰"。

　　它头顶苍穹，脚踩大地，浑身上下如同披上了一件"绿色的铆钉大氅"。那白色的"眉毛"高高地挂在它那威严的"脸上"，让人一看就会望而生畏。

　　几番"峰回路转""柳暗花明"之后，我终于站在了要爬韭菜坪的地方。爬山，

尺巷

免不了要上台阶。可是，当我听到"韭菜坪有12000多级台阶"之后，我还是震撼了！假设每一层楼之间相隔10个台阶的话，就相当于徒步走到1200多层楼的楼顶！我的腿有些软了。就在这时，我突然看到一个皮肤黝黑、脸上遍布皱纹的爷爷从我身边走过，最令我惊讶的是，他竟然用担子挑着两大袋瓶装水！我问这个爷爷："您要把这些送到哪儿啊？""山顶。"听到这句话，我的内心顿时思绪万千：12000多级台阶，爷爷要用一根扁担担着！这根扁担担过多少日夜春秋，看看他那黝黑的肤色就知道了。这个伟岸的背影渐渐远离了我，但我感觉韭菜坪不再那么雄伟了。

这个爷爷可能是为了生计从而不辞辛苦，但他这种不畏艰险迎"山"而上的精神不仅征服了韭菜坪，更是征服了万千游客的心！

（五）韭菜坪的天空

刚到韭菜坪山脚时，天像装满水的灰色袋子，紧挨着头顶摇摇欲坠。

在刻着韭菜坪的硕石前，我们象征性地做了下拍照的表面工作后，便作为当日的首客开始坐索道拾"峰"而上了。姥姥总是心怀忐忑，用江西口音吃力地拒绝着，但奈何熬不住我一再地哀求，还是极不情愿地同意了。临登索道前，她仍旧不放心，仔细地检查了每个人的装备是否带好，还随手抓了一把伞，才肯颤颤巍巍地伸出她的手，扶住栏杆上了索道。

清晨的山宁静美好，云雾似有似无，时隐时现。我伸出一只手，轻轻掠过云面，好似抚摸一个娇嫩的婴儿。婴儿就那样安然地躺在翠树织成的襁褓中，睡得甜美动人。而我还不知满足，掬起一捧云雾麟鬈，在它离开前尽力感受。这一碟云雾竟如此清澈，甚至可以透过它辨出我的掌纹。可它明明留在山中时还是洁白，现在却如此轻快地荡漾在手心里，或许是我们来得太早，这韭菜坪还不曾起床洗漱？

向后远眺，索道经过的地方泛起了一串滔滔白浪，似青龙脊背上素白色的背鳍划破水面。蜿蜒的曲线绘出它灵活的身体，被驱赶的雾气映出它坚挺的鳞片。它随意地摆尾，就惊起数只巨鹰接连腾空，吓得无辜飞鸟四处逃窜。这里，是它的天下，它自由地闲逛在天地间，惬意的生活呼唤出游人散着碎金的回忆与无瑕的向往。而此刻的我，正位居龙首。

沿着浅雾望向西边，山与山之间仅有一架索道相连，当然，"仅"用在这并不完全准确，因为它下面还有条条蜿蜒小道与青丘交相映照。由树木再向外，则是淡蓝的山峦，碧绿的山峰层层叠叠，垒成了一片苍翠的翡翠，如菩提般柔和，直叫人无法再简单地用一句"黛色入远山"来形容。

　　下索道没一会儿，天上就落下伶仃的几滴雨水，接着越来越大，把我们连同众多游人都挤到了路边签票用的帐篷里。

　　瓢泼大雨就像猖狂的恶魔，肆意地在烈火中挥舞着镰刀，将我和母亲的伞戳出好几个大洞，可我们依旧没被淋到，接着抬头就又看见姥姥那双伤痕累累的手，向上延伸出一把大伞。

　　"咚咚！"栾香蕾看出徐嘉慧心不在此，赶紧敲桌子了。徐嘉慧做了一个鬼脸，深呼吸一口，埋头静心两秒，专心去做题了。

第二十五章

最后一次作文课

下了数学课之后，年前就剩下最后一次课了。最后一次课是作文课，柳明君讲的是"二中·半岛杯"的征文《寻》。"二中·半岛杯"是由青岛二中教育集团、半岛传媒、青岛市作家协会、青岛盟诺学校等联合举办的，今年是第六届。征文大赛主题是——

"寻"，似乎是古往今来人们共有的一种状态。唐代诗人刘长卿穿梭在山水中，寻隐居之人未果。贾岛亦寻，归去在云深不知处。当代作家、画家木心在各种悲喜交集处寻找自己，在长途跋涉后只求返璞归真。不仅个人在"寻"，团队、民族、国家也在"寻"……请以"寻"为话题，结合自己的生活体验和感悟写一篇作文。

征文比赛、报刊投稿都是实战演练。实战演练能大大激发写作的热情，提高文学水平。每一个文学爱好者在文字变成铅字时的那份喜悦是无法言述的，那种肯定和激励是会影响一生的。一篇文章的发表很可能开启一扇文学之门，造就一个作家、一名诗人。柳明君深谙写作之路，有机会就让他的学生参加。他的学生获奖无数，报纸、刊物发表的也屡见不鲜。所以，他组织孩子们参加这次征文。骆来来嗫嚅着问，可不可以用他那篇《紫茉莉》。柳明君想都没想，立刻就给他否决了，写作不要吃老本。一个作家都要推陈出新挑战自己，否则就会给人"江郎才尽"的感觉。何况我们一个初学者？柳明君的话打消了所有人的那点小侥幸，老老实实地埋头选材立意去了。后来孩子们几经修改，昨天都把作文交了上来，今天早上柳明君又从头看了一遍，分别写出了评语，这节作文课的重点就是讲评。

这次"二中·半岛杯"的征文题目《寻》给得真好。好题目能激发每个人的创作欲望。寻是寻的结果，这就寻得了写作的真谛。四楼杨老师姐姐的孩子也写了，昨天塞给柳明君，让他给指点。

寻

生活就像一本大书，充满了酸甜苦辣、淋漓尽致。

新年将近，大街小巷立马充满了浓郁的年味。早市上，人们拎着大包小包地进出，超市里的货物常常被抢购一空，好不热闹。

进了腊月，又是一种风貌。街上只有零星几个人——热闹的还是家里啊！楼房里的邻里相互提前拜早年，落灰的入户门也变得锃亮。到处都洋溢着欢乐的气氛。

除夕夜还没到，全国的电视台都忙着上各种"春晚"。我们一家人每天都是兴冲冲地打开电视机，可是不到半小时，妈妈吐槽道"这电视真是越来越没意思了"，说完，就回屋抢红包去了。我看了一会儿，也只能回房去看书。

我正看得入迷，一阵阵鞭炮的爆炸声传入耳畔。我起身拉开窗帘，把头探向窗外，就看到几个孩子左手拿着火柴乱窜，右手扔着摔炮，脸上的笑已经咧到了耳根。一旁，一个瘦骨嶙峋的老人违和地出现在这一场面。他个子不高，一只手拿着垃圾麻袋，另一只手拿着扫帚扫着放完的烟花垃圾，蹒跚地走着。黑色的背影时短时长，跟在孩子们后面。没过多久，孩子们手里的鞭炮放完了，蹦蹦跳跳地回家去，然而老人仍在劳碌。此刻的小区楼外仅剩他一人。许久，他完成了他的工作，放下手里的工具朝着一盏路灯走去。

他一只手扶着膝盖，另一只手扶着石凳子，缓缓坐下，此时我才看清楚他的脸：额头的皱纹就像皮衣的褶子那么多，眼睛两旁的泪痕清晰可见，刚毅的眼神也好像被生活磨平了棱角……他拿出一部手机，笨拙地滑动屏幕，随后又从口袋中掏出眼镜，戴上，就像变了一个人似的，对着屏幕有说有笑，好像生活的阴霾全然消失。我看着这温馨一幕，急忙回到座位上，记下了这美好时刻。

生活就像一本大书，五味杂陈，起起落落，这才是生活呀！

柳明君看了，感觉文章还不错，这个孩子有一定的功底，是个好苗子，但一看就知道是没有经过系统训练的。写文章首先要完成主题，"寻"的最后是要告诉读者寻到了什么。主题就像镜中看太阳，一面镜子中只有一轮太阳，镜子碎了，每一个碎片都有一轮太阳。这个孩子的文章显然没有完成这一任务。但假以时日，他会出成绩的。

尺巷

在尺巷学习小组这6个孩子中，柳明君觉得最有文采的是徐嘉慧。她的作品水平明显高出同龄人许多。这个女孩很有文学素养，将来不从事文字工作算是可惜了。最后这节课，他要好好嘱咐嘱咐她，利用假期多读点书，读名著，慢读，细品，摘抄。对，一定要慢，要品。书要为自己所用，不能成为它的奴隶。她会听的，她那么聪明，一点就透。徐嘉慧一家要去赶飞机，最先讲评她的。

寻

徐嘉慧

寻着，寻着，我找到了亲情在哪儿。

——题记

母亲的做菜水平一般，经常不是淡了就是咸了，不是糊了就是添水多了。每当这个时候，母亲总会讪讪地说："下次我用心做。"

我知道，母亲在生我之前，曾经也是两手不沾阳春水的人。但自从有了我，吃穿用度立刻亲力亲为起来。拜姥姥学艺，上网取经……在这十多年的时间里，母亲的做饭水准开始提高，吃着也越来越顺嘴了。

但去年冬天，因姥姥生病身边需要人照顾，母亲又是上班又是陪床，忙得连轴转。父亲工作更忙。平时，他们挤时间赶回来做晚饭。到了周末，便让我自己打发，我于是便有了出去吃的机会。

第一周，我寻着牛排味道，来到西餐厅，点了份七分熟的牛排和一份意大利面。刚端上来的牛排烤得恰到好处，"滋滋"的香气扑鼻而来，上面点缀着几片西兰花，精致的黄油已融化在牛排上边；蛋黄色的意大利面，淋上一层肉汁，色香味俱佳的外衣诱惑得我口舌生津。

先切一块牛排，再吃一口意面，仅嚼了几下便吞咽下去，口腔、食道被润滑着，空荡荡的胃仿佛伸出一只小手迫不及待地从口腔去抓取，那感觉一个字"爽"！

第二周，我来到汤包店。透过热气看到端上桌的包子，我顺手拿起一个。好漂亮呀！白白胖胖的包子，一层卷着的花边，真像姑娘盘发的造型；用手轻轻一压，外皮会凹陷再弹起，周边有为之一颤的温润手感。咬一口，一不小心那汤汁"吱——"的一声呈抛物线飞扬！虽然汤汁有些烫嘴，但依然掩盖不了肉香和麦香，汤汁流入

188

嘴中，味蕾立马得到很大满足。

抓起，轻咬，咀嚼，细细品味汤包，那感觉两个字"真爽"！

……

又是一个周五。我忽然不太想出去吃饭了，放学回家的路上只买了一杯奶茶。

捧起这杯奶茶，我深深地吸到一口红果，浓浓的红茶夹杂着淡淡的奶，嘴里竟然产生一种微苦的感觉。呃？

吸着吸着，奶茶不再使我倾倒，反而让我想起了曾和母亲第一次在家做奶茶时发生的趣事，不知不觉唤起了另一种渴望——想赶快回家，给母亲打电话，告诉她"我想她了！"

一路飞奔，行至楼下，远远地只见那间黑暗了很久的厨房竟然射出一道橘黄的光！那一刻，我忽然鼻子有点发酸，眼睛有点湿润。我仿佛看见母亲正在厨房穿梭，桌子上也已经摆上许多热气缭绕的饭菜……

远处的霓虹灯亮了，像缤纷的梦，像五彩的霞，像绽开的焰火。看着灯红酒绿，看着行色匆匆的路人。他们可能有人踱进去享受美食熨平味蕾，但更多的是往家赶！家，是一个多么温馨的字眼，宝盖头遮住了外面的寒风冷雨，横是家的担当，撇是家人的期盼，捺是对家的眺望，钩把全家人紧紧地系在一起。有人说，日子在忙忙碌碌中才显得平淡，生活在粗茶淡饭中才能生香。可我要说，没有亲情的陪伴，哪怕珍馐美馔、山珍海味，也是平淡无奇、味同嚼蜡。心若有爱，何处没有盛宴！也许，母亲煎牛肉依然火有点大，包子面发得依然有点板，奶茶比例仍是不固定，但我仍会认真享用，因为我发现——

爱是最好的佐料！外边的东西再好吃，也寻不到这份来自母亲，独属于我的亲情味道！

寻

骆来来

初秋的雨如烟如雾，无声地飘落在高楼林立的夹缝中，轻柔地抚摸着我的头。

云，自诩为画家，将雨点泼于我的短袖上衣，仍觉不尽兴，又倾盆浸染。漫步其中，我寻觅着，并不想撑起一把伞，反倒享受着片刻的清新与自由。

尺巷

临近期末，一场场繁重的考试与练习，如同咄咄逼人的荆棘，将在阳光中奔跑的我划伤。从早到晚地努力，6点开始英语单词诵读，患得患失，仅仅是为了准备将要到来的青岛市英语口语大赛；阳光明媚的中午，正适宜沐浴于阳光下、树荫中，却听捻子落盘之声，9段围棋考级仅剩寥寥几天就到来；合唱团里，我作为钢琴伴奏正承担着少儿春晚排练大多数的压力，常如囚鸟般，手按琴键，遥望窗外的美丽缤纷；素描的排线如同我的坚决，根根在纸上勾勒出自我……尖锐的荆棘中不会开出娇艳而立的鲜花，至少我的生活中从未找寻到，甚至连一闪而过的想象也早已被压力消耗殆尽。何时，我能够寻回原本乐观的心？

傍晚，灯光如训练得一样齐刷刷地亮起。雨仍然执着地落下，雨击打地的声音竟意外地美妙。光柔和地落在我的肩头，与雨共同构成了一副对比感极其强烈的都市画作。我心中欣赏美的感觉自然地随着地面的雨珠流淌，伸出双手捧住颗颗蹦跳的珠。手中的晶莹被我捧至光下，寂静得如同透镜般，偶尔有两颗雨珠微微跳动，溅起朵朵水花。明明雨可以安适地睡在软软的云中，为什么它们仍会奋不顾身地向下跳呢？宁愿粉身碎骨，也要向下跳，完成自己的使命？

雨冲散了闷热，带来了空旷深蓝的天，带来了微风徐徐的秋，也带来了少年悸动的心。我漫步在雨中，脚踩着一面面晶莹的碎镜，不易察觉的一丝丝愉悦就如同一股暖流，从心底流淌而出。嘴角的微微上扬，沉重的脚步虽未改变，但在其中已有了轻快、愉悦与放松。

是你吗，我所爱恋的雨？你就是雨，是使人静谧、使人怀想、使人动情的秋雨啊！你常在我的眼前流动，给我带来了感情的滋润，给我带来了精神的放松。你宁可粉身碎骨，也始终坚持着追逐自己的幸福，你用自己小小的身体，抚慰了我疲惫的心灵，滋润了人间烟火，也伴随着时光流逝，冲散了世间的阴霾。

濯缨洗耳般，我寻到了！让那雨纯净了灵魂，遥望即将出现的更静美、更开阔的大地！

这个骆来来原本想偷懒，拿一篇现成的作文顶上。没想到逼他一下，他竟能写出如此成功的一篇文章。看来对有些孩子来说不逼是不行的，可是现在有多少孩子在故步自封、停滞不前呢？

寻

杨林奇

出了地铁。那门帘好像也怕冷，从我的身旁挣脱，急于回到门框的怀抱。身后的橘黄的灯光将我推进晨曦，撞得冲锋衣紧紧瑟缩在身上。彻夜不眠的路灯抓住我的影子，一盏一盏彼此递交。

来海边拍照已经是家常便饭了，这么早还是第一次。今天我要寻早晨的第一缕阳光。

一条刚铺就的石头路上，只剩下几小堆淡黄的细沙借着微咸的海风在马路两边来回游荡，挤进我的眼眶，挤出无穷无尽的烦恼融合而成的淡涩微苦的水。坐在长椅上，回想起学期初，明明学得不错，我的能力也足够灌满那一缸水，可为什么当我自信地揣起所有人莫大的期望时，却总是差那么一点点呢？

苦恼并不影响黎明啁啾到来——初升的阳光灿烂了我的镜头。路旁的渔村，那户与户之间悬挂着数不清的渔网缆线，如乱麻般纵横交错，房前屋后也堆满了木桶瓦罐、铁锹钢铲，与这晨光熹微显得水火不容。我刚要把镜头移开，一抹红润撞了进来！镜头拉近，慢慢深入。在朽烂的木板和浸氧的铁片的间隙，细细一缕胭脂色的香气氤氲开来，随它寻去，进入取景框中的是与这平凡生活格格不入的艳丽——一盆正盛的天竺葵！几朵娇艳的小花挤成一团，几簇花团又溢满花盆，那别样的景色洗涤着这个清晨，迎着新生的太阳，在众多粗俗甚至平庸中显得那般出众！她仿佛看到了我，微风吹过，转过来朝我摆摆手，又回去，再一动不动。多么高傲的一盆花啊！我好像在那清晨的雾中寻见，我的未来也如她一样，迎风而立，傲霜怒放！

咔嚓！快门清脆的声音。我捕捉到了这个早晨最亮的一道光，最美的一道景！先前的烦恼也早已荡然无存。其实世间万物都没有那么难，只要我们在不起眼之处耐住贫瘠，就能绽放芳香；只要我们在生命低谷之时耐住寂寞，就能守住繁华；只要我们在难以逾越的鸿沟前懂得蛰伏，就能涅槃成凰！

小奇的文章还有明显的"八股文"痕迹。这也是应试教育的成果。文学是艺术，艺术既需要天赋，又需要努力。这不是一句话、两句话能说明白的，但愿小奇能多看、多思、多写、多比较。

尺巷

寻

高韵竹

又到了夏天，郁金香刚刚衰落，百合开得正盛，空气中散发着醉人的清香。我长舒一口气，放下书本，走到阳台轻轻推开那扇浸透了甜蜜的窗。

窗外蝴蝶纷飞，蜜蜂嘤嗡。一个蜷缩在花台边的孩子映入我的眼帘。他的双眼圆溜溜的，肥嘟嘟的小手遮放在鼻翼边，像是在认真捕捉大自然的气息。一阵风吹过，他面前的那朵蒲公英随即弯了下腰，蕊外裹着的毛茸茸小球瞬间变成无数只小降落伞，带着美好的愿望向四下飘散。有的飞得高，飘向远方；有的飞得低，躲进草丛。刹那间，小男孩像是闻到了什么，迎面绽开笑容。他扭头冲着我对面楼的窗户激动地喊："妈妈，我闻到了蒲公英绽放的味道，你快下来闻闻，好香啊！"对面楼在阳光的背影里就像一张铁青着的脸。凝望着那孩子茕茕孑立的身影，我的思绪不禁追溯到童年……

年幼的我，脑海里总会浮现一些奇奇怪怪的想法，我会猜测彩虹是不是通向天空之城。我会担忧星星眨眼是否会感到疲惫。在我清澈的双眸中，世界仿佛蒙上了一层神秘的面纱，有太多秘密等我揭开。

一个夏天的午后，路并不烫脚，我在妈妈手术后的呻吟声里踮着脚尖，悄悄溜进后花园。我蹑手蹑脚地走到草地边，弯下腰细细端详，怕惊醒酣睡中的蒲公英。蒲公英又长高了几分，那白色绒毛仿佛又厚了一层。我满怀欢喜地凑近它，闭上眼睛仔细轻嗅。微风拂过，蝉鸣暂停，刹那间，我好像闻到了一丝淡淡的清香，那美妙的气息如同一道光一直在我心中萦绕。我兴奋地跳起来，转身欲跑，却一头撞进寻我的姥姥怀里。我拉着姥姥，诉说蒲公英的味道是那么扣人心弦。姥姥紧紧攥着我的小手，跟我一起蹲着嗅闻那丝清香。她说，蒲公英寓意着一帆风顺，蒲公英飘飞的时刻是有香味儿的，你闻到了，你妈妈的病就会好了……可是那天中午，一直蹲到腿发酸也没有等来一朵蒲公英绽放！我有些怀疑自己，可姥姥却信誓旦旦说蒲公英绽放是有味道的！

从此，我对蒲公英产生一种至真至爱的情愫。只要一见到它，我就盯着看几眼。后来姥姥说，吃蒲公英或蒲公英泡水喝对我妈的身体有好处。我于是拿着小铲子，到处去寻蒲公英。看到一棵蒲公英就如获至宝，小心翼翼地挖起来，生怕弄断了它的一根须根。随着年龄的增长，我寻的路线越来越远了。星期六、星期天常常坐着公交车到郊区去挖。别人种花，我种蒲公英。只要蒲公英开花，我就等着它飘飞的时刻，但我再没有闻到蒲公英绽放的味道……

直到今天，我站在阳台边，俯视楼下那个低垂眼眸的孩子。突然，那孩子也抬起清澈的双眼望着我。这唤醒了我尘封已久的记忆——他渴望得到我的认可。蒲公英的味道承载着一颗纯净的心灵，那样易碎又那样珍贵。那清澈的眼神，多么容易被湮灭！而我多不想让这份清新悄然逝去，多想留住一个甜美纯真的梦。

"是啊，"我回答道，"蒲公英绽放的味道的确很香！"

妈妈的坟头已经开满了蒲公英。妈妈，你在天国一定闻到了蒲公英的香味了吧！

点评高韵竹的作文时，在场的人都流下了眼泪。写作需要真情实感，唯有真情才能打动人。但像高韵竹这样的人生经历又是人人唯恐避之不及的。柳明君感动之余，并不提倡写这种作文，就像教材编委并不提倡把"少年赖宁舍身救火"编进语文课本一样。纵观高韵竹前后写过的几篇文章，无论《倾国倾城的陪伴》还是《暮春》，乃至今天的这篇有关蒲公英味道的《寻》，其实都是她生活的真实写照。高韵竹的生活对她打击太大了！她可能后面很多年都走不出来。因此，柳明君三言两语就结束了对高韵竹文章的点评。

寻

李学健

我的爸爸，是个乐观、从不念旧的人。可当我提及他的故乡时，他棕黑的瞳仁忽的乱了，宛若金月在漫漫长河里流淌，继而沉入情绪的海底。

他把奶奶跟去世多年的爷爷合葬之后，从离开那片夹杂着牲畜味儿的、悠悠的芦苇荡开始，再未回去过。一时，他竟不知从哪里说起。我仿佛看到一个瘦骨嶙峋的老人伸手去捡散落一地的野花，沿着绵延的土路，已没有精力扑扇掉尘土。突然，他的手指在眼前舞动起来——水坑！他谈那里始终"驻守"着粗壮的树木，说周围的芦苇如何密不透风，各种水鸟如何起起落落；他谈那里始终滞留着一群贪玩的孩子，说他们如何从树上往下跳水，如何在水塘中潜泳嬉戏；他谈那里他一个小孩子

尺巷

如何抱着菜板练习漂浮，在水里误溺，如何听着家长撕心的呼唤；他谈那里始终聚拢着一堆长舌的妇女洗衣捶打，说她们如何嬉笑怒骂……他自顾自地诉说，像一个风雨过后的天气，仍浸于轰响的泥泞。

他还不满足，拿出一张纸开始勾勒他的村庄、他出生的老屋、他奔跑的田野，用他拙劣的画技辅助吃力的诉说。我趁机问他，水坑里有鱼吗？儿时哪些最有趣的事是他永远不能忘记的？没有，只有小虾，听说池塘和芦苇地早已填平。他一顿，目光缄默了。

我顺着他的描绘看去，一个关于槐树石榴、油灯土炕、鸡鸭牛羊的农家小院之梦正缓缓铺陈。他的影子在灯下伸长又拉短，奔波于填补记忆的旅途中。我仿佛望见，少年时的爸爸顺着墙边粗壮的歪脖子槐树要爬到草房子上，爬过粗糙的树皮，爬过灰青的瓦片，爬过匆匆的岁月；下房顶后，趁着大人睡着，他偷偷摘下院里咧开嘴的石榴，再把晶莹的石榴籽同繁星比较，比较之后再蹑手蹑脚地回到床席上，把它藏到枕头下……藏？我的思绪停止飞扬。如今，谁还拿石榴当宝呢？爸爸的目光又黯淡了些。

"爸爸，你为什么思念那儿？你为什么想回去，却又不回去？"

他的双唇颤动，哽咽着："回去的是故土，回不去的是过去的那段时光。故乡的珍贵是在故乡生活过的人们赋予她的一种特殊向往。"

语至此处，我才豁然。爸爸想回去看的并不是村中间那个水坑，也不是村西头那片芦苇地；不是他出生的老屋，也不是他成长的田野；不是村北头的棉花地，也不是村南头的杏树林……因为，老屋已卖给别人家改建了，不管村哪头都没有他家的地了！怎么寻得他的童年的物质载体！他想找寻的应该是他的童年、他的少年，乃至他的部分青春时光！

有一天，爸爸宝贝似的捧回一个鱼缸，里面养着一只小虾。小虾是老乡养在窗台上的，听说来自家乡的小河，他立刻索要。事后，他送老乡一只肥美的北京烤鸭。

李学健这篇文章是上乘之作。它拨动了每一个中国人共同的那根心弦——思乡。思乡，是一个永远也不过时的话题，就像亲情永不过时一样。正如文中所说："回去的是故土，回不去的是过去的那段时光。故乡的珍贵是在故乡生活过的人们赋予她的一种特殊向往。"世上没有完全相同的两片叶子，也不存在完全相同的故乡生活。千丝万缕的思乡之情需要一个载体来表达，李白借助明月，"举头望明月，低头思故乡"；杜甫借助花鸟，"感时花溅泪，恨别鸟惊心"；王维借助佳节，"独在异乡为异客，每逢佳节倍思亲"；王湾借助家书，"乡书何处达？归雁洛阳边"；范仲淹借助一杯浊酒，"浊酒一杯家万里，燕然未勒归无计"……李学健的这篇文章用"铺排"的方式浓墨重彩地描写"故乡的水坑"，就是一个极好的思乡载体。"铺排"既可以淋漓尽致地细腻铺写，又可以一气贯注、加强语气，还可以渲染某种环境、气氛和情绪。特别是结尾那只"小虾"，简直是神来之笔！将思乡之情托到了一个高度，真是意犹未尽！

寻

柳大看

父亲到新学校工作，我也随他转了学。一切的孤独都从陌生开始。

一场雨过后，父亲的办公室外的院角竟蹿出了一丛三叶草。我惊喜极了。这丛小草绿得如此内敛，它们薄而小的叶子与一旁的植株相比显得皱巴巴的，十分可怜。它们注定要在平凡中求生，大多人终究不愿理会它们。

看着它们，就像看着自己。我们多么相像，忽然闯入了一个不属于自己的环境，注定要遭受无尽的失望。到了这个新的环境，父亲忙于打理新的工作，我的朋友相隔几十里之外，我的周围一下子冷寂下来。

可自从有了三叶草，这院子似乎不那么刺眼了。立于院中，周身都是染人的清香，那清香都在风里藏着，让人不自觉地就陷进去了，渐深、渐远。

相传在三叶草聚集的地方，能寻到四叶草，那是能带来幸福与吉运的好物。于是我每隔几天都要在它们之中搜寻一番。我不停地幻想着，找到四叶草，从此生活变得亮丽，融入新的集体，得到大家的认可……

十月的太阳，早已不那么热烈。于是，这丛三叶草每日吸着清凉的空气，竟长满了半个院子。每日来来往往的人却摇头，笑父亲和我荒废了块好地，即使他们都听过那个传说。几周过后，我的兴致也渐渐淡下来了，于是安慰自己，把它们当作一群过客，几天后欢送走。我甚至为那块地谋划了新的花草。

尺巷

就在我打算赶走它们的下午，灰色的天空挤满了乌云，豆粒似的雨点接连砸下来，不久就连成了一片，一股脑儿往下泼——只是这水太难泼尽了。计划搁置，我趴在窗户上，看到三叶草丛在雨中瑟缩着，战栗着。路边的梧桐晃荡着身子，树枝被雨打下，倒在它们身上。我暗想，这场风雨是给三叶草送行来的。

雨一直下到天亮。

晨光熹微中它们有些凌乱不堪，有的倒成一片，有的团成一簇，还有不少折断了身子。赫然，一个异样的形状跳入我的眼帘，是四叶草？我蹲下来，端详。这棵三叶草的其中一片叶被撕开了一道口子，像极了四叶草。但这哪里是什么四叶草！它在风雨中冲破了陈旧，斩获了新生。它为自己寻到了光明的未来！

我看着它，不由笑起来，眼睛却湿了。真正的幸运，不过是在苦难中历练的本领罢了。

那丛三叶草终是留下了。我沿着它们四周砌了圈鹅卵石，从此它们不必再受轻视。这些为自己开辟光明的勇士，本值得如此尊重。我也注定要和它一样，寻到新的生活、新的自己。

今天的作文课还没上完，乔双燕怕在去流亭机场的路上堵车，耽误登机，本来说提前十分钟接徐嘉慧，还有半小时下课她就坐不住了，提前把徐嘉慧从作文课上接了出来。

徐嘉慧这一走，学习小组的气氛就不一样了。想回老家过年的就有些坐不住了。这其中，柳大看最为"骚动"。

第二十六章

学习小组被查

　　柳明君点评的最后一篇是柳大看写的有关三叶草的《寻》。他看了一下时间，还有半个小时下课，估计 20 分钟就能结束。这样安排是想让徐嘉慧听全、听完整。他觉得柳大看这篇文章从选材立意到布局谋篇，再到遣词造句都是难得的佳作，所以他想放到最后。刚开了个头，乔双燕来喊徐嘉慧了。徐嘉慧收拾书包，又把粉红的围巾重新围了一遍。这时，乔双燕轻轻地对柳明君说，外面怎么多出许多人？柳明君一愣，盯着乔双燕看了几秒钟，也没多想又掩门继续上课了。

　　徐嘉慧走了，柳明君心中升起了一丝遗憾。如同准备了一次盛宴，最后一道大菜正要端上来，有客人却抹抹嘴儿起身撤离。再讲评的时候，柳明君的声音就低沉了许多："写文章第一步是确定立意。写文章要有社会价值，有教育意义。英国文豪约翰生说，写作的唯一目的，是帮助读者更能享受或忍受人生。还有句话说，文学是社会的教科书。这些话其实说的都是文章的立意。"

　　柳明君接着说："一名作家应当有一种历史的责任担当，应该有一种博大的济世情怀；一名语文老师应该是传承责任担当和济世情怀的桥梁；一名学生应该是一个继承者。这次征文题目给得很好——'寻'，寻的是结果，寻的是谁为社会贡献的大小。这就从另一个方面诠释了写作的真谛。写作其实很简单，就看谁的贡献大。这就提醒我们要时时处处想着文章的出口，想着读者，想着文章的社会效应。"

　　柳明君讲得正浓："但，写文章千万不能自我贬低。有困难很正常，但不能贬低自己的形象。比如，柳大看这篇，父亲调到新学校，自己也跟着转了学。这就没有贬低自己。而杨林奇那篇，虽说只有一句'坐在长椅上，回想起学期初，明明学得不错，我的能力也足够灌满那一缸水，可为什么当我自信地揣起所有人莫大的期望时，却总是差那么一点点呢？'这就是自我贬低的表现！还记得徐嘉慧《感谢有您》那篇文章吧，虽说补课，但人家是参加'相约上合，遇见青岛'的演出落下了

尺巷

几天课去补课，这课补得'高大上'，'前无古人'……"

就在这时，突然有人敲门。

屋里的人还以为是柳大看的外公、外婆回来了，结果敲开门一下子涌进来许多人，有个人还扛着个摄像机录像，其他人都举着手机。"都拍下来！都录下来！"一个人腆着个大肚子在人群后面指挥。

各种学习班相安时都是风平浪静的，一旦产生纠纷就是颠覆式的。

马筱茗的学习小组没有产生纠纷，产生纠纷的是四楼杨老师的姐姐，被祸及就有事了。

杨老师的姐姐自从被柳明君婉拒之后，就转投楼上另一个老师。那个老师也不知住几楼，听说原来是培训机构的，"双减"之后培训机构被迫关闭，他就自己单干。都是经别人介绍，一对一，听说收杨老师姐姐不少钱。

一开始杨老师的外甥进步很快，杨老师的姐姐就很高兴。

许多男孩弱在语文、英语上。英语弱，是因为懒；语文弱，是读书少。说到英语，逼着孩子多记单词，许多题就看懂了，题看懂了就会做，成绩就上来了。语文知识广阔，广阔得如同太平洋；但语文知识的水又很浅，比如谦辞跟敬辞，称呼自己的父母为"家父（家严）""家母（家慈）"，称呼别人的父母为"令尊""令堂"，一句话可归纳为"家大舍小令外人"。这根本没有难度，有难度的是这次复习了谦辞、敬辞，没考，考的是年号、庙号、天干、地支。所以说，语文贵在阅读。大量的阅读可以构建起语文知识树。短时间内语文成绩提高不明显，但语文考场的作文都有应试的"套路"。初中生的作文题无外乎亲情、励志两大类，平时准备好了，考试分数就上来了；阅读也有答题的"套路"，多答几个点，关键是怎么能让孩子想到这几个点，想到点了，得分就容易了。

后来杨老师外甥在跟杨老师姐姐聊天时，无意透露出一句班上的同学怎么的怎么的。杨老师姐姐一愣，不是一对一吗？怎么还多出一个同学来了呢？赶紧追问，才知道这个同学是老师的侄女，也上初三。尽管不是次次都来，但也一起跟着上了不少节了。再问，孩子又说，有时候去得早了，这个老师的大课还没有下课，老师就甩给他一张卷子让他跟着做，然后一起跟着听，听讲评。最后老师会把这段"公共"时间从"一对一"中抠出，提前下课。杨老师姐姐就不高兴了，心里就埋下了怨言。培训机构的老师都很细心，都有一个小本本，都有一套自认为很系统的授课内容，都很认真地备课、上课，很认真地批改作业，很认真地反馈总结。每次课结束，学生、家长都感觉很实用。在家长的心目中，好老师都在培训机构，特别是从过来人尤其是从"成功人士"口中声声相传的，于是许多家长直接用手去指挥大脑。这个老师表面上大大咧咧的，其实他也跟别人一样细着，眼看到了年底，该交费了，就盯着杨老师外甥的口袋。这样盯了几次之后，还没动静，就改为提醒。杨老师外甥每次都答应得好好的，可是下次依然没带。老师除去在乎钱，还在乎面子和良心，不交钱依旧照常上课。临近年底了，催得就紧了。杨老师外甥只好复述他妈妈的原话，让老师跟他妈妈要。老师跟杨老师姐姐交涉，这才知道有了纠纷。杨老师姐姐很不客气，说当初可是说的一对一，要么退钱，要么按一对二的费用上完应该上完的课时。

这个老师也很强硬，坚决不同意这两种处理方式。杨老师姐姐一气之下就打了市长热线12345。实名举报，并且声称还有录像。原来，杨老师姐姐早预料到会发生不愉快，提前做了手脚。俗话说，捉贼捉赃，捉奸捉双。处理的方式是今天孩子照常上课，有关部门出动，到教师大厦抓个现行。

徐嘉慧是个守规矩的女孩，虽最后一节课提前撤离，但也毕恭毕敬地背着书包站在门外冲上课的柳明君鞠躬，说老师再见。这一幕恰恰被等候电梯上楼抓现行的人抓了"现行"。

徐嘉慧一家走后，抓现行的人紧急磋商。磋商的结果是一视同仁，绝不姑息！一部分人上楼，另一部分人查一楼的那个学习班！如果期间再发现类似的学习班在上课再查，发现一起，查处一起！教师大厦有点儿乱了，不整治看来不行了！

录像，拍照，盘问，登记学生的信息……最后让学生回家，勒令柳明君停止上课，跟他们走。

高海峰来接高韵竹，在绍兴路与伊春路交叉路口附近遇到杨秋山。他正跟一个坐在黑色别克车里的女人说着话。女人的发型很时髦，皮肤保养得很细嫩，优雅地递出一个纸袋。杨秋山抽出里面的钱一张一张地数。高海峰见情绪不对，就没惊动他，继续沿着伊春路往教师大厦走。走到1号楼下，他见徐嘉慧一家拖着行李站在路边招手打车，高海峰便走上前说着提前拜年的话。徐嘉慧一家坐进出租车走后，

尺巷

高海峰进楼，恰好遇到柳明君被带走这一幕。高韵竹上这个免费的学习小组，上得高海峰就跟热锅熬糖似的都快化了。他始终觉得欠人家点儿什么，除去前面给孩子们点过两次外卖，再没掏过一分钱。每次见着几个给学习小组上课的家长都像欠了人家很大的人情，几次三番、几次三番地说春节期间在一起坐坐、吃个饭。现在看学习小组要被取缔了，柳明君还要被带走去说明。有什么好说明的，一分钱不收，免费上课还要去说明！这个火暴脾气不答应了，众人还没反应过来，一把揪住一个长得瘦小的人衣领，另一只手攥起拳头照着腮帮子就是结结实实的一拳，边打还嚷："就打你这不长眼的！"话音未落，顺手就把那人摔出单元门去。

柳明君之前听说过高海峰打过王春红，但那都是道听途说。今天他是见识到了。高海峰平时爱喝两杯，这几年明显胖了，胖得跟鲁智深似的，头大腰圆胳膊粗，拳头跟个倭瓜一般。他一拳就把身旁的另一个人打了一个趔趄，脸肿了，一张嘴满口的血，嘴角的血蚯蚓蜿蜒，一擦成了血头公鸡。高海峰打得兴起，三拳两脚就将这些"白面书生"打跑了。柳明君、李志鹏喊都喊不住。马铁山、骆士宾都劝，众人也在劝。腆着肚子的领头人一看事情升了级，赶紧拨打110。对方一听是教师，1分钟就赶到了现场。

高海峰和柳明君被警察双双戴上了手铐。人们在天井自动让开一条路。楼上、楼下的台阶上不知何时挤满了人，两部电梯一直在忙着运行。有熟悉的邻居在打探缘由，有背书包的学生夹杂在里面。警察来了，他们都往前涌。

众人都簇拥着往楼外走。楼外的马路上早挤满了人。站在人群后面的一个个踮着脚尖，伸长脖子，张大嘴巴，像急于填食的鹅鸭。

就在这时，人群远处的杨秋山突然指着路边停着的那辆黑色别克车，咆哮道："尤丹，你给我出来！"他数钱的时候，车里女人接了个电话，虽然车窗摇上了，他还是断断续续地听到了几句："一视同仁，绝不姑息……发现一起，查处一起……不整治看来不行了！"现在看着教师大厦戴着手铐走出来的柳明君和高海峰，他醒过味儿来了——尤丹才是始作俑者！

今天尤丹确实是组织有关部门前来教师大厦查处违规办学、有偿补课的。令她没想到的是，一楼她曾经待过的尺巷办了一个学习小组，且首当其冲被逮了个正着。这要归罪于她与下属的沟通不畅。"尤督，执法过程发现其他类似的违规现象如何处理？"下属不知道她的过去，这样请示道。也怪她头脑简单了，才说出"一视同仁，绝不姑息"的话。现在事情升了级，她也不好收场了。

警察站停了，高海峰和柳明君也站停了。众人的视线都像风吹草儿一样扭向杨秋山，顺着他手所指的方向盯着别克车。柳明君看见别克车后面躲着一个穿墨绿色羽绒服的女人。那女人大概也没想到会成为众矢之的，带着满脸的尴尬一猫腰向前走了。

"尤丹，站出来！"杨秋山继续指着别克车怒斥，众人才知道不是墨绿色羽绒服的事，只有柳明君知道他的学习小组是被谁牵连进来的。只是高海峰不该动手！

"站到车外面来！你敢说，你理直气壮，查得坦然？别人不知道你，我还不了解你是怎么当上校长的？尤督，督查，哼！你也不对着镜子督查督查你自己！哼！你想活得好，首先要让别人活得好！你不想让别人活，你也别想活！"

杨秋山还在跳着脚地骂，那车一踩油门悄无声息就要跑。杨秋山想站到车头拦截，人群中突然有人尖叫。杨秋山顺声望去，趁着这间隙，那别克车早顺着伊春路往南京路方向跑远了。

人群中突然传来一声尖叫。现场的人顺声望去，只见骆爷爷一头栽在人行道上。众人呼啦一声围上去，有扶的，有接的，有呼喊的，一时手忙脚乱，乱成了一锅粥。马筱茗急忙掏出手机叫救护车，手包的拉链都扯过了，从包里掉出一支口红，她也顾不得捡。旁边的一个邻居替她捡起来，悄悄塞进马筱茗的衣兜里。

警察带着柳明君、高海峰上车。高海峰还在大骂："你们长眼有啥用？喘气？我看还不如挖出来扔地上踩上一脚，当炮仗……"

马铁山嘱咐女婿："去吧，把事情说清楚就没事了。千万要冷静！"

警车走后，救护车过了许久才来拉走了骆爷爷。马筱茗一看骆爷爷的子女都不在，抓起敞口的手包一步跳上了救护车，李志鹏紧跟着跳了上去，栾香蕾也要跳，被医护人员拦住了。姚奶奶手脚哆嗦，连声叫着："老骆！老骆……"张文清一把拉着小石头，一把挽着姚奶奶。

骆敬东的物流公司愈到年根愈忙，这都连着几天没回这边来了。

马铁山问女儿带钱了没有，见女儿点点头，连忙走到救护车前疏散人群，催着救护车司机快点开走。

尺巷

　　孩子们站在车后面有喊的，有抹眼泪的。栾香蕾紧紧拥着高韵竹，这个时候她是不会放这个女孩子走的。她就像她的妈妈一样。

　　老家回不去了，这个年没法过了！柳大看见爷爷来电话了，他伤心欲绝地跟爷爷诉说刚刚发生的一切……

　　救护车走后，小石头突然挣脱姚奶奶的手，哭叫着向马路对面的出租车冲去："妈妈！妈妈！"

　　众人顺声望去，可不是小石头"消失"的妈妈骆晓莺回来了！

　　后来柳大看隐隐约约地知道一点端倪：骆晓莺公司的领导被"双规"了，商场都是荣辱相生，休戚与共。覆巢之下，焉有完卵。正在骆晓莺两口子百口难辩的关头，检查组查出骆晓莺公司的领导有一个小本子。此人有一嗜好，会把谁送的钱物、送谁的钱物都详细记录下来。小本子上没有骆晓莺两口子的名字，骆晓莺就这样被放了出来，她丈夫不用多久也会回来过年的。

　　马铁山说："肥沃的土地结不出苦涩的瓜！相信咱们一楼是一个和谐的尺巷！相信明君是能回来过个团圆年的！"

　　早把生死看淡的姚奶奶老泪纵横："老骆，咱们'尺巷'不产恶人！"

　　骆爷爷是笑着走的。他说，那首曲子他弹了一辈子就是等着看骆来来和柳大看合奏，现在，他已经心安了。

　　如今，柳大看和骆来来又一次坐在琴凳上，一如当年，习惯性地侧首互相看一眼身侧的合作者，恍然笑颜依旧——"现在，开始演奏，《斯拉夫舞曲》！"

　　"欲报之德，昊天罔极！"骆爷爷，您在天国还好吗？